エスケルドベロニア 2

百黒 雅

【イラスト】
sime

Contents

Illust.sime

プロローグ

白き楽園と呼ばれる国がある。

かつて異界にて覇を唱えた人外魔境の国であり、現在は強固な結界で巨大な国の全てを覆い隠し、人目に触れず存在していた。

白く巨大な二重の城壁に囲まれた城の内外では、多くの魔物たちが生活している。

エルフやドワーフのようなメジャーなものから【ゲイルグレムリン】や【ウーンドウォート】といったオリジナルのモンスターなどなど。

まるで図鑑から飛び出してきたような多種多様な姿形の住民が、人間と似て非なる生活を営んでいるのだ。

彼らは今でこそ実在する生命だが、以前はゼロイチの世界で構成されたデータでしかなかった。

ＭＭＯＲＴＳと呼ばれるジャンルで一世を風靡したゲーム〝アポカリスフェ〟でプレイヤーが作った国と民がどのようにして確固たる命を得たのか。

細かい事情は誰にも分かりはしない。

一つ言えることは、この国――エステルドバロニアは、大きな困難を一つ乗り越えて、仮初めではあるが平和を手にしたことだった。

土地は失われ、民は城外に溢れ、過酷とも思われた状況はすでに収まっている。

避難民も街への出入り規制が解除されたことで普段よりも賑わっているようにすら思える。

元プレイヤーであり、現在はエステルドバロニア唯一の人間にして彼らの王であるカロンの善政は広く知れ渡り、国の結束を更に強めることになった。

百四十五年の歴史にまた一つ偉業が刻まれたと、吟遊詩人を気取るコウモリ男がギター片手に朗々と歌い上げれば、日も高いのに酒浸りの魔物たちがいいぞいいぞと囃《はや》し立《た》てた。

夜のボランティア明けなのだろうか、ひどく汚れた格好の魔物たちが、往来の真ん中に陣取って愉快げに声を張ると、それに合わせてコウモリ男の演奏にも熱が入った。

雑踏《ざっとう》の人々は彼らを迷惑だと思いながらも、国のために頑張ってくれた功労者だからと温かい眼差しで避けるように流れていく。

しかし延々と占領されてはさすがに迷惑だった。

離れた位置から様子を窺《うかが》っていた、内郭《ないかく》守護を担う第十三軍に所属する二足歩行の黒羊が、そろそろ声をかけようと一歩足を踏み出す。

「おい、いつまで騒いでいるつもりだ？」

それよりも早く、避ける波に逆らって集団の中に割り込んだ人物が、平坦な声色で注意した。

「あぁん？　なんだぁてめ――」

普段はかかあ天下でうだつの上がらない隼《はやぶさ》の獣人【ホルス・キン】だが、酒と仲間のせいか随分と気が大きくなっているようだった。

彼は不慣れな喧嘩言葉で振り向き、

「――ひぇ」

冷たく見上げる薄紫の双眸《そうぼう》を見て全身から血の気が引いていった。

ヒュオオオオ、と隼のくちばしから笛のようなみっともない吸気音が鳴る。

背後に立っていたのは背の高い美しい女だ。タイトスカートの軍服に身を包んだこの女の名は誰だって知っている。

人間に似た姿をした凜々しい軍人は空色の髪をかきあげ、苛立ちが詰め込まれた薄紫の眼光でホルスを睨みつけると、

「あ?」

ホルス・キンよりも堂に入ったドスの利いた声を発した。

「おいなにして――ひいっ」

「ル、ルシュカ様だー!」

彼女の存在に気付いた仲間たちも、化け物でも見たといわんばかりの絶叫を上げながら蜘蛛の子を散らすように去っていく。

内政を一手に引き受ける国の頭脳、第十六軍の団長を務めるランク9の異形種【アノマリス】のルシュカは、腕を組んで仁王立ちしたままその光景を眺めると、煩わしげに溜め息を零した。

「まったく嘆《なげ》かわしい……」

平和なのは悪いことじゃない。そうあれと王が政を行っているのだから、民が甘んじていても別に構わないはずだ。

国一番の理解者を自負するルシュカが王の心に異を唱えるはずがない。

ただ、ちょっと八つ当たりがしたい気分だっただけである。

国は表面上落ち着いているが、軍は今まで以上に慌ただしく活動しているのだ。

それはつまり、カロンも同じく忙しいことを意味している。

勇者でも英雄でもない人間の肉体が過酷な労働に耐えられるはずがない。

以前のように数日姿を消すことはなくなったが、代わりに働きどおしなのだ。

ましてや、〝外者《そともの》〟と呼ばれる外部から移住してきた魔物たちによるクーデターも収束させたばかりで、心労も多いだろう。

「責務とおっしゃられるが、それでまた倒れてしまわれるのだけは避けたい。しかしなぁ」

懇願すれば、優しいあの御方は聞き届けてくれるだろう。

ただ、それでは根本的な解決になっていない。

優しさに付け込んだその場しのぎを繰り返すなど不誠実にも程がある。

むう、と唸って道の中央で思案するルシュカの周囲には誰も近づかない。

宴会をしていた魔物たち相手よりも距離をとって、民は戦々恐々としながら流れていく。

そして通り過ぎてからヒソヒソと話し始めるのだ。

「賭けるか？　王様のことで悩んでいるに百銀貨」

「勝負になるかよ。あの御方がそれ以外の何に時間を使うってんだ」

「ママー、あの人なにしてるのー？」

「しっ！　指差しちゃいけません！　手足を吹き飛ばされて消し炭にされちゃいますよ！」

ルシュカ様の機嫌が優れない時には近づいてはいけない。これは鉄則だ。

その総意は、民の結束を更に強めることとなった。

話は戻る。

いくらルシュカが一人で考えたところで、結局判断するのはカロン自身だ。

ルシュカはどう進言すべきかを考えながら正門通りを進み、内郭正門の前まで移動した。

常ならば兵たちが行き交うだけで静かな城の麓《ふもと》だが、今日は騒々しい声と激しい剣戟の音が鳴り響いている。

三本の塔が聳《そび》える内郭の麓。倉庫や宿舎に周りを囲まれた中庭を、大小二つの残像が火花を散らして縦横無尽に駆け回るのが見えた。

軍の中ではじゃれ合いのような争いはあっても、反乱にでもならなければ殺し合いなど決して行われることはない。

この国に生きる命は全て王のものであり、その裁可を得ることなく無為に死ぬことは許されないのだ。

ではなぜ、これほど全力の戦闘が行われているのか。

それは王の居城である中央の塔、その前に陣取る凡庸な男が理由であった。

「カ、カロン様！」

愛しい人を見つけたような乙女の顔で、ルシュカは歓喜の声を上げながら王のもとへ駆け出そうとした。

が。

「お待ちを」

「はいダメー」

左右から伸びた大太刀と槍に進路を阻まれた。

「……なんで邪魔をする」

「これがカロン様より賜った仕事だからだ」

すぐ目の前にいる王のもとに駆け寄れない苛立ちを紅い少女へと向けるルシュカだったが、至極真っ当な返答をされては口を真一文字に噤《つぐ》むしかなかった。

朱塗りの鞘に納められた大太刀を握る少女は、着物を模した作りの、色鮮やかな紅蓮の鎧を纏《まと》っている。

頭の上に獅子《しし》の仮面を乗せた〝勤勉〟と〝単純〟を与えられた彼女は、相手がルシュカであることを気にもせずジロジロと鋭い目つきで全身を検《あらた》めた。

「うん、間違いなくルシュカだな。だが入るのは駄目だ」

「は？」

「まあまあ。ルシュカの気持ちは分かるけど、少しここで待っててよ」

対照的な蒼い少女はひらひらと掌を振ってルシュカを宥めようとする。

蛇の巻き付いた長槍を肩に担ぎ、頭に乗る狛犬《こまいぬ》の面を揺らして「だってさ」と付け足した。

「カロン様の邪魔するのは嫌でしょ？」

「それに現在、私たちの結界がカロン様の周囲に展開されている。外からは近づけないし、この正門からの入場も規制されている」

ルシュカがもう一度カロンの方へ視線を向ける。誰かが用意した簡易の玉座に腰かけて観戦しているカロンだが、その側には守善《しゅぜん》が立ち、フィルミリアとエレミヤが草の上に腰を下ろしてはしゃいでいるのが見えた。

「私の知らない間にあんな羨ましいことをしているなんて！　私も入りたい！　ああいうの夢だったんだ！　なんとかしてくれ！　今なら何でもするぞ！」

「必死だな、蒼憐《そうれん》」

「そうだね、紅廉《こうれん》ちゃん」

内郭の守護を任された二頭一対の獣は、涙目で土下座しそうな勢いのルシュカを見て困ったように呟いた。

「それでも【獅子】と【狛犬】か！　結界のエキスパートなんだからどうにかなるだろう!?」

そう言われても、カロンから直々に「危険なのでここからは誰も入れないようにしてほしい」と

頼まれているので背くわけにはいかない。

確認すればカロンが是と答える可能性はあるが、紅廉は王を煩わせてはいけないからと断固として拒否する。

「戦闘が終わったら解除しよう」

「それじゃあカロン様とイチャつけないだろ！」

「真面目に働け」

大太刀の切っ先をしゃくりながら呆れ顔で正論を突きつける紅廉。

一瞬ムキになりかけたルシュカだったが、カロンが最優先である以上、そこに異を唱えることはやはりできない。

紅廉はとにかく真面目一辺倒で融通が利かない。おまけに正論しか口にしないので、悪寄りのルシュカとは相性が良くないのである。

しかしそれを見かねた蒼憐が、ケラケラと笑いながらわざとらしく口にした。

「紅廉ちゃんったら真面目だなぁ。軍門から回り込めば行けるって教えてあげればいいのに～」

その言葉を聞き逃さなかったルシュカは猛スピードで走り去っていった。

結界のエキスパートである二頭一対の獣、ランク8の聖獣種【獅子・狛犬】はまた顔を見合わせて困ったように笑いあった。

彼女たちは内郭に潜ろうとする者を見定め、癖の強い魔物に四苦八苦しながら王の住まう城を守り続けている。

七十年以上、二人はこうして正門から街の変化を見てきた。

そんな彼女たちが近頃強く感じているのは、賑わいだ。

この世界に来てからは特に賑やかになった。軍もどこか明るくて、団長たちに至っては舞い上がっているようにさえ見える。

そしてそれは、二人も同じだった。

「いい天気だねぇ」

蒼憐が何気なく口にする。

そんなこと一度も気にしたことがなかった。

主命に忠実であれと前だけを見据えることが多かったのに、最近はふと周囲に目が向くようになっていた。

その心の余裕がどこから生まれているのか考えて、王が皆の側にいてくれるからだと断定していた。

以前はふらりと姿を消していつまた戻るか分からない緊張があったが、今は以前よりも仕事に身が入るし、安心感に包まれているように思える。

「……そうだな」

こうして、余計な話に紅廉が付き合うのがその証拠だ。

後ろで響くけたたましい戦闘の音を聞きながら、心地よい春の陽光を浴びる二人は、再び顔を見合わせ、幸せそうに微笑むのであった。


エステルドバロニア内郭の庭にて繰り広げられる決闘は、一切の遊びがなかった。

業火のように猛る大狼が、白と蒼の毛を逆立てて巨大な大鎚を振り回す。

何一つ加減のない一撃は轟くような風切り音を上げて宙を疾駆し、障害に触れれば爆発でも起きたかのような衝撃によって破砕していく。

対する屈強な鬼は、清流を思わせる身のこなしで鉄塊を掻い潜り、静から動へと素早く転じて鋭い一刀を振るってみせる。

浅葱《あさぎ》の羽織に烏羽色《からすばいろ》の袴《はかま》と、落ち着いた色の和装がよく似合う壮年の鬼は、口角を吊り上げて死地へと深く踏み込んでいった。

全力でぶつかり合う大狼と鬼を目で追うのは、常人には至難の業である。

ましてや、彼らの攻防を詳細に理解するなど平凡な人間では不可能だ。

しかし、中央に聳える王城の前に置かれた精巧な造りの椅子に座る男は、眼前に表示した小さな画面で仔細を全て把握していた。

黒い髪に黒い瞳。黒い軍服に黒いコート。

上から下まで黒一色の男。

精彩を欠いた顔で流れていく文字を眺め続ける彼こそが、魔物が暮らす城郭都市国家エステルドバロニア唯一の人間であり、エステルドバロニアの全てを従える王――カロンである。

（あー……目が痛い）

内心はボヤきだった。

なら見なければいいのだが、そういうわけにもいかない。

カロンにとって、この操作画面《コンソールウインドウ》だけが詳細な情報を得る手段である。

魔物たちが自力で集めてくれた情報も、彼らの口から聞くよりも整理されて表示してくれる優れものだ。

しかし、ゲームが現実になったことで何かしらの弊害が生まれている懸念があった。

魔物たちはそれなりに適応しているのか、それとも元々そうだったのか、この異世界で生きていくことに対して非常に前向きである。

しかし、カロンは違う。

そもそもがゲームだったのだ。

この国や魔物たちへの愛着は持っていたが、自分の生命を懸けて生存戦略を考えたことなど、一度もなかった。

当然ながら一国の王としての正しい経験を積んでいるわけがない。

今自分が、彼らとともに生きていく。そのために必要なことは何か。手探りではあるが、それを一つ一つ見つけるために日々思考を巡らせている。

この模擬戦も、死んだ目でログを眺めるのも、その一環だ。

「おらぁ!!」

三メートル近い巨体を駆使して、【クロセル】のグラドラは土煙を巻き上げながら縦横無尽に棘付きのスレッジハンマーで襲いかかる。

天性の怪力を駆使したグラドラの猛攻に、【覇王鬼】五郎兵衛《ごろうひょうえ》は刀を抜かぬまま器用に体を動かして紙一重で回避していく。

防御の上からでもダメージを通す大狼の攻撃だ。迂闊《うかつ》に受ければ覇王鬼であってもただでは済まない。

だが、ログに流れていくグラドラの攻撃は全て回避され、一つとして触れていなかった。

鬼気迫る眼光を放ち、紙一重で躱し続ける浅葱色の軌跡。技術の高さはさすが対人最強ユニットの一角である。

一歩間違えればあの暴力が自分の前に翳《かざ》されると思うと背筋の震えが止まらないが、同様に頼もしさもほんの少し感じるせいで実に複雑な気持ちのカロンであった。

「初めて、ですね。団長同士が本気で殺り合うのって」

隣に並んでいた半裸の少年が、ぎこちなくカロンに話しかける。

それでようやく、カロンは自分の周りにいる団長たちのことを思い出した。

「そういえば、そうかもしれんな」

背とこめかみから捻れた角を生やした【饕餮《とうてつ》】の守善に視線を向けると、守善は赤黒く巨大な右腕を所在なさげに動かして落ち着きがない。

触れ合う機会のなかった彼らにとって、こんなにも近い距離に王がいるのは緊張してしまう。

御前で死合えると張り切る二体もさることながら、ただ側にいるだけの守善も寝ぼけたような半眼だが、内心は高揚《こうよう》しっぱなしだ。

そんな守善の気持ちをカロンは知る由もなく、同じように自分の気持ちを知る由もない彼らに対してげんなりしながら呟いた。

「別に殺し合いをしてほしいわけじゃなかったんだが……」

カロンとしては、ただ試合をしてほしかっただけであって、本気で命の奪い合いをしてほしいなど微塵《みじん》も思っていない。

勝手にグラドラと五郎兵衛が盛り上がり、さらに周りが焚きつけたせいでこんな事態に陥《おちい》っているだけだ。

しかし、王の前で無様を晒せないと張り切るのは仕方ないだろう。それほどカロンの存在は特別なのだから。

「こういった訓練の経験はないのか？」

「え？　あっ、は、はい。その、じゃれあうようなことはありますけど、真面目にってのはなかったですね」

「ふむ……」

「加減が分かんないんで、他の奴……えっと、弱い兵が相手だと殺しそうですし、同じ強さの相手だとやっぱり全力になりますから」

ぎこちない敬語を駆使して伝えてくれる守善の言葉を整理して、カロンは一言「なるほど」と呟いた。

魔物たちの知識に模擬戦や試合というものは存在しない。

ゲーム内に訓練のメニューがなかったからだろうかとカロンは思っていたが、負けの判定などと甘い認識を持たない彼らでは成り立たないと知って納得を示す。

スポーツの感覚で戦うなどという無益な行為を行わないのだと思えば、ゲーム中に模擬戦という訓練が存在しなかったことと辻褄が合う。

要するに、カロンがこの話を持ち込んだ時点で殺し合いに発展するのは確定していたのだ。

こういった認識の齟齬《そご》はしっかりと摺《す》り合わせなければならないと改めて心に決めて、カロンは初めてログから目を離して本気でぶつかり合うグラドラと五郎兵衛に目を向けた。

相変わらず何をしているのか理解できないので、何気ない風を装って隣に尋ねかけてみた。

「守善はどっちが勝つと思う?」

勝敗は体力ゲージが一定量減った時点でカロンが終了を宣言するルールにしている。

今のところは五郎兵衛の優位だが、違う見方もあるだろうか気になった。

守善は「そうですね」と大きな右腕で白い短髪をかき上げながら、気怠そうな翡翠の眼差しを見開き、狼と鬼を交互に見比べて一言。

「五郎兵衛かなと」

「どうしてだ？」

「二人とも一撃の威力に長《た》けてますけど、量で押し切るグラドラと違ってゴロベエは質で攻める戦い方をします。どっちも同じくらい硬いですから、的が大きくて小手先の技がないグラドラが不利かなって。それに」

守善の言葉を裏付けるかのように、回避に専念していた五郎兵衛が攻めに転じた途端、グラドラの体を剣閃が襲った。

硬い毛の守りを物ともせずに深く斬り裂いた刃は、すぐに翻《ひるがえ》って袈裟斬りに振り下ろされる。

「っ……らあああああ!!」

今の二撃で体力を減らしたグラドラは痛みを噛み殺し、怯むことなく咆哮《ほうこう》して更に激しく大鎚を振って攻め立てる。

対照的に、五郎兵衛は依然として寡黙なまま冷静に身を躱しながら、再び隙を窺う構えへと戻った。

「グラドラの方が遅いです」

どうやら、守善が言うとおりの結果になりそうである。

そして、同じ認識を持てていることに、カロンは自分の知識に齟齬はなさそうだと安堵した。

「ほらいけー！　変態なんか殺せー犬っころー！」

「恥さらしー！　不潔ー！　最低ー！」

しかし、猫耳と狐尾の獣人【フクスカッツェ】のエレミヤと、淫乱の権化である【淫魔の女王《ラストクイーン》】のフィルミリアはグラドラ推しのようである。

Tシャツにハーフパンツとスポーティな衣装と体のエレミヤに、黒のゴシックドレスに貧相な体のフィルミリアは実に対照的だ。

性格も正反対なはずの二人が、罵倒を含んだ大声を上げているのには多分に私情が含まれているようだが、それが彼女たちなりの声援なのだろう。

「なんで拙者の味方がいないのでござるか!?」

さすがに聞き捨てならないと後方に跳躍《ちょうやく》してツッコミを入れる五郎兵衛だが、その暇を与えぬようグラドラも一拍遅れて飛びかかる。

「それだけ望まれてんだ、よお!!」

「うおっとぉ！」

「おら死ねえ！」

一切容赦のない闘いの様子だが、観戦している側は緊張感が欠けていた。

地べたにペタンと座ったエレミヤとフィルミリアは野次を飛ばしながらケラケラと笑って実に楽しそうにしており、守善も特段気にした様子もなく事の次第を眺めている。

(慣れてるんだろうなぁ、命のやり取りに)

言い換えるのであれば、これほど苛烈《かれつ》な戦闘が当たり前のような世界で生きていたのだろう。

戦乱を生き抜いてきた国を従えるには、どうしても自分が力不足に思えてならないカロン。

ゲームが現実になった弊害は、ここにも存在していた。

「あの、お聞きしても、その、よろしいですか?」

両膝に肘を置き、口元を覆って真剣に死合いを見ていたカロンに、守善が申し訳なさそうに話しかけた。

「なにをかな?」

体力ゲージを確認してまだ決着はつかないと判断したカロンは、不器用な守善の顔を窺った。

「その。どうして突然……あ、いや、その、なんて言ったらいいか、えっと」

「どうして突然、団長同士を戦わせようとしたのか、か?」

言葉を選びすぎて言葉が浮かばなくなってしまった守善の代わりにカロンが口にすると、守善はほんのり頬を赤くして「はい」と気まずそうな声を出した。

「まあ、確かに唐突ではあったな。ただ我々の今後を左右することだから、国が落ち着いている今確認しておきたかった」

「それは……？」

「ううん、少し答えづらいな」

「あの、それなら、だいじょぶです。カロン様のお考えは俺なんかじゃきっと分からないですし、でも反対しているとかそういうのじゃないですから。ただなんでかなと思っただけなので」

「分かっている。大丈夫だから心配するな」

気を悪くさせないように必死な守善が面白くてカロンが小さく笑った。

守善はますます恥ずかしくなって顔を背けたが、主が自分のせいで笑ってくれたと思うと自然に笑みが浮かんだ。

「なになに、なんの話ですか？」

「エレミヤ。それはカロン様に失礼じゃない？」

「えー？　でも王様はこれでいいって言ってくれたもん。ねっ、王様？」

四つん這いで近づいた薄手の格好をしたエレミヤは、守善の注意をあしらいながら幸せそうに微笑んで、玉座の横に座って大きく伸びをした。

パタパタと金色の耳と尾を振って喜色を表す彼女の顔には、至福の二文字が浮かんでいる。

「限度があるでしょ。ちゃんとしないと示しがつかないんだからさ」

「……へー、普段ダラダラしてる守善がそんなこと言うなんてねー」

「そうなのか？」

「いえ、そんなことはないです。いつもちゃんとしてます」

「えー？　そうだっけ？」

ケラケラと笑うエレミヤを殴ろうかと考えた守善だが、さすがに王の前ではと拳を収める。

しかし、その努力を嘲笑《あざわら》うかのように三人の前にスライディングしてきたフィルミリアが、勢いよく顔を上げて自尊心に満ちた顔でカロンを見つめた。

「面白そうな話をしていますね！　猥談《わいだん》？　猥談ですか⁉　それならカロン様の性癖とか是非ともお聞かせ願いたいのですけど⁉」

高貴な女は何をしても高貴である。

それがフィルミリアの持論だが、愛らしいゴシックドレスが汚れるのも気にせず、両手を前に出して地面に寝そべる姿は、バカな子供にしか見えなかった。

「守善、アタシよりすごいのいるよ？」

「そうだね、ごめん。まずこっちからシメるべきだった」

「え？　なんです？　ちょっと守善さん、どうしてこっちに来るんです？　もしかして私に興奮しちゃいました？　いやぁ、こんなに可愛い私だからそれも仕方ないですけどカロン様がいる場所でなんて――いたたたたたた！」

「カロン様、ちょっとコレ借りていきますね」

「あ、ああ」

「やめてー！　取れる！　羽が取れちゃいますから！　昆虫みたいな持ち方やめてくださいよー！」

フィルミリアが入ってきた途端に賑やかになったが、守善が彼女の翼を片手でまとめて持ち、そのままどこかへ行ってしまったせいでまた静かになった。

上機嫌なエレミヤはカロンの側にいられるだけで満足らしく、ふんふんと鼻を鳴らしている。

ほんの少し警戒していたカロンだったが、ふにゃふにゃと幸せそうにするエレミヤを見ていると毒気を抜かれてしまい、釣られて小さく微笑んだ。

会話が途切れたのでまた戦闘のログを見る作業に戻ろうとしたカロンだったが、マップの表示と合わせて不意に気配を感じ、守善のいた位置に顔を向ける。

そこには入れ替わるようにして燕尾服を綺麗に着こなした老紳士が立っていた。

「楽しんでおられますかな？」

【真祖】アルバートはハットを軽く持ち上げながらいたずらっぽく笑う。

カロンはなんともいえない表情で笑い返した。

「私の目では追えないよ」

「左様でございますか。ところで、どうしてあの二人にスキルの使用を禁じられたのかお聞きしても？」

「調べたいことがあってな。二人には少し悪いことをしたかと思うが」

「いえ、よろしいかと。平時に死力を尽くす機会があるのは良いことです」

「ふむ」

「私も実に疼いてきますな！」

「スキルが使えなくてもいいならな」

「それはなんとも苦しい戦いになりそうですなぁ。新鮮な気持ちになりそうですぞ」

まったく、と零して今度こそ戦闘ログを注視したカロンの横顔を眺めて、まだアルバートは楽しそうに微笑んでいる。

悪の幹部筆頭のようなアルバートだが、そんな彼でもカロンが側にいることは非常に喜ばしいようで、ふぅと一呼吸置いてから空を眺めてぽつりと零した。

「平和ですなぁ」

梵鐘《ぼんしょう》の余韻《よいん》を思わせる声が耳に入り、カロンも何気なく空を見上げた。

聳える塔の切っ先が、浮遊する白い連環《れんかん》の中心を貫き、ゆったりと流れる雲を切り裂いている。

視線を下げれば幸せに浸るエレミヤがいて、隣には不敵な笑みのアルバートが。

ただ、

（他はすごいことになってるけどね……）

正面にはまだまだ楽しそうにぶつかり合う鬼と狼。離れたところでは泣いて許しを請う淫魔と拳を振り上げる擬態した巨獣。

大陸一つを征服していた頃のほうがよっぽど平和だった気がする。

しかし、ともう一度カロンは顔を上げた。

（俺が知らなかっただけ、なのかもしれないな）

カロンがアポカリスフェをプレイして見てきたものはほんの一部でしかなく、プログラムの存在だった魔物たちにも生活があったのだと知った。

「これが、お前たちの平和なんだな」

今度はカロンの呟きにアルバートとエレミヤが視線だけを向けた。

真剣な光を宿した眼差しだが、カロンは気にせず立ち上がるとグラドラと五郎兵衛に終了の指示を飛ばした。

守善にもそろそろやめてやるように声をかけると、手が緩んだ瞬間に逃走したフィルミリアが再びスライディングでカロンの足元に避難してくる。

マップを見れば猛スピードで内郭の外周を走るルシュカの名前もあり、どんどん自分の周りに仲間たちが集まり出していると知った。

春風が吹き抜けて、【黒の王衣】が主の存在を知らしめるようにはためく。

これぞ王の旗印だと主張するコートを手で払い、カロンは仕方なさそうに眉根を寄せた。

「まったく……」

求めていた幻想。考えもしなかった現実。

歓喜。感動。高揚。恐怖。苦悩。欺瞞。悔悟。

賑やかな安心感に、滴るような寂寥感。

王らしく振る舞うことの、なんと難しいことか。

それでも生きているのだ。

自分も、彼らも。

腰に手を添えて背をぐぐっと伸ばし、まぜこぜになっている気持ちを一息で吐き出したカロンは、
弱々しくも穏やかな笑みを零した。

このまま平和が続けばいいと、叶わぬ願いを望みながら。

◈ 一章 ◈

神都ディルアーゼル

レスティア大陸は、世界の中央に位置している。

世界の成り立ちから記された〝始元聖書〟によれば、「世界は形而上《けいじじょう》の彼方を漂う数多《あまた》の命であり、一握の砂と一粒の涙から星を生んだ」とされている。

その世界創造で最初に創られた大陸が、このレスティア大陸とされていた。

創世神アーゼライにまつわる様々な逸話も、この大陸と深い関わりがあり、それを象徴するのが大陸の中央付近に存在する小高い丘の街だ。

アーゼライの神託を授かった若き信徒が、神の言葉に従って作った信仰の街。

今では、一つの独立した国として社会に認識されている。

それが神都ディルアーゼル。

レスティアの民の七割が信仰する、アーゼライ教の本拠地である。

小高い丘に建てられた白い神殿を起点にして、螺旋《らせん》を描いて麓《ふもと》へと伸びる整備された道。

通り沿いには、蔦の這う白い家々が立ち並んでいた。

古いしきたりを守りながら紡いできた歴史が、美しくもどこか自然な街並みに現れていた。

そこに暮らす人々は皆思い思いの服装をしているが、共通して肩に白いケープをかけている。

形骸化した今でも続いている、伝統的な装束の名残だ。

彼らは皆、天地を創った偉大なる神に祈りを捧げてから一日を始める。

それがこの街の日常であった。

しかし。

神に仕える信徒が皆正しく教義に沿って生きているのかというと、そういうわけではない。

古い体制はどこからか歪《ゆが》みを生じるものである。

本来の道から離れていると知りながら、糺《ただ》すことができぬまま時間は進んでしまう。

いつしか歪みはさらなる歪みを生み出し、負の連鎖は止まらない。

そこに人の欲を刺激するものが存在し、抗うだけの心の強さを持たぬ者が手を伸ばしてしまうがゆえに、信仰は腐っていく。

どれだけ取り繕おうとも、その中身は違う何かに変質してしまう。

それほどに、この神都ディルアーゼルは手の施しようがないほどに膿が湧いていた。

「西の空に暗雲立ち込め、瑠璃色の光と共に竜の咆哮《ほうこう》か。それにディエルコルテの丘へ辿り着けない？　本気で言っているのかそれは。ついに気でも触れたか？」

薄暗い室内に集まった面々を代表して、でっぷりと肥えた影が呆れ混じりに言葉を吐いた。

幼い教皇を補佐する目的で構成された元老院。ディルアーゼルで最高位の権力者たち。

蠟燭《ろうそく》の灯りが照らす彼らの手元で揺れる大きな金細工がそれを象徴している。

老人たちはひそひそと何事かを囁《ささや》きながら、中央に立つ白い布を被って全身を隠した女にジロジロと視線を送った。

メリハリのある体は布一枚では隠しきれておらず、女は蛇のような視線に嫌悪感を抱きながらも悟らせぬよう努めて平静に話を続けた。

「はい。丘のある場所から怪しい曇天と激しい発光が起きたことは周知の事実です。調査のためにフィレンツの森へと向かいましたが、丘へ辿り着くことは敵いませんでした」

耳触りの良いソプラノが告げた内容は、何度聞いてもこの場に集まる者たちの納得がいくものではなかった。

ディエルコルテの丘は、かつて創世神アーゼライが天と地を創造してから最初に降り立った丘といわれており、そこで太陽の男神ザハナと月星の女神ゲルハを生み出し、この世界の礎を作り上げたとされている。

故に、アーゼライ教の信徒たちは、皆ディエルコルテの丘を聖地として崇め奉り、日々の祈りを丘へ向けて捧げていた。

そんな重要な土地に辿り着けないなどありえない話だ。与太話にしかならない。

だが、女はいたって真面目に報告しており、このような場で笑えない冗談を言うはずもないのだが、それでも理解し難いことだった。

「まあ、いい。貴様以外にも同じ報告が上がっている以上、鵜呑《うの》みにはできぬがある程度信じるしかなさそうじゃな」

「しかし、それをどう信徒に知らせればよいものか」

「なに、あそこは聖地。そのため誰一人として禁を犯さぬよう立ち入りを禁じているのだ。今更それを破ろうとするまともな者はおるまいよ。光も鳴き声も奇跡と言っておけばよかろう。阿呆どもは跪いて信仰を口にして自分に酔っているだけでしかないのだから」

上座に座る老人のジョークに他の老人たちが愉快げに笑う。

それが嘲笑《ちょうしょう》だと、誰が聞いても分かる声で。

「して、その原因は突き止めているのかね？」

右端に座る老人の問いかけに彼女は唇を噛む。

ただでさえ信じられるかどうかも分からぬ話だというのに、これ以上機嫌を損ねるような発言はしたくなかった。

押し黙ってしまった女に、上座の老人が顎《あご》で指図する。

女は自分以外の誰かに任せたい衝動に駆られたが、逃れることは敵わぬと覚悟して伏せていた顔を真っ直ぐ正面に上げた。

「何者の仕業《しわざ》かは分かりませんが、フィレンツの森全体に迷いの呪術が施されているらしく、何度挑んでも森を抜けることが――」

「呪術だと？　なんだそれは。あの森は神の残滓《ざんし》が残っている場所だ。魔物が立ち入ることもできぬほどの神聖な気に満ちたあの森に、強力な呪術など張れるわけがないのだぞ」

「しかし事実ですので、私からはそれ以上お答えできません」

「それでもエルフか貴様らは！」

強く机を叩く音に白い布がびくりと跳ねて僅《わず》かにはだけると、彼女の側頭部が晒された。

布の両脇から飛び出た長く先端の尖った耳を隠したくなる衝動に駆られたが、女は拳を固く握り締めて堪《こら》える。

「……現在、術の解析を行っています」

「ふん！　成果もろくに出せぬとは、何のために飼っていると思っておるのだ！　慰みにするのならそこらの奴隷を買った方が遙かにましだというに。誰のお陰で生きていられるか分かっておらんのか？」

暴言を吐きながらも、老人の視線は女性の体から離れない。豊満な胸を食い入るように見つめ、時折喉を鳴らしている。

重要な議題であるはずなのに、口と態度が何一つ噛み合わなかった。

つまりは、この集まりに大した意味などないのだ。

丘が消えたことなど本当はどうでもよくて、情欲に溺れた邪悪が嗜虐心を満たすために開かれた余興でしかない。

そんな連中に飼い慣らされている自分がなによりも憎いと、女は血が滲む強さで唇の裏を強く噛んだ。

「落ち着け同志よ。オルフェアとてしっかり働いておる。そう乱暴にしては可哀想であろう？　成果が出たらすぐに知らせればよい。他にすることもなかろう？」

下品な笑い声が部屋の中で反響する。

本当に醜く、下劣で、最低だった。

これ以上視線に晒されたくはないと、オルフェアと呼ばれた女は形式張った礼をして足早に部屋を立ち去った。

土に汚れた素足で神殿の外へと真っ直ぐ向かった彼女は、人通りの殆どない路地へ入ると、乱暴に被っていた布を取り払った。

柔らかな白磁の肌に細く長い手足。なにより美しい相貌。

白と紫の擦《す》り切《き》れた装束を着ていようとも損なわれない完成された造形は、最も美しい種族と称されるエルフ。

その族長として一族を束ねる任を負うオルフェアは、美しい金の瞳を怒りに吊り上げ、首に着けられた黒い首輪に手をかけて乱暴に千切ろうと半狂乱になって引っ張った。

「くそっ、くそっ、くそおっ！」

罵りながら何度も首輪を引っ張るが、満足に食べられず痩せた腕ではどうにもできない。

次第に自分の行動が徒労だと思い出して力なく低い塀に腰を下ろすが、頭を沸騰させそうな憤《いきどお》りだけは引かなかった。

「どいつもこいつも信仰の欠片《かけら》もない低俗な連中ばかり！　なぜあんな連中が神都の元老院の議員なんだ！　腰抜けばかりの人間どもめ！」

塀を上から殴りつけて怒りを発散させるが、虚しい現実を思い出して次第に落ち着いていき、ただ無情だけが残った。

——そんな連中に飼われているのは我々が愚かだったからだ、と。

エルフという種族は元々外界と関わらずに一族だけで暮らす種族だ。

オルフェアたちも以前はフィレンツの森の中で、創造神アーゼライを信仰しながら穏やかな生活を営んでいた。

それが変化したのは、今から凡《およ》そ三十年前。

全ては、元々人間たちの集う聖地として栄えていたディルアーゼルから使者が訪れたことから始まった。

その使者は、同じ神に仕える者同士で親睦を深めたいと提案してきた。森ではなく、共に聖地で暮らして人間と魔物の間で友好を築きあげないか、と。

当時の族長はその提案に悩んだ。

エルフが質素に暮らしていたのは事実だが、男手が総勢で狩りを行っても獲物を仕留められない日があり、そういう時はとてもひもじい思いをしたことが幾度かあったからだ。

人間は商売などで金銭を稼ぐ文化を持っている。そこに入ることができれば、金で食料を買うことができる。

一族で話し合った結果、レスティア大陸のエルフは近代化を望んで人間との共存を決めたのだった。

暫《しばら》くの間は平穏だったが、エルフの男たちが総出で魔物狩りへ向かった日に事件は起きた。

突然神都を守る神聖騎士たちが、エルフの住む地に雪崩れ込んできたのである。

透き通るような白いプレートアーマーで全身を隠した騎士たちは、抵抗する者を殺し、逃げる者を殺し、素直に従う者だけを縄で縛って捕まえていった。

エルフの女たちは首に【隷属《れいぞく》の呪】を練られた黒い首輪を嵌められて、その日から都合のいい道具として扱われるようになったのである。

隷属の呪とは、言葉で人を操ることができる禁術だ。

呪いは逆らう行動を取った者に対して段階的に拘束力を強める力を持っており、その段階を表すように刺青《いれずみ》を刻む効力がある。

初めに背中、次に手足、そして胴と顔に刻まれ、最後には精神を破壊する恐ろしい呪いだった。

性奴隷として男たちの慰み者になる日々はあまりにも屈辱的で耐え難く、当然彼女たちは謀反を画策する。

もし隷属の呪だけがエルフを縛るものだったならば、魔術に長けたエルフたちは命令に背きながらでも術を解くことに専念できていただろう。

人間への復讐心に燃えていても、冷静でいられたはずだったのだ。

男と刺青に体を侵されながら懸命に術の解析に力を入れていた頃、彼女たちのもとに騎士の手によって大きな木箱が届けられた。

贈り物ではないだろうと思いながら箱を開ければ、そこに詰め込まれていたのは、男のエルフの頭と、原形を留めていない切断された四肢。

それはオルフェアの親友の恋人であり、魔物退治に向かった男だった。

実験材料にでもされたのか、死骸の体は頭部を除いてどれも奇形となっており、胴の中には大量の魔物の首が詰め込まれて膨らんでいる、あまりにもむごい最期を遂げた死骸。

その日から元老院は、刺青が全身に回った者が現れる度に、直視できないほど無残なエルフの男を送りつけるようになった。

自分が罪を犯せば誰かの愛する人が死に、誰かが罪を犯せば自分の愛する人が死ぬかもしれない。

地獄のような日々は次第にエルフたちから抵抗する気力を奪い、いつしか反逆など心で思うだけになってしまうほど弱められてしまった。

「っ……く……」

自分の悪態も、所詮抗う力を奪われた惨めな遠吠えでしかない。

唯一許された装飾である水晶の括られた紐帯に、元老院の邪な温情を感じて悔しさが滲む。

心を削り取られていく恐怖に、オルフェアは両腕で自分を抱きしめ、体を丸めて砕けそうな心を保とうと嗚咽《おえつ》を押し殺した。

「お姉さん、どうかされましたか？」

そこに、華やぐような愛らしい声がかけられた。

はっとして固く閉じていた目を開ければ、汚れ一つない白い靴が映り込む。

オルフェアが顔を上げると、そこには白いドレスに蒼いダルマティカを着た少女が首を傾げて立っていた。

淡い桃色の長い髪をかき上げる、まだ年端もいかぬ少女は、オルフェアと目が合ったのにまるで綻《ほころ》ぶ花のような温かい笑顔を作った。

美しいアメジストに、黒い太陽と月星が刻まれたような不思議な瞳の少女は、覗き見たエルフの顔が見覚えのある人物のものだと気付くと、安心したように頰を緩めた。

「あら、誰かと思えばオルフェアだったのね。どこか具合が悪いの？」

「……教皇様」

後ろに白いフルプレート姿の神聖騎士を従えた、まだ十四になったばかりの可憐なこの少女が、現在の教皇《ハイプリーステス》。

エイラ・クラン・アーゼル。

信徒を愛し、神に身を捧げた、元老院の傀儡。

そして、エルフの民がこよなく愛する人間の子である。

傀儡とはいえど、エイラの神子としての力は紛れもない。生まれながら両の目に浮かぶ星眼《せいがん》と呼ばれる刻印は未来視の力を持っており、アーレンハイト聖王国の星辰よりも遙かに強力だと言われている。

アーゼライの寵愛の証であるこの瞳に見つめられれば不思議と負の感情が溶かされてしまいそうになり、普段族長として気高く振る舞うオルフェアでも、エイラの前では一人のエルフに戻されてしまいそうになった。

そのおかげか、誤魔化そうとせずとも自然な微笑みがオルフェアの顔に浮かんだ。

「いいえ、何もございません。少々、疲れただけなので」

「そう？　あ、お水を用意しましょうか？　あの、どこかからもらってきて――」

「本当に大丈夫です。少し休んで落ち着きましたので。お気遣い感謝いたします」

あわあわとしながら後ろの騎士に頼もうとするエイラを、オルフェアは慌てて制止した。

その騎士の中身は知らないが、ろくでもない人間しか入っていないことはヘルムの隙間から覗く半月の目で理解できた。

エイラは矢継ぎ早に繰り出されたオルフェアの言葉でピタリと動きを止め、少し不思議そうにしてからまた笑った。

その笑顔は奴隷に向けるものではなく、親しい人に浮かべる優しさに溢れている。

（ああ、彼女だけは違う）

毒されて薄汚れたあの神殿の中でも、彼女だけは清涼で神聖な姿をしているのだ。

彼女だけは、彼女だけが、愛すべき人間だと、オルフェアに限らずエルフたちは皆思っている。

街の者は一様に彼女たちの長い耳を見て悪態を吐いたりするが、エイラだけは一人の人間と同じように相対してくれる。

それがどれほどエルフたちの救いとなっていることか。

出会った頃から姉のように慕ってくれる姿に、どれだけオルフェアが力をもらっているか。

エイラだけがオルフェアの救いで、エイラだけがエルフの救いだった。

そんな信仰にも似た感情を向けられているとは露知らず、エイラは護衛の兵士を先に帰らせてオルフェアの隣に腰を下ろす。

奴隷の身分のエルフと寄り添うのは汚らわしいと卑しまれるのに、気にもせずエイラはオルフェアの手まで握りしめた。

その温かさに、オルフェアの視界が潤んでいく。

「それで、本当はどうしたの？　また元老院の人たちに何か言われた？」

オルフェアはエイラを神聖と表しているが、それは何も知らない無垢《むく》という意味ではない。

エイラは、幼いながらにエルフの現状を知り及び、理解しているのだ。

何もできないと分かっていてもエルフへの柔らかな対応を何一つ隠そうとせず、それどころか見せつけるようにエルフたちと触れ合う。

彼女は、この淀み腐った神殿の中で、決して折れることなく可憐に振る舞うのだ。

「いいえ、本当に少し調子を崩しただけですので。ご心配をおかけして申し訳ありません」

その強さを前に弱さを曝《さら》け出《だ》すことはできないと、オルフェアは今度こそ心の底から微笑んで彼女の手を強く握り返した。

しかし、エイラもまた何かを感じたのだろう。

握りしめる手の力が強まり、ゆっくりと顔を俯かせてぽつりと囁いた。

「ごめんなさい。私に教皇としての力がないばかりに……」

「おやめください！」

本来なら教皇として止めなければいけないのに、その幼さ故に意見一つも許されない歯痒さにエイラが唇を震わせる。

オルフェアはそれを間髪容れずに否定し、塀から飛ぶように下りるとエイラの前で跪いた。

「エイラ様のおかげで我々はこうしていられるのです。貴女が我々を気にかけてくださるから耐えられるのです。なのに貴女に謝罪されては、恩一つ返すことができぬことを悔いて生きる我々はどうすればよいのですか……！」

彼女が教皇だから、エルフへの虐待は陰のうちで済んでいるのは事実だ。エイラがいなければ街ぐるみで迫害され、巡礼者の目に触れぬ路地で犯されていたかもしれない。

彼女がエルフにも分け隔てなく接する姿を衆目に曝しているからこそ、僅かなりとも信仰を残す街の人間は、教皇を気にして行動しないのだから。

「大袈裟ね。でも……そう言ってくれると嬉しいわ」

目尻を指で拭いながら微笑んだその姿は、大きな太陽を連想させる輝きを纏《まと》っていた。

この絶望《まち》で一つだけ灯る希望《エイラ》を救う日が、いつか来てほしいと、オルフェアは願う。

願うしか、できないのだ。

「あら？　お猫さんだわ」

オルフェアが思い描く夢から覚めると、いつの間にか現れていた白ぶちの猫が塀の上に横たわって大きな欠伸《あくび》をしていた。

エイラが自分の隣で寝そべった猫を指で撫でてやれば、猫は満足気に一つ鳴き声をあげてぐりぐりと体を捩《よじ》って愛らしい仕草をみせた。

「ふふっ、可愛い」

「最近、よく猫を見かけるようになりましたね。以前はそれほど目につかなかったのに」

「どこかからやってきたんじゃないかしら。猫の旅人さんなんて、なんだか素敵ね」

そう言うエイラの指は猫を触るのをやめない。

オルフェアが、ふと森でも猫を見たことを思い出したが、エイラの言葉を借りるならば、気ままにどこへでも行ける旅人が、たまたま立ち寄っているだけなのだろう。

ゴロゴロと喉を鳴らす猫と戯れるエイラの姿を見つめながら、今だけは醜い世界を忘れていようと温かい眼差しで一人と一匹を時間が来るまで見つめ続ける。

そんな猫の虹色の瞳は、まっすぐ人間とエルフを見つめていた。

「しかし随分と奇妙なことが起きているようですな。アーレンハイトとカランドラの連名で馬鹿げた文も届いておるしのぉ」

オルフェアが去った後も、元老院の議員たちの話は続いていた。

彼女に対して、おざなりな答えを返しはしたが、それが深刻な事態だということはさすがに理解していた。

「確かにディエルコルテの丘で起きた魔力光の正体が摑めないのは困りものだ」

「神聖騎士に魔物を打ち払う力はあってもエルフのような器用さは持ち合わせておらん。使い勝手がいいと思っていたのだが、案外魔術に自信がある種族といっても大したことはないなぁ」

「それも虚言《きよげん》と考えればどうかね。目眩ましとするのなら」

「ふむ。ないとは言えん。じゃが我々に害となる行動は全て首輪で封じられておる。刺青が出た者もいないそうじゃから考えにくいのぉ」

「騎士と結託しているわけでもなかろう。そのために甘い汁を吸わせているのだから、あれらを解放しようなど考えもしとらんわい」

虚言でも反乱でもなければ、フィレンツの森の先へ進めないのは外部原因によるものと考えられる。

老人たちだけに限るなら大きく影響することではないが、やはりアーゼライ教の本拠地としては取り戻す必要があった。

　ここ最近繋がりが薄れたラドル公国の動向も気になるところで、獣に魅入られた大公による工作の可能性があるのなら早急に解明しなければならない。

　この神都はあくまでも宗教の総本山として認められているため、不用意な兵力を用意するのは難しい。

　軍事運用ではなく自衛が前提の神聖騎士だ。精強ではあるが、周辺国から完全に独立するにはまだ数も質も物足りない。

「聖水を飲ませ続ければ勝手に増えるといっても、人間相手では心許《こころもと》ない」

「リフェリス王国が情報提供を求めにくるのも時間の問題か」

「さっさとエルフどもに自慢の魔術でどうにかしていただきたいものですなぁ」

「まあ、暫くは何もできまい。馬鹿なことを考えようと思える程度に焚きつけるとしようじゃないか。最近大人しくて面白みがないのでな、また盛大にやりたいものよ」

「なら久方ぶりに送りつけてみようかね。まだまだ在庫はあるのじゃろう？」

「ええ、ええ。ありますとも。ただあまり保存状態が良くないので腐っておるかもしれん」

「はっは、何、問題なかろう。仲間が帰ってくれば泣いて喜ぶとも」

　民も、官も、保管されているアレとどっちが腐敗しているのだろうか。

　老人たちは話を切り上げると、場所を移すため更に奥の部屋へと移動を始めた。

薄暗い階段を下り、重い鉄の扉を開け放てば、立ち込める臭気に口許を愉悦で歪める。

数本の松明《たいまつ》で照らされた地下室には女の悲鳴と男の罵声が反響していた。

暗がりの中で激しく動く人影は実に素晴らしいと更に笑みを深めた。

「ふふふ、迷える子羊を救うのは、実に素晴らしい行いですな」

ぞろぞろと奥へと進んだ老人たちの姿は、閉まる扉の奥へと消えていく。

その様子を陰から眺めていた丸いものは、扉が閉まるのを見送ると、可愛らしく「にゃあ」と一鳴きし、足音を立てずひっそりと姿を消した。


エイラと話を終えてから、オルフェアは体を再び白い布で覆い隠して丘を下っていった。

オルフェアが自分たちの暮らす場所へ向かうには、丘の頂上にある神殿から麓まで下りなければならない。

ぐるぐると丘を巡るように螺旋状の道が通っており、その通り沿いに大半の民家が建てられている。

道を行くだけで否が応でも住民に出くわすため、彼女は固められた土の感触を確かめながら視線を上げぬよう注意して歩いた。

澄み渡る空の青さを見るよりも、汚物を見るような目をした人間たちを視界に入れる方がよっぽど忌々しい。

街往く人とすれ違えば、すぐ後ろからひそひそと声を殺して罵る内容が聞こえてくる。

望む望まぬにかかわらず人間よりも大きな耳は音を拾ってしまい、言葉一つ一つが脳に突き刺さった。

——汚い奴ら——いやらしい——きっと媚《こ》びを——体で——いなくなればいいのに。

聞かれているとは思ってもいないのだろう。彼らは、ただ話のネタにして叩いているだけだろう。

全員が同じものを叩けば、そこに協調性と共犯意識が生まれる。

元老院はそれを利用してこの神都に共通の概念を植え付け、情報の統括と規制を徹底しているのだ。

恐怖と信仰。飴と鞭。

周辺国に干渉されぬよう、細心の注意を払って誤魔化し続けながら悪行に耽っている。

その証拠に、この神都で暮らす者は皆一様にエルフを悪し様に罵り、教義を捻じ曲げた挙げ句に「これが亜人の救済」などという愚かな名目を無理やり信じ込んでいる。

エルフは道具であり、玩具であり、そして踏み絵でもあった。

尊き神の教えは生命賛美だと知っていながら、元老院によって捏造された、亜人を悪とする証明を街の人間は信じることで免罪符を得ていた。

教皇が幼いのを良いことに、実権を全て剝奪に近い形で奪って発言力を強めた元老院こそが、神の名の下に悪行を尽くす大罪人だと誰一人として糾弾しないし、させない。

それが神都ディルアーゼルの真の姿なのだ。

（……下衆《げす》め）

殴りかかるのを必死に堪えながら、周囲から絶え間なく押し寄せる潜められた罵詈雑言の道を、オルフェアは足早に麓へと向かっていった。

エルフの住処は最も位が低いことを表すために神都の端に存在し、まるで朽ちた集落のような貧相な作りをしている。

奴隷に人権などない。家畜と何も違わない。

用途によって扱いは変わるが、性奴隷など大事に扱うのは娼館《しょうかん》くらいなものだ。

彼女たちは、正確には娼婦《しょうふ》でも性奴隷でもない。そう呼ぶのは元老院だけだ。

言い換えるなら、そう呼ばずとも思っている者が幾らでもいるのである。

耳障りな往来を抜け、人の目に触れない城壁の側。

エルフの住む場所は、そこにある廃材置き場のすぐ隣だ。

腐った材木で乱雑に作られた掘っ建て小屋以下の環境に四十人ほどが住んでおり、残飯を漁ったり、狩りをしたりしてどうにか食いつなぐ日々を送っている。

食料もないのにカラスが多く住み着いているのは、エルフが死ぬのを今か今かと待ちかまえているからだろう。

飢餓《きが》に喘いでいることがカラスでさえ分かるほど、彼女たちは劣悪な環境下での生活を強いられていた。

オルフェアは腐臭の漂う積み上げられた木の合間を縫って進む。

染み出たヤニと泥で素足が黒く汚れていくが、慣れてしまった彼女は気にすることなく歩いた。

大粒の砂利を鳴らしながら惨状ともいえる中を通り、一つの大きなボロ屋に辿り着く。

扉はあるが役目を果たしていないし、窓も四角い穴が空いているだけ。

雨風は凌げないし、虫も入り放題。寒さを防ぐのは煎餅布団数十枚ほど。

調理器具は腐り、穴だらけで使い物にならない。

それでも、この家がエルフたちの住む家で最も大きく、唯一落ち着ける場所だった。

「あ、オルフェア。大丈夫だった?」

オルフェアが中へ入ると、いち早く反応した人物が部屋の中央にいた。

大量の布が床の上に敷き詰められた薄暗い室内で、多くの子供が温もりを求めるように寄り添って眠っている。

その中心で、しがみついて離れない子供の頭を優しく撫でている女性は、掃き溜《はだ》めの中であっても聖母を思わせる慈愛が漂う。

薄汚れて所々破れた服の裾から伸びた手足には、黒い刺青が刻まれていた。

「ああ。私は、な」

その答えに、皆の子供を一人で面倒を見ている彼女、シエレは寂しそうな顔で僅かに俯いた。

彼女は足の腱を切られたせいで満足に歩くことができなくなってしまい、今は子育ての役目を皆から引き受けている。

彼女と族長であるオルフェア以外の女性は、皆フィレンツの森で術の解析をしているか、地下で慰み者にされているかのどちらかを強いられているだろう。

六十人程度。子供を抜いての数。

それだけしか、もう大人は残っていなかった。

奴隷に落とされたばかりの頃はまだ百人以上いたが、今では半数以下にまで減っている。

長命で病に高い耐性を持つエルフが十数年でここまで減るなど、老衰や病気ではありえない。

つまりは、皆がその命を絶ったからだった。

思い出すだけで心がざわめき、オルフェアの全身から淡い黄色の魔力光が溢れ出す。

「子供たちが起きちゃうわ」

少し涙声になったシエレの指摘にはっとし、オルフェアはすぐさま自制する。

幼い者たちにまで心配をかけさせるのはいけないと、吹き上がりそうな憎悪を抑えつけた。

子供の中には人間の血が混じった不自然な姿の者もいるが、等しく大切なエルフの民として育てている。

望んで生まれてきたわけじゃなくとも、命に優劣はない。たとえ混血でも大切な家族なのだ。

「そう、だな。すまない」

小声だが、はっきりとした口調で謝罪したオルフェアは、汚れた足の踏み場を選びながら一人一人の顔を覗きこんで確認する。

エルフらしい顔立ちだが耳が小さかったり、耳は大きいが顔立ちが人間だったり、未成熟で生まれたせいで片腕がなかったりと何らかの障害を持つ子も多い。

いくら交配が可能といっても、本来交わらない遺伝子が掛け合わされれば異常が出る確率は高くなる。

異種交配、特に人間と魔物の交わりはリスクがあり、ましてそれが望まぬ行為の結果となれば、生む女は平常でいられなかった。

その女たちの末路は言葉にするものではないだろう。

ただ、今いる大人が皆分け隔てなく、遺された子らを我が子のように大事にしているのがエルフたちの暮らしの大部分を占めていた。

様々な子供たちだが、見ているだけで頑張ろうと思えてくる。

この子たちのためにもより良い未来を模索しなければと奮起できる。

エイラの次にオルフェアを救ってくれる存在だ。

「またすぐに行くの？　ここ最近みんな帰ってこないから、あまり誰もいないままだと不安だわ」

優しい手つきで頭を撫でるシエレに問われて、オルフェアは安心させるように笑ってみせた。

「安心しろ。今作業している者たちに帰宅を促すつもりだ」

「そう……そんなに強固な術がかかっているの？」

「我らエルフの魔術とも、人間の魔術とも違う法則で構築されているらしくてな。なかなか解読の手だてが見つからずにいる」

西にあるフィレンツの森にかけられた迷いの呪法は、エルフでも手を焼いていた。

エルフと人間では、同じ術を発動するために使用する公式が違う。人間が使うために効率化するものがエルフにとって最適じゃないように、術者次第で描く術式は変わるのだ。

それらを特殊な才能で看破できる能力をエルフは有しているが、魔の英知を極めた種族でも解明できない奇っ怪な魔術式が森には使われていた。

式には必ず規則性が存在しており、当然迷いの呪法にも決められた幾つかの規則性が存在するのだが、言語が違うのかと思うくらいエルフの常識が全く通用しない。

一族を総動員しても解除できない不可解な法則で成り立つ魔術に、世界を震撼させるほどの強大な魔力の柱。

まるで天変地異でも起こりそうな異常ばかり立て続けに起こっていた。

「……嵩天《しゅうてん》より舞い降りしアーゼライは一握の砂と一粒の涙から天地を創り、共に生まれた二柱の神に世界を託した。アーゼライにとって、その全ては一つであり、そして一つは全てである。ディエルコルテの丘に立つ姿は白銀と黄金の輝きを放ち、慈愛と寵愛に満ち溢れていた」

「教典の話か」

シエレの長い台詞に首を傾げたオルフェアだったが、その真意をすぐさま理解する。

もしも。

偉大なる創造神が敬虔な信徒であるエルフたちを慮《おもんぱか》って何者かを遣わせていたら、なんて。

噤《つぐ》んだ唇が雄弁に想いを語る。静かになった部屋には子供たちの寝息だけが漂い、窓縁《まどべり》に寝転んでいた猫はそっと住処へ帰っていった。


聖地ディエルコルテの丘を囲うように広がるこのフィレンツの森が、なぜそう呼ばれているかは誰も知らない。

昔の貴族がそう名付けたとか、偉大な英雄がその森で没したとか、与太話のような仮説が囁かれるだけで確証はなく、ただ言葉だけが残る古い森だ。

一つだけ確かなのは、あの芝だけが広がる無窮の丘はかつて魔王と人類の戦争が起こった時、十三の英雄がアーゼライによって召喚された地であること。

その残滓《ざんし》は今も残っており、魔獣の類を一切寄せ付けない神秘が褪せることなく漂い続けている。

しかし神秘を宿す森だからといって心が洗われるような場所ではない。

木々が鬱蒼《うっそう》と生い茂り、日の光が満足に通らぬせいで湿っぽく、息をするだけで不快感が募る場所だ。

そんな中、二十人のエルフが一ヶ所に集まって両手を胸の前で合わせていた。

彼女たちは金色の髪と瞳を持つ美しい容姿だが、眼差しは虚《うつ》ろで頬は痩せこけている。

華やいだ輝きではなく幽玄の妖しさを漂わせる女たちは、一心に呪文を詠っていた。

黒い蜜蠟で描かれた魔法陣に、黄色の魔力が流し込まれていく。

力を注がれた魔法陣は星屑のような白い光を溢れさせていき、ピークに達して一際強く輝いた。

だが、無情にも光は地面へと吸い込まれてしまった。

数時間を要した彼女たちの努力を馬鹿にするように、何一つ事象を起こすことなく消え失せる。

「ダメかい。これも」

何度目の失敗になるのか、もう誰も覚えていない。解析を何度も繰り返し、詠唱も魔法陣も試行錯誤を繰り返してきたが、この不可解な術式の一端に触れることにすら成功していない。

嘲笑《あざわら》うかのように魔術が霧散《むさん》する光景を見て、誰かが小さく溜め息を零した。

「ご母堂、このままでは――」

「分かっておる。皆まで言うな」

三百年を生き、今残っているエルフの中で最高齢の女性に若いエルフが声をかけたが、彼女が言い終える前に苛立ちを含んだ声が遮った。

三百年の歳月を重ねていても三十代前半にしか見えない長老格のエルフは、艶が失われた長い金糸の髪を鬱陶《うっとう》しいと手で払う。

「どうだ。丘へ向かって辿り着けた者はおるか?」

「いえ、残念ながら皆彷徨《さまよ》ってここへと戻ってきます」

「戻っている、というよりは戻されているが正しいかと」

「どちらにせよ、何一つ変わっておらんというわけだな。忌々しい」

ぽつりぽつりと周りのエルフが口にした進展のない言葉に、ご母堂は信仰している神が降り立った地に目を向けながら吐き捨てるように呟いた。

常であれば冒瀆だと言われるべき発言だったが、誰一人として突っ込む余裕はない。

既に神の存在などどうでもよく、寧ろその信仰が今の事態を招いたことに恨みをもっている者も中にはいる。

騙されたのは自分たちで、目先の利益に目が眩んだのも事実で、自業自得といってしまえばそれで終わりかもしれない。

そうであっても、憎まない理由にはならないのだが。

「リーレ。おぬしはどう思う?」

ご母堂と呼ばれて慕われるエルフが、並び立つ孫に尋ねた。

問われて痩せ細った少女は白魚のような指をおとがいに添えて目を伏せた。

二十三という若さで呪術に類する魔術の才能に開花し、一族で唯一人、最高位の呪術《屍《しかばね》の王》を会得した天才。

まだ幼いことから肉体奉仕を避けられているが、あと二年もすれば女の尊厳を無慈悲に摘み取られてしまう将来が約束された奴隷。

そうなる前に、自分を失う前に、与えるべきことを与えようと懸命に育てられている、エルフの期待を背負わされた少女リーレは、祖母の問いにゆっくりと首を振った。

「理解不能、としか言えないです」

魔術の経験はご母堂の方が当然上だが、術式の理解はまだ幼いリーレの方が上だ。

そのリーレでも、薄ぼんやりと見える芸術的な難解さの式から読み取れるものはなかった。

「まず術の構成が根本から違いすぎます。私たちが一から十の式を順番に組み立てて行うことを、これは一から三十の式をバラバラに行っている印象があります。順序を守らないことも理解できませんし、知らない二十五の式の解読も敵いません」

「で、あろうな。常であれば決まった手順で踏まれるものが、手順も守らず余計なものまで混ざっているときた。本当に、何をどうすればこんなことになるのか」

見識の魔術を用いれば、秘匿コードが組み込まれていない術式を解読することができる。

一般人が見ても奇妙な魔法陣が見えるだけだが、記された内容には規則性があり、それを見てどのような式が、どのような順序で、どのような効果を齎《もたら》すものか、魔術という世界の力の欠片を扱う者たちは理解できる。

魔術師たちは常に、見識の魔術を展開して相手の魔術師の攻撃や防御を解析しながら戦うというのが常識だ。

しかし、それには知識がなければ意味がない。

知らない法則。知らない手順。どれだけはっきり目にできても、知らなければ意味などない。

故に、膨大な魔術の知識を貪欲に求めるのが魔術師というものだ。それが新たな術を生み出すことに繋がり、同時に完璧な守りにも繋がる。

つまり魔術において「知らない」ことは恥であり屈辱であり、術に対して無力なのだ。

「そうか……書物を読み漁ってもみたが、ここに記されている術式の文法さえ探し出せん。効果は既に発揮されているから、これが迷いの魔術として機能すると分かってはいるのだが」

「それを打ち破るために知らなければならない手順が、解明できませんね」

リーレの目に見えている魔法陣の術式は、彼女の知るものより三倍は複雑に作られている。加えて術の解析を阻む偽装も施されていない。

まるで、「解けるなら解いてみせろ」と挑発めいた意図すら感じてしまう。

「とにかくやるしかないな。皆の者、次の術を――」

試すぞと続けようとして、ご母堂は言葉を押し留める。

考えていたせいで気付かなかったが、周りにいたエルフは大量の魔術を消費したせいで疲労困憊になっており、力なく木に寄りかかったり座り込んだりしていた。

朝からぶっ続けで幾つもの魔術を使っていたせいだろう。特別魔力を多く内包している者は多少の余裕があったが、大多数の者は限界が近づいていた。

ご母堂は困ったように頭を掻いて、どうしたものかと考える。

人数が少ないままでは十分な効果を発揮してくれない以上、暫し休息して回復を待たなければならない。

なるべく早く調査を進めたい気持ちはある。

ただ、一度として効果を発揮していない現状で焦っても逆効果にしかならないと、内心で苦笑を漏らした。

「日が傾き出すまで、各々休んでおくれ」

ご母堂が休憩を告げると、エルフたちがドサドサと崩れるようにして地面に座り込んでいった。

一方リーレは、皆が休息に入ると同時に走り出し、一人で森を探索していた。

どこへ行こうと元の場所へ戻るのだから、好きに歩き回っても関係ないとばかりにあちこちへ駆け回り、忙しなく周囲に視線を巡らせている。

休むべき時に休まないのは褒められたことではないが、リーレは皆に黙っている一つの謎を明かそうとしていた。

猫——。

森に呪術が巡らされた辺りを境にして、あちらこちらで頻繁に猫を見かけるようになった。

今まで見かけなかったわけではない。その頻度が突然増えたことが気がかりなのだ。

他のエルフに尋ねてみても彼女たちは何も疑問に思っていなかった。

それが当たり前だと思わされているように、全く気にかけていない。

リーレは精霊術や元素魔術、回復魔術といった、普通の魔術師が一番初めに覚える魔術の才能が皆無な代わりに、呪術だけは人一倍の才を持っていた。

呪術の系統は攪乱や阻害などの状態異常に特化しており、その才を持つ自分だけがこの不可解を感じていると考えていた。

誰だって行く先々で今まで見たことがなかった猫の姿を頻繁に見ていれば、多少なりとも不思議に思うはずなのに、その様子がないのは、つまりそういうことではないだろうか。

リーレ自身、その疑問をずっと霞のように、ふとした拍子に忘れてしまいそうな曖昧《あいまい》な状態で認識しており、疑問がはっきりと心に根付いてくれない。

その違和感が呪法を解く鍵に繋がるはずと、溶けてなくなりそうな疑問をどうにか留めていた。

(きっと私しかできないんだ。だから、何か手がかりを見つけないと……!)

もしその猫がこの森からやってきたとすると、この迷いの呪法を張り巡らせた誰かに辿り着けると読んでいる。

猫の存在に気付いていても疑問を抱かせないようにしているのは、猫に何か意味があり、それを悟らせないためだろう。

ただの猫に戦う力があるようには思えない。

だが、もし獣使いのような存在の手下だとすると偵察はこなせると思う。

急に増えたと感じるほど多くの猫を使役できる存在はまずありえないので、複数名が動かしていると、拙い知識で考えていた。

「見つけないと。とにかく猫を見つけて、捕まえないと」

それからじっくり調べれば、きっと何かが分かるはずだ。

リーレは確信めいた気持ちで、必ずどこかにいるはずの猫を探し回る。

心の中の焦りは一族への思いと同時に、自分に差し迫る男たちの手への恐怖も理由にあった。

幼い外見が功を奏して穢されずにいるが、解決できなければきっとエルフ全員にペナルティが与えられる。

そこには、きっと自分も入るだろう。

あと二年の猶予などあってないようなもので、向こうがその気になればいつだって抱かれなければならない。

嫌だ。そんなの、死んでもごめんだ。

むせかえる栗の花の匂いが漂うあの凄惨《せいさん》な地下室を思い出し、リーレの膝が崩れた。

ガクッと上体が沈んで地面に手をつく。言うことをきかない膝を何度も動かそうとするが、知らぬ間に蓄積していた疲労が膝を笑わせている。

手の甲で拭ったのは汗か涙か。こみ上げる嗚咽を必死に堪えながら、リーレは立ち上がろうと足《あ》掻《が》いた。

大人たちの献身で自分が無事なままでいると分かっていても、いつか自分も同じ目に遭いたいなどと思うわけがない。

いつだって気丈に振る舞ってきた少女の瞳から、初めて涙が溢れた。

やるせなさがこみ上げる。天才だと煽《おだ》てられても、結局子供に変わりない。刻一刻と迫る汚辱に怯えていないはずがなかった。

「お、エルフがいたぞ」

ざり、と木くずを踏む音と共に、野太い男の声が聞こえた。

「っ、誰!?」

突然耳に届いた聞き慣れぬ声に、リーレは勢いよく顔を上げる。

そこに立っていたのは農民の格好をした男が三人、物珍しそうにリーレを見下ろしていた。

手には大きな籠と草刈り鎌が握られている。森に自生する薬草を取りに来た人間だ。

「なんだってこんなとこに?」

「さあ、知らねえよ。ただまあ、偉いさんに何か言われてんだろ」

納得だと、青髭の男が巨漢の男に頷いてみせた。

この森が今どうなっているのかを神官たちは住民に知らせていないのか。それとも知っていて入ってきたのか。

そもそも、この森で何かを取ることは禁じられているはずだし、立ち入りも禁じているはずなのになぜ。

リーレも神への信仰が薄れているが、それでも根付いた宗教観は簡単に崩れることはない。

神聖な地を荒らすような行為を許せず、傍若無人な人間の振る舞いがあの老人たちと重なった。

「この森は立ち入りが禁止されているはずです」

「あー、そうだったな。忘れてたよ」

「ここで何をしていたかは報告しません。ですから、どうかお帰りください」

坊主頭の目つきが悪い男はヘラヘラとした態度を崩さず少女を見つめている。リーレはその視線に既視感を覚えた。

男たちは何やら小声で話し合うとリーレの方へ近づいてきた。

倒れている少女を助ける風を装っているが、リーレは彼らの目に感じた既視感の正体に気付き、急いで這うように逃げ出そうとした。

「待てよおら！」

土を握って背を向けたリーレに男が迫る。

伸ばされた腕がリーレの足をがっちり掴み、力任せに引き寄せた。

「いやっ、やめて！」

——あの目は、神聖騎士や元老院の議員たちと同じ目だ。女を道具としか思っていない敵の目だ。

リーレはなけなしの力を振り絞って、疲れて動かなくなっていた体を必死に暴れさせる。

「大人しくしてろ！」

ごす、と腹に圧迫と衝撃。

反射的に蹲《うずくま》ろうとした隙をついて残った二人がリーレの手を拘束する。

裾が捲れるのも構わずに抵抗しているとまた一発。更に一発。

「げほっ！　やだ……ぐうっ！」

男たちは鼻息をますます荒くし、色欲に染まった顔に変化した。

神聖騎士からおこぼれを中々もらえずに溜まっていたところ、普段は手を出せない少女が森に一人だけでいるのを見つけてしまったのだ。

坊主頭に唆された二人も柔肌の感触を貪るように手を這い回らせて鼻を大きく膨らませる。

「早くしろよ！」

「うるせえ！　くそっ、もっと押さえろ！」

ボロボロの白い布を無理やり引き裂かれて、たくし上げられた紫の服の下から痩せこけた体が露になる。

小ぶりな胸に、骨盤の浮き出た腰に、細い太ももに、無遠慮に伸びる節くれだった手で赤い跡が付けられる。

リーレは――諦めを選んだ。

魔術が使えれば簡単にこの男たちを拘束できるし、煮るなり焼くなり好きにできる。

それだけの力を持っている。

しかし、それは使えればの話だ。

黒い首輪に編まれた隷属の呪は人間を害さぬようエルフを縛っている。許されるのは振り払うことだけであり、叩くことすらできない。

肩が外れそうでもお構いなしな男の腕力に、立ち向かうことも許されないのである。

リーレは全身を弛緩させて物言わぬ人形のように全てを委ねた。それだけが、余計な苦痛から解放される方法だと感じて。

「最初からそうしてろよ、エルフのガキが調子乗りやがって」

憎い。

憎くて仕方がない。

この人間たちがエルフを蔑む理由が、人種の違いですらないことがたまらなく憎い。

この首輪さえなければ尊厳を捨てることなんてなかったのに、卑劣で最低な人間が憎くて憎くて。

(助けてよ)

木漏れ日を拒むように、光を失った瞳から涙が溢れ出す。

恋をして、好きな人と幸せな日々を送りたいだなんて贅沢は言わないから。

(助けて、神様)

せめて……この苦しみを忘れさせてほしい。

「あら、何をなさっているのでしょうか」

呑気な響きの甘く柔和な声が、一塊になって少女に群がる人間の背にかけられた。

仲間が来たのかと驚いて、声の方へと獣のような飢えた目を向けた男たちは、怒鳴り散らして怯えさせようと口を開けた。

が、その相手を見て石のように硬直してしまった。

「女性を乱暴に扱うのは紳士的ではありませんよ？　ただ、人間には色々な趣向があると聞きますし、ううん……だとしても！　同意を得ず行為に及ぼうとするのは見過ごせませんね」

リーレも琴の音を思わせる清らかな声に誘われて目を向ける。

そこには、見たことのないエルフがいた。

鬱蒼と茂る木々の合間から差し込む木漏れ日を浴びて佇《たたず》むのは、鮮やかなエメラルドグリーンのドレスを着た絶世の美女だった。

均衡の取れた流線型の肢体に、母性が詰まった豊満な胸が姿勢を正すだけで大きく揺れている。

蜂蜜のようなブロンドのロングヘアを煌《きら》めかせ、金色の杖を持つ姿は、伝承に語り継がれる美しいエルフの姿だった。

美貌を前にして時が止まったように硬直した人間に向けて、新緑のエルフは柔らかく微笑んだ。

「えいっ」

マジックスキル・呪《セトの胞棘《ほうし》》。

だが、その美しさとはかけ離れた禍々《まがまが》しい魔法陣が展開すると、その中心から飛び出したどす黒い触手が三人同時に頭部を貫いた。

飛び散った血が、リーレの上にぱたぱたと降りかかる。それをリーレは唖然《あぜん》としたまま無防備に浴びた。

「……え？」

「ごめんなさいね。驚かせてしまいましたか？」

あまりの急展開についていけないリーレだったが、三本の触手が死体を誇らしげに掲げる光景を見て、自分が助かったことだけはどうにか理解した。

「でもどうしましょう。こんなことするつもりじゃなかったのだけど……ああ、いけないわ私ったら。カロン様になんて説明すれば……」

「あ、あの！」

「ああ、ごめんなさい。もう少しそのままそこにいてもらえると」

「ありがとうございます。助けていただいて」

見たことのないエルフに、リーレはよろよろと立ち上がって頭を下げた。

どこの誰かは知らない。考えられるのはこの森の異常に深く関わる人物であることと、使用した魔術がリーレでは到底届かない領域のものであることだ。

真っ先に感謝を口にしたリーレを見て、エルフは少し困ったように目尻を下げて笑った。

杖を振って死体を触手ごと消し去ったエルフは、綺麗な所作でリーレの側まで近づき、「可愛い顔が台無しになったわ」と血のついた顔を拭う。

見ず知らずの人から向けられる優しさに目を丸くしたリーレに、母性の溢れるエルフは穏やかな口調で語りかけた。

「いいのですよ。助けましたけど、それが良かったかどうかはまだ分からないのですから」

「え？」

「お願いはしてみますが、それを認めていただけるかはまた別」

「それはどういう……」

「簡単に言うと、殺さなければならなくなるかもしれないってことです」

申し訳なさそうな言葉遣いだが、エルフの浮かべた微笑みに悲痛な様子はなく、変わらず陽だまりのような温かさを湛《たた》えている。

「でも、そのまま帰してあげるわけにもいかないから……それもごめんなさいね」

マジックスキル・呪《ラザラの遊眠》。

ぐらりと脳を掻き回されるような強い目眩に、リーレは崩れるようにして地面に倒れた。

新緑のエルフ――エステルドバロニア第十四軍団長。

本来であれば西方守護を担当するランク8の亜人種、【ハイエルフロード】のリュミエールは、頬に手を添えて困った風を装いながらリーレを見下ろす。

リュミエールは同胞が陵辱されるのを黙って見過ごせなかった。

しかし王の裁可を得ずに行動してしまったことは大きな問題だ。今まで一度も独断で動いたことはないし、そうしたいと思ったこともなかったのにどうして今回に限ってと、奇妙な衝動に自分でも疑問が湧く。

結果として王の意志に沿わない行動をしてしまった以上、自分の去就も問われることになるだろう。

そしてこの少女も邪魔になれば殺すしかない。

リュミエールが王から賜ったのは〝慈愛〟と〝調和〟の心。

全てを愛し、全てを許せる者であれと求められて生まれた女だ。

しかし決して言葉通りの性格ではない。

なにせエステルドバロニアの団長だ。一癖あってもおかしくはない。

「安心してください。その時は私が優しく、苦しむことがないように殺してあげますからね」

リーレを救うも殺すも、全て彼女の愛の形。

その生命の儚さを慈しみながら、リュミエールは歪んだ愛で倒れた少女を見下ろした。

◈ 二章 ◈

それぞれの選択

カンカンと、晴天の下で奏でられる大工仕事の音。

城の外周を囲む巨大な城壁、通称〝外郭《がいかく》〟の周辺で日夜続けられる難民居住区の整備は、本格的な住居の建築へと移行している。

様々な種族がいれば、様々な暮らし方がある。

ドリアードなら土の床を好むし、サラマンダーは激しく燃える暖炉を好む。

とにかくストレスなく暮らせる家を建てるようにと沙汰が下った第十六軍の工作部隊は、今日も今日とて大工仕事に勤しんでいた。

「おい！　チンタラしてんじゃねえぞ！　さっさともってこい！」

「ウッス！」

魔術で浮遊する大きな木材を紐で縛って背中に括り付けた新入りのゴブリンは、猿のような身軽さで骨組みだけの家をするすると登っていく。

梁に手をかけて登りきったゴブリンは、仁王立ちする筋骨隆々のドワーフに木を差し出す。

「おせえ！　もっとちゃちゃっと動かねえといつまで経っても終わんねえぞ！」

すぐに怒鳴り声が飛んだ。

「ウッス！」

短く返事をして、ゴブリンはすぐに柱を伝い下りてまた木材のもとへ向かい、ふわふわと浮遊する木に紐を結んでドワーフへ届けるのを繰り返す。

【ゴブリンワーカー】のナベラは正式に第十六軍の工作部隊へと入隊し、【マスタードワーフ】の棟梁《とうりょう》と共に外郭周辺の新区画の整備計画に携わっていた。

さすがは魔物というべきか、その進行速度は人間よりも遥かに速く、巨人の怪力や精霊の魔術が合わさって驚異的なスピードで組み立てられていく。

道の整備も進み、周囲に広がっていた草原は見る見るうちに街としての機能を備えていった。

現在は種族ごとに分かれてそれぞれの種族に合う家を建てることに注力しており、巨人は巨人、亜人は亜人というように分担して建築が行われている。

ナベラの担当は南西の亜人区外周だ。

難民たちは広大な大陸に広がってそれぞれ暮らしていた者たちだ。いつかまた自分たちの暮らしを求めるかもしれない。

それでも、彼らが安心できるようにするのだと、小さなゴブリンは使命感に燃えていた。

「うあっ！」

とはいえ、まだまだ新米なナベラではミスも多かった。

特に今回のは致命的なものだ。

梁から上へ登っている最中に足を滑らせ、ぐらっと体勢を崩して仰向けに落ちてしまった。

棟梁が声に気付いて振り向くよりも早くナベラの体は地面に引き寄せられていく。

背中から衝突するのを恐れてナベラは固く目を閉じた。

「……あれ？」

しかし、痛みはやってこない。

何か温かな布に包まれているような感覚と、高級なクッションに飛び込んだような弾力。

恐る恐る目を開ければ、自分の体がふわふわと宙に浮いていた。

「ほら、気をつけないといかんよ？」

空だけが見えるナベラの視界に上から顔を覗かせた翠髪の女が、くつくつと喉を鳴らして笑った。

穏やかな顔立ちの美女にみっともない姿を見られた恥ずかしさから、もがくようにして体を起こしたナベラは首に巻いたタオルで口元を隠す。

「あ、ありがとッス」

「どういたしましてっす」

口調を真似てからかわれても、反論するだけの勇気はナベラにはなかった。

腰から生えた翠の翼を揺らすセイレーンの上位種、【トルヴェールセレーヌ】のカスカはニヤニヤしながらナベラの顔を覗き込んだ。

「ちょっ、カスカさん！」

「んー？　なしたん？」

腰を曲げて白いドレスの胸元を強調するカスカは、初心な反応に糸のように細い目をさらに細めて楽しそうに微笑む。

翼と同じ翠の髪をかき上げる仕草は、無知な少年をからかうお姉さんのそれだ。

「なんも悪いことしてへんのやけどなー」

「そ、そうじゃなくて」

「あーあ、落ちるの見つけて助けたの私なんやけどなー」

「うぐ……」

「新米くんと二人じゃ終わらないからって棟梁に呼ばれたんやけどなー」

「うぐぅ」

ぐうの音も出ないナベラを誘惑したがるのはセイレーンの本能か。日も高い時間に幼いゴブリンと火遊びしたがっているように見えなくもない。

「カスカぁ！　くっちゃべってねえで仕事に戻らんかい！　てめえも無事ならさっさと作業に戻れや！」

しかし、二人の間にあった薄桃色の空気は棟梁の怒声で消し去られた。

「う、ウッス！」

ピンと条件反射で背筋を伸ばしたナベラの姿に不満げなカスカは、棟梁に向かって間延びした声を出した。

「えー？　でも棟梁、もうすぐお昼になるんやよー？」

カスカにそう言われて空を見上げた棟梁は、太陽の位置を見て舌を鳴らす。

以前なら昼夜問わず働き通しでも問題なかったが、この世界に来てから新しく就業時間が定められてしまった。

罰則などは特にないが、カロンが制定したと聞けば従うのが当然である。

「……食ったらすぐ動けよ」

「はーい」

棟梁はナベラが落ちた場所よりも高い位置から飛び下り、ずしんと地面を凹ませて何事もなく着地し、まっすぐ横たえた大木の側に歩いていく。

ナベラとカスカもその後に続き、それぞれ用意していた弁当を荷物から取り出して早めの昼食を始めた。

「カスカさんって、どこの部隊なんスか?」

黙々と食事をしていた三人だが、色々と気になることがあるナベラが会話の口火を切る。

三日前から共に行動しているこのセイレーンが他からの出向だということは知っているが、詳しくは知らない。

同じ班だった【アルマギガース】は巨人区整備の方に駆り出されているため、その代理を兼ねて魔術で木の加工や浮遊などができる彼女が棟梁に引き抜かれたらしい。

両手で持つサンドイッチを小さい口でちまちま食べていたカスカは、ぺろりと唇を舐めて笑う。

「私はなー、軍団長直属の部隊の兵なんよー」

「ちょ、直属⁉　ってことは、城仕えッスか⁉」

「凄かろー？　そんな凄い私と働けてるんだから光栄に思ってもええんよ？」

大きな目を更に開いて驚くナベラの反応に気を良くするカスカは、口の端にサンドイッチのソースを付けたままくふくふと鼻を鳴らした。

第十六軍の雑用部隊といえば、誰もが憧れる王の側仕え部隊だ。

雲を貫く白亜の城の全てを担うルシュカ直属の精鋭は第十六軍の中でも一つ抜けた憧れの的である。

そんなエリート中のエリートと一緒に大工仕事をしている。

呼んだ棟梁がすごいのか、応じたカスカがすごいのか。

「けっ。去年から内勤になれたばっかの奴が何ぬかしてんだ」

「ちょっと棟梁！　それは内緒にしてくれんと！」

「皿洗いだったか？　料理長が余ってるから連れてっていいぞっていうのも納得だわなぁ」

「もー！　なんでそんなに優しくないんかなぁ……あ、上の人たちみんな厳しかったわ。あっはっはっは」

笑っているが、目に光がない。

過酷なのはどこも同じなのかと、ナベラは深く触れることはせずチマチマと弁当を食べる。

祖父と娘のような二人だが、軍に入ったのは同時期だし、実は年齢もほぼ変わらない。

どちらが上というのはないが、早く出世して一部隊を任された棟梁に対する意識は少し特別なようで、何か言い返してやろうと思ったカスカはとっておきのネタを引き出した。

「けどな？　実は……私カロン様のお姿見たんよ？」

ニタッと細い目を僅《わず》かに開いて笑うカスカに、棟梁はナベラが受けた以上の衝撃を受けて思わず立ち上がった。

「カロン様を⁉　なんだそりゃ！」

「ふふっ、まさか棟梁を羨ましがらせられる日が来るとは。いやぁ、本当に素敵だったなー。凛々しいお顔に優しいお声。私たちのことを褒めてくださって……はぁ、思い出すだけで幸せやわ」

「なんでだ！　どこでだ！」

「そりゃもちろん城の中や。最近カロン様は城でお食事をなさるんよ。その時にちらっと、な」

「ぐぅう……！」

この仕事に誇りを持っている棟梁であっても、王の側に仕える栄誉は何物にも代えがたいらしく、ごつごつした顔を顰《しか》めて悔しそうにした。

語らずとも、棟梁の反応だけで全てを察するカスカは優越感に浸っている。

だが、ナベラは二人についていけずにいた。

併呑《へいどん》された国出身の〝外者《そともの》〟なのも一つの理由だが、それとは別の、ものすごい大きな疑問があるのである。

「あの……カロン様、たまに街中で見かけるッスよね？」

それを口にした瞬間、棟梁とカスカの眼光が鋭くなった。

怒りというのか困惑というのか、ひどく形容しがたい視線にナベラは二人の顔を交互に見る。

「な、なんスか？」

「よく聞け。カロン様を街で見た奴はいねえんだ」

「え？」

そんなわけはない。つい二日前に軍団長のルシュカとアルバートとフィルミリアを従えて、黒い布を頭からすっぽり被った奇妙な格好で歩いているのを見ている。

あんなに目立つ一団が街中を歩いていて知らないはずがないのにと言おうとしたナベラだったが、有無を言わせぬ迫力まで漂い始めているのを感じて口を噤《つぐ》んだ。

がし、とナベラの肩を摑み、「いいかいナベラくん」と前置きして、カスカは諭すようにやんわりとした口調で語りかけた。

「カロン様は出歩いたりしてないんや。あの黒い布を被った御方は、やんごとなき御身分の方やもしれんけど、それがカロン様かどうか私らは定かやないんよ。ええね？」

「おめえにゃ分からんかもしれんがな。もし、もし仮にカロン様が出歩いていらっしゃったとしてもだ。お姿を隠しておられるってことは、それが何者か俺たちにゃ分からねえ。つまり、たまに見かける黒布のどなたかがカロン様かどうか誰も知らねえ」

もうそこまで気を遣った言葉を選ぶなら知っているに等しいのだが、当人たちは至って真面目である。

「それは、もう見たってことでもいいような……」

「カロン様が知られたくないってこたぁ、俺たちは知らねえってこった」

誰に言われたわけでもないが、王がそうならそういうことだ。

そんな考えがエステルドバロニアに暮らす者たちの共通認識として蔓延《まんえん》しているあたり、この国の統率度合いがよく分かる。

ナベラは、カロンという王に畏敬や恭敬を抱いているが、遵奉や渇仰といった強く焦がれ慕うまでの想いは持ち合わせていない。

外者な自分だが、少しでも馴染んでいきたいと強く思うようになった。

その大きな壁として、王に対する感情が存在している。

この国で生まれ育ってきた者たちには、カロン王は一体どのように見えているのだろうか。

人とも魔物とも違う、王への奇妙な感情。

それが共有できていないうちは、まだ一人前のエステルドバロニア民ではないように思える。

「ほらほら棟梁、もっと羨ましく思ってもええんよ～?」

「皿洗いが何を偉そうに。料理が壊滅的で扱いかねるって聞いてるが、どうなんかね」

「は、はー?　そんなことあらへんし。ちょ、ちょーっと経験不足なだけやもん。ほらナベラ、あんたも何か言い返してや」

「え？　いや、そう言われても俺知らないッスよ。つか、料理下手なんスね、意外ッス」

「今までしたことなかっただけやよ」

「カロン様のお口に合うものが出来るかどうかは別だろうな」

「ぬ、ぐぐ……それを言われると、ほんとに皿洗いから抜けられん気してまう……」

言い争う二人を見ながら、ナベラは考える。

それほどまでに魔物を酔わせるものは何かと。

冷酷で残虐《ざんぎゃく》で、反して温厚で寛大で。

エステルドバロニアの王カロンを、どれだけの者が正しく捉えられているのだろうか。

昼食を口に運びながら、ナベラは昼の休憩が終わって仕事に忙殺されるまでずっと考えていた。


カロンはここ最近、ほんの少しだけ外に出るようになった。

まだ街を自由に歩こうと思うほどの度胸を持てずにいるが、魔物たちに慣れるために数分ほど散歩するようにしているのだ。

団長たちとの交流は可能な限り増やすよう心がけているので、その点だけでもかなり進歩はしていた。

まだ怯えや恐れの感情が全くなくなったわけではないが、ずっと夢にみてきた仲間との交流はやはり嬉しさも大きいのである。

しかしその反面、魔物や現状の理解を深めるために丸一日部屋に引き籠もって実験に没頭する時間も多かった。

「はぁ……」

ふかふかのソファに座ってコンソールウィンドウを操作するカロンは、マップに映された光景を前に深い溜め息をこぼす。

その姿を、後ろに控えるルシュカは優しく微笑んで見守っていた。

カロンがすべき仕事は、さほど多くない。

国の運営だけなら、カロンがいなくても滞りなく進められるようプログラムされていたルシュカがいる。

当然今もその才覚を引き継いでおり、日常的に発生する事案であれば彼女が全て処理してしまうのだ。

しかし、重要な決定だけはカロンの承認がなければならない。

とくに今、同大陸に存在する原住民との関係は大きな課題となっている。

周辺に四つの国があると知りながら、カロンはそれらに対する措置を【ハイエルフロード】のリユミエール率いる亜人魔術部隊の幻惑魔術と結界だけに留めていた。

本来、南方は第十軍である散々沙々羅《さんざんささざら》の管轄だが、彼には別の任務を申し付けているので、現在はリュミエールが兼任している。

妨害や治癒など、攻撃以外の魔術に特化した軍が施した結界は今のところ破られる様子がないので時間は稼げているが、このまま引きこもり続けるわけにはいかない。

良くも悪くも、人間の国を滅ぼして魔物の国を併呑してきたのがエステルドバロニアだ。

システム上、人間とは交易や不可侵条約を結ぶことはできても、最終的には戦争によってどちらか滅びるしか道がなかった。

しかし今は違う。

どちらもプログラムの構成体ではなく血の通った生命となれば、それが失われるのはどうしても憚《はばか》られてしまう。

平和な時代に暮らしていた人間が、勝手な都合で人を殺す号令を下す。

そんな大きな決断の答えを数日足らずで出せるほど、カロンは人間離れしていない。

だが、その甘さが通用しないことも知っていた。

なぜなら、広域マップに映るエルフたちの情報は既に聞き及んでおり、その情報は軍の中でも共有されているのだから。

「エルフ、か」

カロンは、一マスを俯瞰《ふかん》で眺めるヘクスマップと同時に、周辺の全体図を平面で映す全体マップを表示させて、森にいる魔物とエルフの数を調べていた。

森の中央まで辿り着けず一塊となっている赤い点が神都のエルフ。そのほぼ真正面、森の中央に固まっている緑の点が自国のエルフだ。

特殊な幻惑の魔術【四迷奔放《しめいほんぽう》】が張り巡らされた森の中は、特定の場所から前に進むと元の場所に戻される仕組みになっている。

赤い点が進んでは元の位置に転送されるという行動を繰り返しているのが確認できた。

対呪の中位魔術師がいれば解けてしまう比較的簡単なものだが、解除するのに時間がかかるので足止めとして使われる魔術だ。

この世界の基準が定かではないため、破られることを覚悟していたカロンだったが、想像していたよりも相手のレベルが低いおかげで時間を稼げていた。

ヘクスマップで神都のエルフに指先を合わせ、まとめてステータスを確認する。

表示されたレベルを見ると、全員が解呪を覚えるまで育っていない。

認識に差があるとしても、カロンからすればあまりにレベルが低すぎる気がしてならなかった。

（レベルなんて適当にやっても40くらいまで簡単に上がるはずなんだけどな。戦闘経験の差か？でも神聖騎士も特殊クラスなのに弱いし……基準が違うのかな）

カロンの統べるエステルドバロニアの軍は平均して70以上のレベルで揃えられており、各軍団長は当然の如く最大のレベル１００まで鍛えている。

対して、神都のエルフのレベルは高くても24。何をどうすればそんな低レベルなのかと疑問に思うカロンだが、自分が考えることじゃないなと切り替えてマップの操作に戻った。

広域マップは偵察が済んでいる地域までを視ることが可能で、その偵察は既にヴェイオスとミャルコの両方が済ませているため、今では覗き放題だった。

他のプレイヤーを警戒して視覚遮断魔術や秘匿防護魔術を街に展開していればこんなことにはならない。安全を過信しているおかげでカロンの独壇場だ
半透明なウィンドウに映されるのは、実にファンタジーな世界らしい白い土壁と蔦の似合う綺麗な街並みである。

人々は白い布を首や体に巻いており、神殿の人間は皆祭服を着て雑務をこなす。騎士に目を向ければ厳《いか》めしい甲冑を纏《まと》って闊歩していた。

二日前くらいはその様子を見て少しテンションを上げたが、それ以上に今は目を引く光景があり、どうしてもそればかりを見てしまう。

カロンが拡大して見ているのは、神都の裏側にある廃材置き場だった。

無造作に捨てられた廃材の積まれた薄汚い場所。積み上げられたゴミで空気も汚されたそこには、街の景観にそぐわない光景があった。

「……最低だな」

体中を泥や土で汚した子供たちがはしゃぎ回っている。腐った木の小路を元気に走り回り、一人の子が周囲にいる子供を追いかけていた。

愛らしく健気な姿はずっと見ていたいが、その環境の酷さには目を瞑《つむ》ってしまいたかった。

ファンタジーにも薄汚い部分はある。そこに生きているのが人間である以上、拭い去れない汚れがある。

ミャルコたちによる偵察の目を利用して映し出した光景もひどい惨状だった。

女子供しかいない暮らしは辛うじて命を繋ぎ止められるような貧困で、成人したエルフは死んだ顔で神殿へと向かって男たちの慰みものにされる日々。

人の権利を奪う所業を見過ごすのは正しいとは思わない。魔術を用いた隷属《れいぞく》の首輪で支配して玩具にするなど許されるものじゃない。

このエルフの生活だけではない。騎士の詰め所にある倉庫の中身を見てしまった時は吐き気を催した。

「……」

しかし、カロンはそこまで知りながら、もう少しだけ時間を必要とした。

カロンが戦争を承認すれば、軍は万全の状態で戦いに挑むだろう。

それは直接手を下さずとも引き金を引くに等しい。ただ指で画面を操作するだけでたくさんの死が溢れかえる。まるで核の発射ボタンだ。

全て回避できればどれだけ良いことだろう。

だがカロンは神都の様子を見てしまったのだ。思い描く平和とは程遠く、どこかで衝突するのは避けられない。

「これが平和ボケってやつなのかな」

「そのようなことはございません。慎重に対応なさるのは至極当然のことかと。カロン様のお考えを理解できない者など排除すればよいのです」

弱々しい声に反応して、ルシュカは一歩前に踏み出して少しだけカロンに顔を近づけた。

空色の髪をかき上げながら、あまり整っていない黒髪の後ろ姿に優しく説く。

「そんなことはしないが、しかしいつまでも曖昧《あいまい》にしておくわけにはいかんだろう」

「リュミエールの報告では、非常に稚拙《ちせつ》な魔術で我らの痕跡を調べようとしているそうですし、ミャルコの調査でも兵力は我が国に遙か及ばぬものと出ております。目障りですが脅威とは成り得ないでしょう。こちらから干渉する価値はないと判断なさっても問題はありません」

ちょっと心が惹かれる提案だが、カロンはゆるゆると首を振って否定した。

民心を繋ぐために傍観を選ぶのは最も悪手だ。

(話の通じる相手だと、他にやりようも……いや、あんなことする連中と手を取り合うなんて誰も納得しないよな。正直俺も嫌だ。でも清濁併せ呑む時もあるんだろう。どれだけ相手が最低でも笑みを振りまく時が……)

起こしていた体を背もたれに預けて手を下ろすと、柔らかくひんやりした物体に当たった。

視線を落としたカロンは疲れた目でソレをそっと持ち上げて問いかけてみる。

「お前はどう思う？」

すべすべした肌触りを楽しむように揉んでみれば、もちもちの物体はギュルギュルと気泡のような内部器官を回転させて、丸い黒目をカロンへと向けた。

誰が見ても、この薄紫色をした不定形な生物をスライムと呼ぶだろう。

正式にはランク1の【ぶどうもちスライム】だ。

「さすがテキストに『人をダメにする感触』と書かれるだけあるな」

なぜ、最弱争いにノミネートされる異形種《アノマリス》がこの部屋にいるのかといえば、偏《ひとえ》にカロンの仕業《しわざ》である。

端的にいえばこの部屋で召喚を試みたからだ。

カーテンを閉め、部屋の外にはキメラたちを待機させ、ルシュカを間近に控えさせ、背にした状態で行うという念には念を入れた状況。

更に【獅子《しし》・狛犬《こまいぬ》】の二人にも結界強度を最大まで引き上げさせるという念入りな準備のすえ挑んだが、一瞬強く光っただけで召喚の演出は終わり、目を開けた時には煙を纏ったぶどうもちがカーペットの上に現れていた。

結果はカロンの予想通りであり、同時に拍子抜けで終わった。

召喚演出がランクによって多少変化することは知っていたが、リアルな表現になってここまで差が出るとは思わなかったのだ。

「ドラゴンゾンビであれ。もちスライムでこれ。ランク10なんか召喚したら国が吹き飛ぶんじゃないか？」

ルシュカは地味な演出でも大喜びしていたが、高ランクの魔物ばかり召喚してきたカロンとしては少し物足りなくはある。

ただ、エフェクトだから許されることもたくさんあるのだと、少し賢くなったカロンだった。

「にしても、なぁ」

離れがたい至福を楽しんでいたカロン。

すると太ももにも同様の感触。更に足元や肩にまでふにふにとしたスライムの柔らかさを感じて、視線を体に巡らせる。

そこには、やはりぶどうもちスライムの姿が。

更に部屋全体へと目を向ける。

そこには、床を埋め尽くす大量のぶどうもちスライムの姿が。

「……」

スライムが単細胞生物で、分裂で個体数を増やすから、初心者がとにかく戦力を増やすにはもってこいの魔物であることくらいカロンは知っている。

ただ、尋常じゃない速度で増えることだけは知らなかった。

「こんなに繁殖するものか？」

スライムは碁石のような黒い目でカロンを見つめるだけで返事はない。他のスライムたちも、「何か問題が？」と無感情な眼差しで訴えているようだった。

大きなクッションほどのサイズだが、これでも村人くらいなら数で殺せる種族だ。

忠誠度を最大にする【忠誠薬】を浴びた個体から分裂したことで全てのスライムが同じ忠誠度なのはとても助かる。

しかしこんなに多いと落ち着かない。

カロンの不安を無視して、手を添えていたスライムがぶにょんっと二つに分かれた。

「これ以上部屋を占領するのであれば即刻処分いたしますが」

ルシュカの冷笑を向けられて、スライムたちは一つ跳ねてからカロンの側に集まった。

ぎゅうぎゅうと足元ですし詰めになって、命乞いをするようにブルブルとカロンの足ごと振動する。

「まぁ……呼んだ私の責任だ。あとで丁寧に街へ戻そう」

安易に室内で召喚するべきじゃなかったと後悔するが、これでカロンは一つ自分の力に確信を得た。

（どこまでゲームを遵守しているのか疑問だったが）

召喚演出も基本はゲーム準拠。ぶどうもちスライムに使ったアイテムの効果も同様。

アポカリスフェでは不思議に思わなかった事柄を一つ一つ確かめた結果分かったのは、自分の目にだけ見えているテキストは全てその通りに実現するということ。

【黒の王衣】しかり、忠誠薬しかり、そしてぶどうもちスライムしかり、パラメータもアイテムの効果も、テキストと同じであることが確認できた。

コンソールウィンドウに表示されるテキストが信頼できるとなれば、この世界の魔物を調べるのにも役立つことになる。情報のアドバンテージをずっと得られるのは実に素晴らしい。

「勇者や英雄が現れる可能性もあるからなぁ」

「あの神聖騎士がそうなるとは到底思えませんが……」

「そうか？」

「私の知る限り、勇者や英雄は高潔な者ばかりでした。敵といえども、その信念には僅かばかりの敬意を払うに値するものです」

「ルシュカにそうまで言わせるとは。勇敢だったのだな」

これはあの世界で生きてきたルシュカにしか分からないことだ。

「蟻が必死に生きる姿を一瞬尊ぶ程度のものですが」

「……なるほど」

「ところで、そろそろお食事の時間になりますがいかがいたしますか？　エリアの移動制限を緩和してくださいましたので、ご要望であれば我が軍の者に、こちらまで運ばせることも可能です」

「そうだな。いや、手を煩わせるのも申し訳ないから私が出向こうと――」

「お待ちを」

そろそろ休憩しておくかと立ち上がろうとしたところでルシュカに制止され、カロンは不思議そうに彼女を見上げた。

すると扉の向こうから騒がしい声が聞こえてくる。なにやら警備に就くキメラたちと誰かが言い争っているようだ。

「だから少しお誘いしようと思っておるだけだ！」

「えー？　でもウチら、ハル団長からおじさんとミリアは入れるなって言われてんだよねー」

「横暴でござる！　職権乱用でござる！」

「おじさんさぁ、王様がオッケー出したからってホイホイ来ていい場所じゃないんだかんね？」

「我らが創造主の憩いを邪魔する狼藉者には死を……！」

「どこへ行っても拙者に優しくしてくれる奴おらんのはなにゆえ？」

「つーか、エレミヤちゃんも一緒なら止めなきゃだめっしょー」

「やー、足の腱だけ切るか手足切り落とすか悩んでたらお城着いちゃってー」

「エレミヤ、おぬし乗り気ではなかったのか……拙者の後ろでそんなこと考えておったのか……」

「でも大丈夫だよ。今回のゴロベエはまともだから」

「拙者は常にまともだ！」

カロンがマップで一応確認すると、扉の前に五郎兵衛《ごろうひょうえ》とエレミヤ、【キメラ】のレムリコリスとニーアベルンが表示されていた。

「兵衛たちか。何かあったのか？」

「アレがいるのは少し心配ですが、エレミヤも一緒ですし。問題が起きたわけではなさそうですね」

改めて立ち上がったカロンは、スライムを掻き分けながら扉へと向かう。

ルシュカが先導して扉の前に立ち、カロンの目を見て一つ頷いてからガチャリと開けた。

「なにを騒いでいるの？」

ルシュカが顔を出したのを察して、槍を交差させていたキメラは即座に直立へと戻る。

上下関係に緩い魔物でも、王の補佐として働いているルシュカに対しては違うらしい。

「おお、ルシュカもおったか。それは好都合だ」

美女に囲まれていた五郎兵衛が、ルシュカの後ろに立つカロンを見つけて険しかった顔を綻《ほころ》ばせ、まるで待ち合わせにやってきた彼氏のような喜びようで大きく手を上げた。

「主！　あるじ！　是非とも一つ拙者の話を聞いてくださらぬか！」

「王様ー、一緒にご飯食べに行ったりしませんかー？」

「あっ、エレミヤ！　なぜ拙者より先に言ってしまうのだ！」

「いいじゃん別にー」

「いいわけあるか！」

仲が良いのか悪いのか、いつ会っても賑やかな姿に自然と頬を緩めて、カロンはルシュカの肩にそっと手を添えて横に退けると、五郎兵衛たちの前に立って小さく笑った。

「食事の誘いか？　それは嬉しいな。私もこれから行こうと思っていたところだった」

数瞬見惚《みほ》れたエレミヤたちだったが、すぐに先程以上のテンションではしゃぎ始めた。

「ほんと!?　行こうよ王様！　アタシ案内する！」

「拙者にお任せあれ！　必ずや主にご満足いただける店へとお連れしますぞ！」

「案内？」

「うん！　美味しいとこ知ってるんだ！」

「おいエレミヤ、まさかカロン様を外の店にお連れしようとしているのか？　カロン様に安価なお食事を提供するなど無礼だろう」

「――ってゴロベエが言ってた」

「うぉおい！　そこで逃げるのは卑怯でござるぞー！」

「なんだよ、事実でしょー！」

「それはそれであろうが！　ぬぐぐぐぐ！」

「うぬぬぬぬ！」

「ええい、やめんか！　カロン様の前でみっともない真似をするな！」

頬を抓《つね》りながら額をぶつけ合うエレミヤと五郎兵衛の間にルシュカが手を入れて止めようとする

が、親指を口に捩じ込んで引っ張り合う二人は容易に離れない。

やいのやいのと騒ぐ彼らも、カロンの前で随分と普段どおりの姿を見せるようになった。

受け入れようとする王の姿勢は魔物たちにも大きな影響を及ぼしており、それは悪い方向ではないとカロンも感じている。

友達になろうとするように、仲を深めたくて誘ってくれたのだ。それを無下にするのは申し訳ないし、エステルドバロニアの庶民の味があるなら興味がある。

カロンは、仕方のない奴らだと困ったように笑い、軽い足取りで輪の中へ一歩踏み出した。

ちょうどその頃、エルフがエルフと邂逅《かいこう》を果たしたなどと露知らず。

◆

リーレが行方不明になった。

仲間のエルフたちは迷いの呪法の解析を放り投げて捜索していたが、夜まで続けても成果を上げることができなかった。

そもそも、森の全てを調べようにも呪法がそれを邪魔してしまうため、どんなに大人数で動いても意味を成さなかった。

その晩話し合った結果、エルフたちはリーレの捜索と呪法解析のふた班に分かれて行動することに決める。

だが、それから一日二日と経過してもリーレは見つからず、解析も進展しなかった。

リーレのことも心配ではあるが、彼女たちの焦りは元老院の機嫌を損ねることへの不安ゆえだった。

特に、騎士団の宿舎で数日飼われることを恐れている。

神都の騎士団は神聖騎士団なんて仰々しい名前で呼ばれているが、所詮は元老院の飼い犬だ。

神殿の中にある井戸から湧く聖なる水を飲み続けることで、量産できる模造の神聖騎士ではあるが、その身に得た奇跡の力が本物だからたちが悪い。

神に仕えし騎士だと謳《うた》っておきながら、その裏ではエルフを物のように扱って性欲を発散させている醜悪《しゅうあく》な面を持っている。

今はまだマシだった。確かに老人の相手も嫌だが、大きな失態もなかったので騎士の相手は決まった人数で済んでいる。

だがこのまま成果を出せないようなら、恐らく大人数で壊れるまで犯される恐れがあった。

そんなことが以前に三度あり、どれもが人の尊厳までも踏み躙る、地獄すら生温い処罰だった。

犬と交わらされることも、壊れるのも構わず色々なものを捩じ込んでくることだってある。

期限まで、あと七日。

それまでに成果を出せなければ、いよいよどうなるか分からない。

「そう、そんなことが……」

腐った家の中、シエレとオルフェアが向き合っていた。

まだ日も高い今の時間、子供たちは交代で休みに入ったご母堂のもとで魔術を学んでいるため、今この家には二人しかいない。

胡座をかいたオルフェアの前で足を崩して座るシエレは、オルフェアから聞かされる話に小さく頷いて相槌を打っていた。

暫《しばら》く家に戻らなかったオルフェアが今まで起きた事の次第を告げると、シエレは悲しげに眉を顰める。

「リーレが無事だと良いのだけれど」

「ああ。だが相手がどのような連中なのか分からない以上、もしかすると――」

「やめて」

悲愴な雰囲気を漂わせて悪い未来を口にしようとしたところを、ぴしゃりと一言で止められた。

何一つ進展しないせいで気落ちしていたことを自覚し、オルフェアは小さく謝罪を口にする。

「すまない。しかし、このままでは良くないのも事実だ。残り七日といつになく余裕をもたせた期限を提示されたが、正直それでも足りない」

普段であればもっとせっついてくるのだが、なぜか今回はそこまで責めてはこなかった。

それどころか別段怒りを示している様子もなく、いつも通り夜伽のエルフは呼び込まれていたが、それ以外のエルフは森の謎の解明に駆り出されている現状。

どう考えても何か企んでいるとしか思えないが、そうだとしても、この件を解決しなければ行き着く先は凄惨《せいさん》な末路だ。

頭の片隅には残しておきながら、どうにかするための知恵を得るためにシエレに話を聞く。

「何度やっても呪法を破れん。あれに対処しなければ」

「呪術かぁ。私たちの知らない魔術ってことは、それほど高度な魔術を行使できる相手がいるってことよね。でも一体どこから……」

「どうだろうな」

「英雄じゃないかもしれないけど、どこか違う世界から喚び出された誰か、とか」

「……あまり現実的じゃないが、ありえない話ではないな。あれはそれほどに高度なものだ」

見たことのない魔術を使うということは、本来なら魔術の根底を覆すほどの事件として大騒ぎすべきことだ。

この世界に存在する魔術は、古代魔術を省けば一から十まで解明しつくされていると言われており、術式も方式も多少の違いはあっても基本は何も変わらない。

その常識が通じない魔術が登場したなど世紀の大発見だ。古代魔術の解明にも役立つ可能性があるし、何より防御が通用しない攻撃魔術が登場することにも繋がるのだから。

防御魔術というものは、炎なら炎を防ぐ術式を組み立てられる。炎の術式を使うのに必要な式を無効化する式を組み入れることで作用しており、相手の攻撃魔術のランクに合わせて式を増やすことで防御を高める仕組みになっている。

ほぼ全てを防ぐ魔術は各防御魔術を合わせた複雑なものだが、やっていることは同じであり、この法則が壊されたことは過去にも一度としてない。

しかし、もしその前提が根底から覆されたらどうなるのか。

最恐の魔術が完成する。それがどれほど脅威となるか、想像に難くない。

「危険ね」

「ああ、危険だ」

二人ともに同じ答えに行き着いた。渋い顔をして顔を俯かせる。

まだ相手はリーレを攫ったこととしか行動を起こしてはいない。

いったい何を考えているのかが読み取れず、それを探ろうにも空間が捻じ曲げられた森は進展を許さない。

エルフたちが手がかりを見つけるのに途方もない時間を費やすような気がしてならなかった。

「どうだ、何かいい方法は思いつかないか？」

「そんなこと言われても……私なんかじゃ大した助言はできないわよ？　皆みたいに、色んな所に行って何かできるわけでもないし」

「そんなことはない。シエレは同年の中で一番頭が良かっただろ？」

「それとこれとは別。そもそもオルフェアだって頭良かったじゃない」

「生憎《あいにく》と栄養は体ばかりでな。頭まで回ってないらしい」

互いに顔を見合わせて小さく笑い合う。

緊迫した状況の中でも、こうした少しの安らぎによって日々の陵辱を生き延びているエルフ。

嘆《なげ》くだけの時期は既に越えたからこそ、虎視眈々《こしたんたん》と刻を見計らいながらも細やかな幸せを糧に生きることを学んだ。

この神都において、何も救わぬ神の教えを誰よりも守っているのは、彼女たちかもしれない。

「少し思ったのだけど、リーレが攫われたのは間違いないの？」

「他に説明がつかないだろう。意図してあの魔術に手を加えなければ、必ず同じ位置に戻るんだ。それができるのは魔術の使用者以外にありえん」

ほとんど味の出なくなった茶葉で淹れた紅茶を、ひび割れたカップで飲んでいると、ふとシエレが上を見ながら口にした。

「それ、つまり相手に見張られているってことじゃないかしら。ずっとなのかどうかは分からないけど、私たちの行動をどこかから見ている、とか」

リーレが攫われたタイミングがあまりにも計画的で、そう考えると納得はいく。

彼女が攫われたのがただの偶然とは思えず、どう考えても一人になったところを見計らっての行為と考えられた。

それに、他のエルフたちが単独で行動することはあったのに、魔術においてご母堂にも劣らぬ才能を持つリーレを狙ったことも計画性を感じさせる。

どういう目的なのかは分からない。ただ、オルフェアが考えている以上に相手は動いていたことになるだろう。

「確かに、筋が通るな」

「魔術を私たちが破れないのは向こうも分かっているはず。もし敵対する意思があるなら、魔術で勝るのが明白なんだから攻めたっていい。でもそうしない。それはきっと、相手もこっちの出方を窺《うかが》っているんじゃないかな」

「しかし私たちも魔術にかかりっきりで他の動きをしない。神都まで偵察できないから私たちの様子を見て判断をしている」

「だからリーレを攫ったのは、一番厄介だと判断したのかもしれないけど、それ以上に情報収集の意図があるのかもしれないわね。相手も行動に移すつもりなのかも」

「ふむ……リーレがどこまで情報を相手に話すのかは分からないが、我々に敵意はないと分かるはずだ。あくまでも偵察が任務だからな」

攻めるつもりで行動しているわけじゃないことはリーレも理解している。

強引な手段で聞き出す連中だったなら前提が崩れてしまうが、それでも沈黙を保つのは思慮深い相手だからではと思えた。

早計かもしれないが、そう仮定できるだけでも一歩前進だろう。

「なら、方法はあるかも」

「なに？」

シエレは痛む足を擦《こす》りながら、一つの提案をする。

「交渉よ」

「……いや、それは」

「オルフェアの言いたいことは分かるわ。足を踏み入らせないようにしている相手が応じるかは分からないって言うんでしょ？　でも、やる価値はあると思うの。向こうが本当に異世界人だったとしたら、情報はとにかく手に入れたいはず。森を監視する人物がいるのなら、情報を交換するのも可能じゃないかしら」

応じるとは思えない。しかしできないとは言い切れない曖昧な提案だった。

情報を欲しているとしても、情報を差し出してくれるわけじゃない。立場から言えば、呪法一つ解けないエルフの方が遙かに下になる。

不安しかないが、今のやり方を続けても時間を浪費するだけだ。

期限は残り七日。待っていても好転はしないだろうし、待てば待つほど凄惨な末路が目に浮かぶ。

なら、やっても損ではない。もし命を狙われたとしても、それはそれで諦めもつく。

座して死よりも辛い苦痛を待つよりは遙かにマシだ。

オルフェアは汚れた金の髪を乱暴に掻き乱してから腕を組んで瞑目《めいもく》し、「うん」と一つ頷いた。

「用意を進めておこう。ただ、実行するとしても期限が尽きる直前になるだろう」

「ええ、それでいいんじゃないかしら」

綱渡りは最後にしておきたい。後に回したところで実行するのは目に見えているが、他に方法がないのは心許《こころもと》ない。

せめて一つくらいは自分たちから活路を見出す手段を得ておきたかった。

オルフェアたちの相手は森の魔術師だけではない。あの元老院も含まれる。

いつかいつかと言いながら引き延ばしてきた謀反。それをこの機に乗じて動くべきだと主張するエルフが増え始めている。

そう叫ぶ彼女たちは、元老院が森に執心している今がチャンスだと考えているらしい。

毎日報告に行って顔を合わせるオルフェアからすれば、暇つぶしの話題が一つ増えた程度にしか考えていないと分かっていたが、今まで卑屈《ひくつ》だった感情が前を向いた勢いを削ぐことはできず、決起を急かす声が増えていた。

楽観視しすぎていると冷たく言い放つこともできる。自分たちが無事でいられるかも分からず計画性もない意思だけを口にするのは愚かしい。

だが、言えなかった。

馬鹿な夢を見るなとは、言えなかった。

そうだろう。オルフェアも当然解放を求めている。消極的だった仲間が奮起しているのだ。

それを無謀だと、言えるはずがない。

暗中模索で、やらなければならないことは山積みだ。

まず森の件を片付けてから、と後回しにするしかない。

気持ちが溜め息となって現れる姿を、シエレは何も言わず見つめているだけだった。

暗い目で、ただ何も言わず。


「う、ううん……」

リーレは心地よい眠りから目覚めた。

唸りながら襲ってくる睡魔と戦っていたが、意識が明確になるにつれて爽快感が満ちていき、体を起こした時には今まで感じたことがないすっきりした気分だった。

「ここは……？」

自分が横たわっていたのは柔らかな綿毛の詰まったマットの上だった。

蔦で編まれた大きなハンモックの上に置かれていて、体を軽く揺するだけでゆらゆらと左右に揺れる。

空は広く、綺麗な円形に生えた木々が絵画のように太陽を飾っていた。

人の手が入っていないフィレンツの森にこのような場所はないはずだ。

違うどこかに連れてこられたのか。それともここは天国なのか。

感じたことのない清らかな空気と、幸福を宿した陽光の暖かさ。あの世といわれた方が納得できるくらい、リーレはこの場所に落ち着きを感じていた。

「お目覚めですか？」

春の陽気に浸っていたリーレは、声が下から聞こえたことに気付いてハンモックの縁から顔を覗かせた。想像よりも遙かに高い位置に吊られていたようで、三階建ての高さから見た下の光景は、幼い頃に過ごしていたエルフの生活風景に酷似していた。

色鮮やかで、色とりどりの緑を着た耳の長い美男美女が、整えられた芝生の上で布を織ったり、木の実をくつくつ煮込んだり、魔術を道具に刻んだりと、それぞれがせっせと働いている。

身なりがよく見目麗しく、幼い頃に見たエルフの生活というよりも、神話の中のエルフの生活と表すほうが正しいかもしれない。

「うわぁ……」

感嘆の声を上げて眺めていたリーレだったが、すぐに誰かに声をかけられていたことを思い出した。

「下りてこられるかしら？」

よく通る甘く柔和な声は、切り株の上に座ったエルフからだった。側には巨大な白い毛玉が置いてある。

襲われていたところを助けてくれて、助けた相手を攫った人。

下で働くエルフでさえ霞《かす》むような美貌の女性。

自然と、あの人がこの一族の長だとリーレは理解した。

「はっ、はい！　あの――」

大丈夫ですと答えようとしたが、念のためハンモックがどう吊られているのかを確認する。

四本の大木の、とても高い位置でくくられた紐。この寝台から他の木に繋がる部分はその紐以外どこにも見当たらず、リーレはそのまま固まって答えに窮した。

「あらあら。アーガルム、助けてあげてちょうだい？」

蜜のような声に、働いていた中から一人が軽い跳躍《ちょうやく》でリーレのもとまでやってきた。

黒と金の暗殺者を思わせる意匠の服を着た青黒い肌のエルフは、リーレが驚く暇も与えず、さっと抱えると、また素早く飛び下りて着地し、切り株の前にリーレを手荒く放り捨ててまた作業へと戻っていった。

「もう、アーガルムったら。ごめんなさいね。あの子すごく不器用だから」

「いたた……いえ、大丈夫です。ところで、貴女は一体」

「そうね、自己紹介がまだでしたね。私はリュミエール。このエルフたちの団長をしています」

「あ、私はリーレといいます。その、旅の方なんですか？」

腰をさすりながら立ち上がったリーレは、リュミエールの言葉を考えた。

しかしそれを聞いて楽しそうに笑われたので、間違いだったとすぐに理解する。

「ごめんなさい。ちょっと説明不足でしたね。一つ一つ話していくから安心してちょうだい。でも、その前に」

こつん、とリュミエールが杖を突き立てると、地面から生えるようにテーブルと椅子が現れた。示し合わせたようにやってきたエルフが白いテーブルクロスを敷くと、さらに続けて豪勢な料理が運ばれてくる。

「食事にいたしましょう。お腹、空いてるでしょ？」

立ち上る湯気を吸い込んだリーレのお腹がすぐに反応して音を立てた。何も食べていないのもあるが、そもそもまともな食事にありついたことのないリーレには抗い難い誘いである。

恥じる余裕もなく喉を鳴らすリーレを見て、また楽しそうに笑ったリュミエールは先に席につくと、小さく手招きをしてみせる。

「大変な思いをなさっていたのでしょう？　今だけでも全部忘れて、幸せになりなさい」

さあ、と誘われてしまえばもう止められなかった。

礼儀も何もない貪るような食事。辛うじてカトラリーを持ってはいるが、大きな肉を切るのも面倒だとそのまま齧り付き、ガチャガチャと食器を鳴らしてスープを飲む。

壁のない野外でみっともない食べ方をしていれば人目を引くが、その目はどれも憐憫と寛容の入り混じったものだった。

「おいひい……おいしいです！　こんな、こんなおいしいもの、私……！」

幸福で、絶品で。喋りながらも手は止められず、涙も止まらなかった。

これが最後の晩餐でも後悔はしない。それほどに極上の料理を小さな体で懸命に食べる様を、リュミエールは何も言わず温かく見守った。

それから三十分ほど経ってようやくお腹も心も満たされたのか、リーレは使うのを躊躇《ためら》う白さのナプキンで口を拭うと、真っ赤な顔で頭を下げた。

「ごめんなさい。こんなみっともない食べ方をしてしまって」

消え入りたくなるくらい恥ずかしかったが、リュミエールは変わらず無償の優しさで微笑み続けている。

「喜んでもらえてよかったわ。それだけ美味しそうに食べてもらえれば、作った者たちも喜んでいるでしょう」

「そう言っていただけると助かります……」

ぽこりとお腹が膨らむほど食べて苦しくなったリーレだが、まだ食べ続けていたいと、今度は綺麗な所作で食事を続ける。

これが食べさせ続けて苦しめる新手の拷問だと明かされても今は驚かないだろう。

だが、「あんまり食べすぎちゃダメよ？」とリュミエールに言われて、ただ自分が欲に負けているのだと指摘された気がして、更に恥ずかしくなった。

リーレはスープを一口飲んで、誤魔化すために口を開いた。一緒に出てきそうになったゲップは慌てて飲み込む。

「っ、リュミエールさんは旅の人じゃないと仰いましたけど、それなら傭兵団とかなんですか？」

「いいえ、私たちは軍団です。白き楽園たる国に属し、偉大なる王に全てを捧げる僕《しもべ》」

「軍……サタルハーツですか？　それとも、ヴァーミリアの？」

「いいえ。私たちは――エステルドバロニアの第十四軍。心優しき至高の王より、西方の守護を任じられた者なのです」

威風堂々と矜持を語る姿に笑みはなく、歴戦の勇士を思わせる気迫の籠もった姿に、リーレは目を奪われた。

自分が見てきた人たちとは明らかに違う存在だ。自信に満ち溢れていて力強く、身命を捧げて王に仕えることを誇りにしていると、聞いただけのリーレにも伝わった。

「ただ、今は南も担当していますけどね」

「そう、なんですか」

そこから続いたリュミエールの話は、リーレの予想していたことよりもずっと不思議で、壮大なものだった。

かつて九人の騎士が降り立ったディエルコルテの丘は失われて、代わりに巨大な国が現れた。それは異世界から転移してきており、魔物たちが幸せに暮らす楽園で、治めているのは人間の王だという。

壮大すぎて、むしろ天国だと言われたほうがよっぽど信じられるくらいに大きなことが今起きているると知り、気付けば食事の手が止まっていた。

「本当は貴女と接触すべきじゃなかったのですけど、同族が辛い目に遭っているのを見過ごせなくて。だから、まだ命が保証されているわけではないの」

もし王が命じれば救ってあげられるかもしれない。

反対に、全てを滅ぼすかもしれない。

そう告げられたが、リーレはそんな理不尽な境遇を悲しまなかった。

「いえ、ありがとうございます。それでも、救われるかもしれないと聞けて安心しました。たとえ死であっても、私たちには待ち望んでいた救済ですから」

「そう……強いのね」

しんみりと呟かれて、リーレはぱたぱたと手を振りすぐさま否定する。

「そんなことないです。私なんて全然」

しかし、リュミエールはその気丈な心を包み込むように優しく諭す。

「力だけが強さじゃないわ。受け入れること、立ち上がること、立ち向かうこと、それも強さです。力がなくてもあらゆる困難を乗り越える御方を、ずっと近くで見てきたわ。だから、貴女も自分を誇りなさい。その心を汚させずに生きる自分を。ね？」

そう言ってくれる人は、リーレの周りにはいなかった。そんな余裕は誰も持っていなかった。励まし合い、支え合い、傷を舐め合っても終わりは見えない。

「ありがとう、ございます……」

お腹が満たされて泣き、心が満たされても泣く。ずっと大人びた姿を見せてきたリーレが、リュミエールの言葉で初めて歳相応に戻った瞬間だった。

「あ、ぁぁ……ぅあああああっ……！」

机に伏して泣き崩れる涙は、心の痛みに堪《こら》えて流すものよりずっと温かい。

リュミエールはリーレの側へと動き、慈愛に満ちた表情で優しく頭を抱きしめる。聖母を思わせるその姿に、見守る第十四軍の中には目を潤ませる者もいた。

魔物の歴史は迫害の歴史だ。知恵と技術、そして超常の力を携える人間によって迫害されてきた。

だからこそ、リーレの嘆きは彼らの胸に刺さる。

しかし、忘れてはいない。どん底に落とされた獣に文明を与えてくれた王のことを。あの御方がいなければ今の暮らしがなかったことを。

「まったく、どこの世界でも魔物は人間に虐《しいた》げられる宿命なんだニャア。まったく嘆かわしいことニャ」

その思いを鋭く代弁したのは、のんびりした野太い声。

出処はリュミエールの側に鎮座していた巨大な白い毛玉だった。

毛玉はもそもそと動き、むくっと体を起こしてあくびをした。

三角の耳が真上にピンと立ち、おにぎりのようなフォルムで座るソレは、虹色の大きな瞳でじろりとリーレを見下ろすと、愛くるしい見た目とはかけ離れた暴言を吐いた。

「ま、お前たちの場合はノコノコ人間に心を許して裏切られたパターンだニャ？　なんとなく想像つくニャ。ただ人間にやられるだけじゃ、そんな惨めな首輪なんかされたりしないのニャ」

「おっきい、猫……？」

泣いていたリーレが驚きからぽつりと零す。

それを小さな耳で聞き取ったらしく、大きな猫はふーっと魔力の混じった息を吐いた。

「ミャーをただの猫と一緒にしないでほしいニャ。我がニャはミャルコ。妖猫の精霊王【アダンダラ】であり、第十一軍を従えるエステルドバロニアの目ニャ」

心外だと毛を逆立てるミャルコは〝孤高〟である。普段〝安穏〟としているが、猫以外に部下は持たず、同じように複雑な思考をする配下がいないこともあって独り言ばかり。

そのせいか、言葉に配慮が微塵《みじん》もない。

「騙された馬鹿に何を同情するんだニャ。亜人は所詮亜人。人間にも魔物にもなれないくせに、人間と仲良しこよしする半端者だからそんなことになるんだニャ。ミャーたちみたいに、もっと人間離れした姿をしていたらよかったのにニャア」

「ミャルコさん？　それ以上は我々に対する冒瀆と受け取らせていただきますが、よろしいです

か？」

「でも事実ニャ」

そう言ってミャルコはリーレから視線を外し、つまらなそうにまた大きなあくびをした。

人間と魔物の恋が美談として語られることがある。

それは裏を返せば互いに互いを性的に見ている証左でもあった。

ミャルコの主張は一貫して人間と魔物の分離だ。

人間の王に従う者が口にする理論ではないかもしれない。

しかし、カロンが人間を排除して国を拡大してきた背景がある以上は指摘しづらい問題である。

リーレは彼らのことをよく知らないので、ミャルコの話をきちんと理解したわけじゃない。

ただ、これだけは言っておくべきだと思い、自慢げなミャルコに向けて口を開いた。

「人間にも優しい人はいます。魔物にも悪い人はいます。それじゃあ駄目なんですか？」

金毛金目の弱く幼いエルフの、恐れに屈さぬ強い心。

ミャルコは暫しの沈黙の後、虹色に煌《きら》めくつぶらな瞳を再びリーレに向けた。

そこには、ほんの少しばかりの敬意が灯っていた。

「……それも、事実ニャ」

それを最後に、ミャルコはまた毛玉の姿勢に戻って背を向けた。

ただ文句が言いたかったのか、何か大きな意味があるのか、よく分からないまま話が終わり、モヤモヤした気持ちだけがリーレの中に残される。

「ごめんなさいね。最近カロン様にかまってもらってないから、ちょっと拗《す》ねているだけなんですよ」

「拗ねてないニャ！」

返事はしてくれるらしい。

「あらあら。困った猫さんねぇ」

孤高の性格が災いしているのか、素直になれないミャルコを見つめてクスクスと笑っていたリュミエールだったが、「さて」と短く区切ってからリーレへと向き直り、そっと手を差し出した。

「今国の方から連絡が来て、リーレさんには、街で少し生活してもらうようにとお達しがありました。私も一緒に行くから、しばらくの間よろしくお願いしますね？」

その全容も目にしていない、話の上にだけ存在する国エステルドバロニア。

ひと目見ただけで理解できるリュミエールたちの強さ。

この手を取ることは、自分の命を差し出す契約を結ぶに似ているのだろう。

リュミエールも、そういう意図を裏に持っている。

処遇は王の気持ち次第だが、心の強さを見せたリーレを試すように、もう一度強い輝きが見たいと。

だから、リーレはしっかりとその手を握りしめた。吐いた言葉に嘘偽りはなく、貴女たちが私たちの救いだと信じている。そんな思いを込めて。

「本当に強いのですね。まるで……いいえ、これは不敬になってしまうかしら。ふふ、ようこそエステルドバロニアへ」

そう言いながら、リュミエールの意識は城へと繋げられている。

同情はある。救いたい気持ちも。

だが、善意の上に忠義がある。それが王より与えられた文明であり、絶対の掟だ。

リーレは言った。魔物にも悪い人はいると。

ミャルコは言った。それも事実と。

リーレは思った。この美しいエルフはとても優しい人だと。

ミャルコは思った。善き悪の体現者がこの女だと。

それを知らずにいることもまた、リーレが知らず知らずに掴んだ幸せなのかもしれない。

欠伸《あくび》をしながらミャルコは、世間知らずな幼いエルフに多少同情を抱く。

王の決定が、少なくともこの愛に溺れた古きエルフの手からリーレを遠ざけるものであればいいと。


リーレが行方不明になってから今日で六日。

事態は何一つ進展することがなく、ついに期日は明日に迫っていた。

「いかんな、このままでは」

ご母堂が、煙管を吹かしながら溜め息交じりに呟く。

住んでいたエルフが死んだことで空き家になったボロ屋の中。

囲炉裏の灯りを囲むオルフェアとご母堂は、神妙な面持ちを作っていた。

幼い頃から魔術の指導者として君臨してきたご母堂と、現族長であるオルフェア。

大きな問題が起こった場合、皆の総意を確認してからこの二人が話し合って物事を定め、他のエルフはそれに付き従うのが決まりだ。

ご母堂が相談に乗るのは自らも族長を経験したからであって、あくまでも決定はオルフェアが下さねばならない。

だが、今の状況を打開するための決定など、どこを探っても出てはこなかった。

「後手とは言わんが、事態は我らを差し置いて先に行っておる。全く、リーレといい元老院といい、ままならんものだな」

腰に結んだ小さな水晶を指で弄りながら、ご母堂が疲労の色が見える声で呟く。

互いの顔は薄く頬がこけており、白と紫の装束もだいぶ汚れている。

休む暇もなく動き続けているせいで、心身ともに限界が近いとお互い察しながらも、それを口にすることはない。

「リーレの足取りは森で途切れているのですか？」

「いや、だが森の外へと魔力の残滓《ざんし》が残っていたのを発見した」

「それは……脱走したと?」

金色の目をきつくしたオルフェアに、ご母堂は「そうじゃない」と頭を振って否定した。

白と紫のボロ布で繕われた服の裾がはだけるのもお構いなしに胡座をかき、トントンと煙管の先を囲炉裏の中へ落とす。

「外と言っても森の向こう。ディエルコルテの丘の方角だ」

「……それは」

「抜けるための方法を見つけたのか、攫われたかのどちらかだろうな。可能性としては後者の方が高いだろう」

できるなら森を避けて別の場所から侵入を試みたいが、領土の問題でフィレンツの森以外からの経路は使用できない。

他の場所にはこれほど複雑怪奇な呪法が施されていない可能性もあり、調べる価値はあるのだが、周辺国が何もしていないとは思えない。

もし鉢合わせすれば神都でエルフを奴隷として扱っていると公に知られてしまうため、不用意に他国の領土に足を踏み入れるなと厳命されていた。たとえ、奴隷の存在が暗黙の了解であったとしてもだ。

命令は絶対だ。納得できなくても、抗いたくても、首に嵌められた戒めがそれを許さない。

「つまり、あの呪法を解かない限りどちらも解決しないのですね」

「そういうことだな。だが、これは諦めるほかないと思っている」

「不可能だと、そう仰りたいのですか？」

「そうだ」

ご母堂がはっきりと言い切った。

「あれは手に負えん。リフェリス王国の大賢者ヴァレイル・オーダーであれば違うかもしれんが、そこまで登りつめでもせねば式の一つも解けんだろう」

「ではどうしろと言うのですか！」

あまりにも投げやりな言葉に、思い切り床を叩く。

その振動で、橙赤の灯りの中に灰が舞い上がった。

「このままでは、またあの地獄を味わわされるのですよ⁉　どれだけの者が傷つき、どれだけの者が命を絶ったと思っているのですか！　できるできないなんてことを言ってる場合じゃないでしょう！　やらなければならないのです、なんとしても！　それでも魔術師なのですか！」

「喧しい！　どうにかできるのならとうにしておる！　私がどんな気持ちで取り組んでいると思っておるのだ！　私がやらねば誰もできん！　私が何もできなければ、皆が陵辱されるのだ！　他の誰でもない私のせいで！」

顔を突き合わせて響かせた大声が、微かな余韻《よいん》を残して消えていく。

荒い呼吸音だけが残され、互いの目には互いの顔しか映っていなかった。

そうだ。彼女が苦しんでいないわけがない。

魔術に誰よりも長けているご母堂が、先陣切って指揮をしているのだ。他の者には任せられないと寝る間も惜しんで文献を漁っている姿も見ていたというのに。

感情的になってしまった自分を恥じてオルフェアは、ゆっくりと元の姿勢に戻り、先程よりも姿勢を小さくして顔を伏せた。

ご母堂も熱くなったことを恥じるように、火のない煙管の口を強く噛んだ。

「気持ちは分かる。お前も私と似た立場だ。一族の命運を握っておる。だからこそ、はっきりしなければならん」

——黙って身を差し出すか、反旗《はんき》を翻《ひるがえ》すかを。

揺れる炎が照らす室内。言葉にならない驚愕《きょうがく》に染まったオルフェアの顔を、真っ直ぐ見つめるご母堂の眼差しには不退転の決意が籠もっていた。

ご母堂は元の場所へと戻ると、またはしたなく胡座をかいて腕を組み、静かに目を瞑った。

「今度ばかりは手の施しようがない。時間ばかりを無駄にするわけにもいかん。ならそれしかないではないか」

「……それが成功したとしても、あの老人共がいる限り何も変わりませんが」

「なに、あの者らを殺す手段などあるだろう。まだ首輪に縛られていない者が」

そんなエルフはいない。

オルフェアは反射的に否定しようとして、ふと一つ思い当たる節があった。

隷属の首輪はほぼ全員に着けられているが、まだの者もいる。

あの大きな屋敷で、安らかな寝顔をしていた幼い彼らが。

「本気ですか？」

いくらなんでも残酷すぎる。自分の置かれた場も分かっていないような子供に、汚れ仕事をさせるなど認められるわけがない。

確かに可能ではある。しかしそのような手段で自由を得たとして誰が喜べるというのか。堕ちるところまで堕ちはしたが、理性まで奈落に放った覚えはない。

オルフェアは先程以上の怒りに燃え、腰の後ろに提げてあるハチェットを握り締めて片膝を立てた。

そんな危険な思想を持つ相手は、たとえ育ての親であっても生かしておくわけにはいかない。

一触即発の空気。

それを払ったのは、他でもないご母堂自身だった。

真面目な顔を取り消して微笑み、剣呑な気配を纏うオルフェアをからかうように煙管を左右に振ってみせる。

その様子の変わりように呆けた顔をしたオルフェアを見て、また笑った。

「冗談だ。そんな顔をしなくていい。だがな、いつまでも活路を見出だせぬままではその外道な策に頼らなければならないのも事実よ。今一番助かるのは、静観を続けるあの森の魔術師がこちらと接触を持とうとしてくれることなんだがな……」

最悪を考慮しろと、そう言われている。

どう足掻《あが》いてもこの状況を進めることができるのはエルフではなく、元老院か、正体不明の魔術師かのどちらかだ。

元老院が動けば最悪に向かう。魔術師が動けば……どうなるかは分からない。

かれこれ一週間近く経ち、向こう側が起こしたアクションは侵入を阻む魔術の行使とリーレの誘拐疑惑のみ。

ここらで新たな行動を起こすのではないかとご母堂は踏んでいる。

オルフェアはそこに少し引っかかりを覚え、顎《あご》に手を添えて思案を始めた。

「どうかしたか？」

リーレがいなくなった時、彼女は一人で行動しており、そのタイミングを狙われて姿を消した。

ただ適当に目についたエルフを攫うのと違い、計画性がある。

つまり、監視の目があり、実行する者がいるのは間違いない。

「ご母堂。我らの方からその魔術師へ訴えかけることは不可能でしょうか」

「どういうことだ？」

「先日シエレと話をした時に出た案なのですが、恐らく相手は我々を監視しているでしょう。リーレの誘拐には計画性がある。なら、見えぬ監視の者に交流したいと告げてみませんか」

「効果があるとは思えんがな」

「ですが、手を束ねているよりはマシでしょう。悪意があるかどうかは分かりませんが、向こうもこのまま黙っていることはありえない。孤立無援でい続ければそのうち飢餓《きが》に喘ぐことになる。ならこちらから手引きすれば、話す余地は生まれるかと」

リーレを攫ったのは、こちらの情報を引き出すためではないだろうか。

もしかしたら尋問されているかもしれない。無惨に強姦されているかもしれない。生きているかどうかも怪しい。

だが、そう仮定しなければ話を進めることはできなかった。

希望的観測だが、相手がこの神都のような醜さを持っていないと思うことで冷静さを保つ。

心のどこかで、聖地ディエルコルテの丘に突如立ち昇った強力な魔力の持ち主が、我々を救う神であってほしいと、願望を抱いていることにオルフェアは気付いていない。

炭が躍る音の中、小さく諾と告げられた。

「しかし、問題もある」

ほっと胸を撫で下ろしたオルフェアだったが、付け加えられた言葉に怪訝そうな顔を作った。

一息紫煙を吐き出したご母堂は、オルフェアと違って憎しみで顔を歪ませている。

「元老院だ。ここ最近、妙にきな臭いと思わんか」

「それは……いつものことかと思うのですが」

「そうではない。いつもであれば呼び出して我らの行動を逐一怒鳴りつけるというのに、今回はそれがない。それどころか妙に猶予を与えてきたであろう」

確かに、ここ最近は呼び出されていない。それをオルフェアも不思議には思っていた。用があってもなくても暇つぶしに隷属の呪を用いてくだらない命令をするようなあの老獪《ろうかい》たちが、今回に限って静観していることがご母堂の不安の一つだった。

期日は明日までと定められてはいる。だが途中経過を聞くこともせず、放置されているのはどうにも気がかりだった。

「なにかある。我々を遂に捨てる気か、それとも何か別のことが」

ご母堂の手で強く握られた煙管が僅かに軋んだ。

パチパチと音を立てて燃える炭を見つめながら、二人の間には沈黙が漂った。

未来が見えない。

口には出さないが、いつも以上に不安を感じ、今までにない転機が良し悪しにかかわらず訪れるのではないかと考えていた。

「……とりあえず、シエレに伝えてきます」

博打になるかもしれない行為を行う。今まで惰性で生きてきたが、今回は自分たちで未来を掴めるかもしれないという期待がある。

それと同時に襲いかかる最悪の想定を払いたくて、オルフェアは腰を上げて家を足早に出ていった。

「シエレ、か」

残されたご母堂は、難しい顔を作って煙管を一際強く吹かした。

普段外で精力的に動き回っているオルフェアは知らないし気付いていないことだが、シエレはここ最近不思議なことをしていると子供たちから聞かされていた。

足が悪いのに時折いなくなるとか、隠れて誰かと話をしているとか、あまり良いとは言えないものばかりを。

「何事もなければ、とはいかんだろうなぁ」

念のため、自分はここに残ることにしよう。

明日に控えた作戦が、どうか無事に終わるようにと祈りながら。

◆

夜のエステルドバロニアは昼とは違う活気に溢れる。

彼らの生活は基本国の方針に合わせて日中を主としているが、一番活動的になるのはやはり夜だ。

睡眠の必要がない魔物もいるし、そもそも日が高い時間は睡眠している者も多い。

そして、彼らにとって金銭とは残すものではないという認識だ。

猿に善悪を教え込むようなところからスタートして、社会主義に近い形となっていく過程の中で、魔物たちは資本の重要性を理解せぬままここまで来ていた。

原因としては、国があまりにも強大に成長したことにより、貧富の差に喘ぐ者が極端に少ないからだろう。

必要ならそれだけ労働すれば獲得できるし、不要なら寝ていても最低限の衣食住は保証してもらえる。

〝外者〟のように無計画な金遣いをしているくせに働かない魔物でもない限りは一切不自由のない生活を送れるのだから、国としての完成度は相当なものである。

つまり、夜の騒ぎは全てが享楽だ。

その日手にしたエステルドバロニア発行のコインを手にして遊び呆けるのが、この国におけるマストな生活スタイルである。

四方へと伸びる大通り沿いには多くの店舗があり、当然こちらも多くの住民で溢れているが、それ以上の賑わいを見せるのがメインストリートの裏通りだ。

日が地平線に消えてから点灯するネオン色のフェルライト。それが大人の時間の合図である。

最も早く、必ず一番で店を開けるのは正門通り裏にある一際大きな屋敷だ。目の眩む過激なネオンサインには、でかでかとこう書かれている。

〝ファム・ファタール〟。

愛しき妖婦の名を冠するこの店の主人は、この裏社会の全てを取り仕切る【淫魔の女王《ラストクイーン》】だ。

黒のゴシックドレスに身を包んだ小柄な少女。その芳しい極上の色香は身動ぎするだけで漂い、真紅の瞳に宿る情欲は見る者に燃えるような怖気を与える。

世界最古の悪女とされる性の権化である第六軍団長フィルミリアは、腕組みをしてご機嫌な高笑いを上げた。

「くふふふ、さあ今日も最高の仕事をしてくださいね！　従業員一同、全身全霊で搾り取って果てさせるように！」

ド派手なパッションレッドとローズピンクの内装を、ヴァイオレットのスポットライトで照らした店内。

正面の大きな階段上から、フィルミリアは店員に向けていつもの挨拶を投げた。

返ってきたのはとても明るく元気のいい声だ。人間であれば多少思うところがあることの多い職場でありながら、彼ら彼女らの声には負い目も引け目もなく、後ろ暗い感情が一切含まれていない。

それに満足したように頷いたフィルミリアは、手を勢いよく前に突き出して宣言する。

「それでは、これより娼館通《しょうかんどお》りの営業を許可します！　まあ、私ほどじゃないですが精一杯可愛さアピールして老若にゃんにょを虜にしてくださいね！」

多少噛んでも気にしない。全て完璧で可愛い彼女にそんな概念はないのだ。

自信たっぷりなフィルミリアに、従業員たちはまさかの羨望《せんぼう》の眼差しを向けてもう一度元気な返事をした。

その様子にもう一度頷いたフィルミリアは、踵を返して自分の執務室へと早々に引き上げた。

そして、大きな机の上に山盛りになった大量のコインを見てご機嫌な笑顔になる。

「うへへへ、こんなに上納金が……これはカロン様に抱いてもらえる日も近いのではぁ？」

一足飛びで大きな椅子の上へと飛び乗り、灯りの下で光る金貨を一枚一枚数えながらだらしない顔で笑う。

外ではファム・ファタール開店に追従して他の店も一斉に呼び込みを始めた。

店先に立つ見目麗しい男女がセクシーな衣装で客を誘惑し、店の中へと姿を消して一夜の夢を堪《たん》能《のう》する。

現代であれば色々と問題のありそうなことが軍の主導で堂々と罷《まか》り通《とお》っているが、これには魔物特有の理由があった。

魔物は動物に近い精神をした生物であるために、発情期が存在している。

大なり小なりその衝動は誰にでも訪れる。そうなると、自分で処理をしても収まりがつかないほどの衝動に襲われる者が非常に多いのだ。

おまけに、姿形が様々な魔物では誰とでも行為に励めるわけではない。

相手が見つからず性犯罪に手を染めたり、異種族で結ばれた夫婦が発情期のパートナーに殺されかける事例もあるほどに深刻な問題である。

そこで、この娼館が国の平和に大きく貢献しているのだ。

職業に重要度を付けるとするなら、軍の次に娼婦《しょうふ》と男娼が挙がるほど欠かせない存在である。

国が斡旋しているのだから立派な職業と認知されており、働く者たちに負の感情が欠片《かけら》も感じられないのはそれが理由だった。

無論快感だけを求める者も多いが、それもある意味動物らしい本能なので問題はない。

「最近どこも人手不足ですねぇ。大方難民区の方から流れてきてるせいなんでしょうけど、これ以上総数を増やすには空いている土地がないんですよねぇ」

ともあれ、そんな街においてフィルミリアはカリスマとして君臨していた。

そして、意外と真面目に仕事もできた。エロが絡めば彼女にできないことはないのである。

逆を言えば、エロを絡めなければ役に立たないのだが。

「ルシュカに相談しても処女拗《こじ》らせてるせいかちゃんと聞いてくれませんし……やっぱり、カロン様に？　そんなプレイ……ちょっと興奮しますね！」

この館は好き放題やっても怒られない自分の城。邪魔者がいないので実にイキイキしていた。

「でも、あまり笑ってもいられませんね。報告では魔獣系が多そうですし、守善《しゅぜん》に相談してみるのが一番いいでしょう。よーし！　そうと決まれば早速呼びつけてパーフェクトガールたるこのフィルミリアの超絶テクで絞り――」

「フィルミリア様、お客様がいらっしゃいました」

椅子を撥《は》ね除《の》けて立ち上がったフィルミリアに水を差す声が、扉の外から聞こえてきた。

情欲の炎を燃やしていた動きを止めると、じと目で見えない相手を睨みつける。

耳から孕まされそうな響きの低い声は彼女の副官のものだ。そこら辺の女なら囁《ささや》きだけで至らせることができる声だが、フィルミリアに効果はなく、むしろ不愉快な感情を眉間《みけん》に表した。

「天上天下唯我エロスな私を抱きたいと思う男がいるのは仕方のないことですが、私相手は自分で選ぶっていつも言ってますよね？」

「はい、もちろんです」

「じゃあ私、大事な用事があるので！」

「ですが、お会いしておくべきかと」

「……誰です？」

「是非ご自身の目でお確かめください」

「言えよ！　言えよー！　いつもいつも時間だけ奪うような話し方しないでもらえません⁉　この間なんか、さんざん時間奪ったくせに『子猫生まれました』なんてしょうもない内容だったじゃないですか！　それでグラドラとの仕事の約束に遅れて頭二つに割られそうになったんですけど⁉」

「そうでしたか。それは災難でしたね」

「んああああああ!!」

扉の向こうにいるであろう山羊頭の悪魔お得意の、遠回しな話に翻弄されて頭を抱えるフィルミリアだったが、深呼吸でどうにか気持ちを落ち着けてからもう一度尋ねた。

「で、誰なんですか！」

「我々の今後を左右するかもしれない鍵と保護者です」

「分かりませんよおおおお！　岡村《おかむら》！　この馬鹿！　もういいから連れてきてください！」

「かしこまりました」

気配が遠ざかるのを感じながら、フィルミリアは無駄な体力を使わされて肩で息をしていた。

嫌いな部下とのやり取りのせいで、いつの間にか性欲が吹き飛んでしまい、謎の賢者タイムになった彼女はよたよたと席に戻った。

待つこと五分。

やってきたのはリュミエールと、メイド服を着せられたエルフの少女リーレであった。

「なんだ……リュミエールと小娘ですか。なんの用です？」

本来四方守護の任に就いているはずのリュミエールと、森で誘拐された異国のエルフであるリーレがいるのに、フィルミリアは驚かず、むしろ見飽きたといった様子だ。

というのも、リーレは現在リュミエール管轄の森ではなく、フィルミリアが経営するこの店に住み込みで働かされていた。

カロン様からお呼びがかかったらすぐ登城できるように街で過ごせとルシュカに指示されたのだが、リーレは非常に難しい立場にあるので、そこらの宿を使うのは憚られる。

色々と考えてリュミエールが出した答えは、街に拠点を持つフィルミリアの世話になるという選択だった。

「こんばんは、フィルミリアさん」

「ちょっとリーレさんの様子見ついでに遊びに来ちゃった」

「来ちゃった、じゃないですよ！　私忙しいんですけど！」

「守善さんに話をするなら私から伝えておいてあげるわ。フィルミリアさんが言うよりも許可を出してもらいやすいと思うのだけれど、どうします？」

「……なんで知ってるんですか？」

「岡村さんが教えてくれたの」

「あのエロ山羊……なんにせよ思ったほど大事なことじゃないじゃないですか！」

「あらあら」

やっぱり相変わらずだったと怒り狂うフィルミリアの姿を見て、リュミエールは楽しそうに笑うだけだ。

リーレもどうしていいか分からないので、とりあえず困ったように笑っておく。

「もういいです。分かりました。適当に座ってください」

アップダウンの激しさに疲れ切ったフィルミリアは気力を失ってしまい、心底面倒くさそうに着席を促した。

「ここでの生活には慣れましたかぁ？」

「はい、皆良くしてくださるのでとても過ごしやすいです」

リーレは、このファム・ファタールで給仕として働きながら生活している。

部屋に押し込めて適当に置いておくだけでも別段問題はないのだが、なにやらリュミエールに考えがあるらしく、フィルミリアも丁度手が足りていなかった雑用係を任せた。

「初めは驚きましたけど、こういう仕事があるんだなって。とても勉強になります」

当初リーレは、エルフたちが強要されていたような行為を国が主導していると思いこみ、神都と同じなのかと絶望したが、その実情を詳しく知った今では嫌悪感を抱いていなかった。

「そうですか！　なかなか見どころのある小娘ですね！　岡村！　お茶持ってきてください！」

並んで椅子に腰掛けたリュミエールとリーレ。そこにフィルミリアが岡村と呼ぶバトラー姿の山羊頭の悪魔が入室して紅茶を差し出し、一礼して去っていった。

「それで、なにかおもしろい話でもあるんです？」

「ええ。ちょっとフィルミリアさんに聞いてみたいことがあるの」

コインを数える作業に戻ったフィルミリアに、リュミエールは今日の天気を尋ねるような気楽さで聞いてみた。

「フィルミリアさんは、神を信じるって経験あるかしら」

質問の意図がいまいち摑めず、フィルミリアは首を傾げる。

「何の話です？」

「えっとね――」

リュミエールは、この話の発端となったリーレとの会話を説明した。

リーレは神都のエルフで、アーゼライ教の信徒である。その境遇から信仰は薄れていたが、それでもまだ心のどこかで神を信じていた。

そこに現れたエステルドバロニアは、どうみても創造神アーゼライより遣わされた救済とは程遠い存在だったが、それでも神に祈りが届いたのかもしれないと思っていた。

それを何気なくリュミエールに話したところ、彼女は神に信仰を向ける行為が理解できなかったのである。

「神を信仰？　冗談でしょう!?　いますぐやめた方がいいと思いますよ！」

そして、それはフィルミリアも同様だった。

彼女はふんぞり返って、天井を見上げながらケラケラと声を上げて笑い出し、信仰心と呼ばれる思考回路を馬鹿にするようであった。

エステルドバロニアにおいて、神を信じ尊ぶなど禁忌や嫌悪以前に理解不能ですらある。

そんなものより遙かに偉大な存在がいるのに、なぜソコなのかと皆が言うだろう。

それを臆面もなく口にできるとは、なんと愚かなのか。

笑い殺されそうだと叫びながら腹を抱えて笑うフィルミリアに、リーレはむっと頬を膨らませる。

「おかしいことではないです。神は全ての命の上に立つ創造神なのですから、形而上《けいじじょう》の彼方から命を見守る神様に祈りを捧げ――」

「ひゃひゃひゃひゃひゃ！　うひひひ！　なんですかなんですか！　この世界の魔物は馬鹿なんですか!?　神が素晴らしいとか、アハーッ！」

エルフがアーゼライ教を信仰するなんてと騎士に嘲笑《ちょうしょう》されることはあったが、ここまで無邪気に愉快だと笑われたことはない。

バタバタと足を振るたびに机が揺れて、金貨がチャリチャリと跳ねていた。

「どうして笑うんですか！」

祈りを侮蔑《ぶべつ》する権利は誰にもないし、信じる行為に上も下もないはずなのになぜ、と。

フィルミリアは一通り笑ったあと、目尻を拭いながらゆっくり立ち上がってリーレの前へ移動した。

美しい黒の少女。淫魔を統べる女王は、口の端を持ち上げて目を見開き、胸の前に掲げた手にピンクと紫の混ざった魔力を迸らせた。

「なるほど。これは実に面白い話です。ふひ、リュミエールが連れてきた意味が分かりましたよ。では、よく聞きなさい小娘」

フィルミリアがぐっと魔力を握り潰す。

瞬間、世界を一瞬だけ塗り替えるような衝撃がリーレの脳を駆け抜けた。

それは痛みではなく、衝撃というのが一番正しい。

ずっとリュミエールと同じ魔物だと思っていたフィルミリアが、似て非なるものに見えた。

「神も悪魔もなんでもかんでも、全部ただの化け物です。このエステルドバロニアではそれが常識ですよ！　だって――私がその神なんですからね!!」

はっきり宣言されて、リーレはあまりの衝撃に言葉を失った。

「正確には、神に最も近い大淫婦がこの私ですよ！　あとアルバートとか、守善も悪神です！　この国では神なんて、カロン様の前では等しく醜い化け物でしかありません！　あの偉大なる御方は神さえ生み出すのですから！」

恍惚とした表情で天を仰ぐフィルミリアの叫びは、信仰の全てを注いで崇拝する姿に似ていた。

神などいくらでも存在しているのがこの白き楽園なのだ。そんな存在に崇める価値など一つもない。

リーレは祈りを侮蔑する権利はないと学んできた。

しかし、ことエステルドバロニアに於いては、カロン以外を信仰することが侮蔑に値する。

「神なんて自分勝手で迷惑しかかけない存在です。だから隔離されてるんですけどね！」

「そんなことは……アーゼライ様の奇跡は今でも残っています」

「ほほう？」

「ディエルコルテの丘も」

「なくなりましたねぇ」

「ふぃ、フィレンツの森も」

「我らのものになりましたねぇ」

「エイラ様の星眼《せいがん》も、せ、聖水だって……」

「とにかく、神を崇めるなんて面白いことするのはやめた方がいいですよ！　神様は傲慢《ごうまん》で押し付けがましくて、なによりワガママですから！」

自分も神であるからこそ分かる。

カロンによって制約を課せられていなければ、原初の淫婦たる自分は、三千世界を淫蕩の地獄に変えてしまうような気がするのだ。

それは恐らく、アルバートや守善も同じ感覚を持っているとフィルミリアは勝手に思っている。

「ちなみに岡村も悪神です。あれ、【サタナキア】とかいうバフォメットの親玉ですから」

この国に驚かされることは何度もあったが、これほどの衝撃をリーレは今まで一度も味わったことがない。

「しかし神の奇跡、ですか。そんなものあったんですねぇ」

「私たちにとっては気まぐれで押し付けられるって感覚しかないですけれど」

「それが正しいですよ。街を歩いている神が比較的マシなだけで迷惑なのは間違いないですし。勝手な想像ですけど、その創造神アーゼライとかいう神様も、どうせ押し付けるように変な力をばら撒いたりしてるんじゃないですかね。グラドラも、変なのに目をつけられたせいで人の形をなくしたと聞きますし」

そんなことはないと言う元気は、もうリーレには残されていなかった。

がっくりと肩を落として淀んだ空気を放っており、さすがのフィルミリアもやりすぎたかと心配になってくる。

どうすればいいのかと思って、チラリとリュミエールの顔をフィルミリアが窺うと、彼女はとても美しい笑みを浮かべていた。

これが目的だったというような曇りのない笑顔だ。

リュミエールは我慢ができなかったのだろう。

慈愛に溢れた【ハイエルフロード】は、この幼いエルフに真実を突きつけてあげることが一番の優しさだと本気で考えており、カロンを崇めるように仕向けるのもリーレのためだと思っているのが、付き合いの長いフィルミリアには分かった。

「さすがの性格の悪さですね！」

「なんのことか分からないけど、ありがとうフィルミリアさん。あら？」

親指を立てながら面と向かって言われたが、リュミエールは微笑んで受け止めた。

そこに、魔術によるメッセージが届いてリュミエールが内容を確認する。

ちらりと項垂れるリーレに視線を向けた新緑のエルフは、死にゆく者を見送るような笑顔を浮かべて温かく優しい声で囁いた。

「リーレさん、貴女の運命が訪れました。どうか、その手に掴み取ってください」


エステルドバロニア内郭《ないかく》中央に聳《そび》える王城一階、玉座の間。

ミスリルとパールの白で埋め尽くされたこの部屋は、王の清く貴い心象を表しているとされている。

この崇高な広間に、軍の団長たちは集結していた。

高い天井に伸びる何本もの四角柱は魔力によって紫苑と白に煌めき、この厳粛《げんしゅく》な空間と、中央に鎮座する玉座を美しく照らし出している。

宝飾に彩られた黒曜の玉座には漆黒の王が足を組んで座り、その側には王佐ルシュカと護衛のハルドロギアが静かに控えていた。

彼らの前に並ぶのは、エステルドバロニアが誇る最強の軍の団長たち。

第二から第七まで揃い踏みして左右に分かれて整列しているが、常の穏やかな雰囲気は微塵《みじん》もない。

そして視線の先に、三体の魔物が平伏している。

第十四軍を従えるハイエルフロード、リュミエール。

第十一軍を従えるアダンダラ、ミャルコ。

そして、何も知らずに連れてこられたエルフの少女、リーレ。

「さて」

カロンが努めて低い声を発すると、この化け物だらけの広い檻《おり》に閉じ込められたリーレは過剰なほど体を震わせた。

「まずはリュミエール、貴様から話を聞こうか」

「はい、カロン様」

美しい新緑のドレスを地面に広げてひれ伏したリュミエールは、名前を呼ばれると顔を上げて幸せそうに微笑んだ。

「此度の一連の行動、カロン様のご裁可をいただく前に実行してしまったことを深くお詫びいたします」

額を地面に押し当てる綺麗な土下座を見下ろしながら、カロンは更に低い声を作り「構わぬ」と口にした。

「それに関しては私も厳命しなかった以上、責任を問う気はない」

カロンの命令に不備はなかったが、それはゲームの頃の話だ。

自我を持った彼らが、自らの思考に基づいて行動する可能性を考慮していなかったのが原因である以上、責めることはできない。

（というか、ルシュカが俺に情報を渡さないのも問題だったな。「重要ではないと判断しました」ってなんだよ……）

そんな考えは露知らず、リュミエールは勢いよく頭を上げると、感動したように目尻を下げてうっとりとした笑顔を浮かべた。

「ああっ、なんとお優しいのでしょうか。このリュミエール、愛しき王の寛大なお心に熱誠溢れんばかりでございます」

彼女が呼ばれたのは事情聴取のためなのだが、それを理解しているのかいないのか、熱を帯びた視線は反省より情欲を感じさせる。

（……〝慈愛〟と〝調和〟だよな？　〝淫靡《いんび》〟の設定なんてしてないよな？）

女神のような、全てを受け止める母のようなキャラを想像していたカロンだが、どうもフィルミリアと似たものを感じて内心で困惑した。

「それでは、私とミャルコの見たものから説明させていただきます」

そこからは、軍内でも共有されていた情報が殆どだった。

神都の実情。エルフの現状。どちらもルシュカから伝達されていた内容と相違ない。

悪徳を凝縮したような虐政は、何度聞いても胸糞が悪いものだった。

カロンの顔が険しくなるのを見て、団長たちにも緊張が走る。

「醜いものだ。これが私の同族の行いなど考えたくもないが、しかし」

黒曜石の玉座の上で、王が不快感を露にする。

正面に居並ぶ配下の視線はカロンにではなく、団長たちとカロンの間で座り込んだ少女に向けられていた。

リーレは、射殺すような視線を背に浴びて硬直していた。

神都の騎士に感じる恐怖とは格が違う。

生命の根幹から震えさせる死の気配に、全身の震えが止まらない。

怯えるリーレを見下ろしながら、カロンは鷹揚に頷く。

誘拐を知った直後は頭痛と胃痛に苛まれたものだが、多少の危険を冒してでも情報は必要かと、今は前向きに受け止めることにしていた。

青みがかった黒い双眸《そうぼう》が、巨大な白い毛玉のような猫へと移ると、静まる室内によく響く声でカロンは尋ねる。

「ミャルコからは何かあるか？」

「ミャーからは何も。リュミエールと同じですニャ。ただ……」

「なにかな？」

「このエルフの小娘は、あの国のことを聞いても答えたりできないと思いますニャ。この首輪の呪いは裏切りに反応する仕組み。リュミエールとも話し合いましたが、まだ我々の方針が決まらぬ状況で外すのは危険と判断いたしますニャ」

「ふむ。呼び立てたことは無駄になってしまったか」

「リュミエールが色々手を加えようとしたのですが、雑な作りのせいで下手に触れないのですニャ」

カロンはどう扱うか決めあぐねて、困ったように頬を掻いた。

リュミエールから聞いた話は、歴史の中で起きた出来事を文献や考察で知るのとは違い、非常にリアリティがある。

虐待と呼ぶのも生温い行為や扱いの数々を事実として滔々と語られると、現実味を帯びてカロンの良心を抉《えぐ》った。

人情で言えば助けてやりたい。しかしカロンはヒーローじゃない。自分ひとりの力では何もできない非力な人間だ。

平伏したリーレを暗い面持ちで見る。

このまま帰らせても何一つ解決はしない。虐待家族の娘を攫っているようなものだ。黙って帰せば彼女は同じ目に遭う。ただ保護しても彼女の姉妹は被害に遭い続ける。

「……はぁ」

これが警察に突き出すだけなら悩むことはないのかもしれない。

ただ、そう簡単に済まないのが目の前の現実だ。

意見を聞こうとカロンが視線を巡らせると、咳払いでアピールするアルバートに気付いた。

「なんともゆか……いや、酷い話だとは思いますな」

一瞬アルバートの目がおかしな輝き方をしたが、きっと気のせいだろう。若干漏れた的外れな言葉もそういうことにしておく。

だが、酷い話だというのは事実だ。

神殿内部で行われていたことはカロンたちの想像を超えており、よりにもよって聖教の国が家畜にも劣る生活を強いるなど、現代に暮らしていたカロンには理解できない。

トップの歪《ゆが》みは組織の歪み。街で暮らす市民の頭も相当にやられていることだろう。

助けを求められない彼女たちを見た外の者が手を差し伸べようとしない辺り、周辺国も関わりたくないのだと思われた。

「しかし、エステルドバロニアには似たような環境に身を置いていた者たちもおりますからなぁ。弱肉強食といえども、強者には強者の責任があり、弱者には弱者の務めがございます。それは、まあ、飼育されるのを受け入れることではないと思うのです」

「荒廃国家から移住した〝外者〟のことか」

プレイヤーが放置した結果、秩序の崩壊した魔物たちの国。そこでは上下関係による奴隷制に似た環境が構築されていたとカロンは最近知ったばかりだ。

軍の中にも、外者と呼ばれる元敵国出身の魔物たちがいる。同じ境遇の魔物がいると知れば、リユミエールのように動こうと思う兵が中にはいるかもしれない。

どこまで汲み取るべきか俯いて悩みながら、カロンは団長たちの様子を上目で窺う。

反応は様々だった。

興味のなさそうな者、何かを期待している者、憤る者、笑いを隠す者、悲しげにする者。

全てを話し終えたことで感じる安堵と、鋭い視線に晒されて竦《すく》み上がる恐怖で、さめざめと涙するリーレを最後に確認してから、カロンは眉間《みけん》に皺《しわ》を寄せて歎きながら顔を上げた。

「さて、意見を聞かせてくれ。エステルドバロニアはどうすればいいと考えている？」

「拙者はさして思うところはございませぬ。選んで人間と関わったのであれば、とどのつまりは自業自得でございましょう。この世界にまで気を遣われる必要はありますまい」

五郎兵衛は武士らしく、ばっさりと切り捨てた。

この世界が以前とは別であることを考えるなら、縁もゆかりもない土地だ。

アルバートは注意喚起のつもりで口にしていたが、別世界の同族にまで温情を与える必要などないと五郎兵衛は考えている。

「俺もまあ、ゴロベエに同感です。それに、手ぇ出したら面倒くさそうな場所みたいですし」

守善も五郎兵衛ほどではないが、人間への関心は薄い。

ただ、五郎兵衛の発言に合わせて神都という宗教の本拠地を落とすデメリットを挙げた。

信仰する人間が存在する以上、その地を余所者に奪われるなんて普通認められるわけがない。

たとえそれが汚濁に塗れた欺瞞の地であろうとも、聖地は聖地なのだから。

「超絶可愛い私は反対ですね！　わざわざそんな面倒くさい所と関わる必要なんてありません！カロン様のお手を煩わせるだけでも最悪です！」

フィルミリアは明確な反対を示す。

深く考えているようには見受けられないが、おおよそ守善と同じ理屈なのだろう。

「ふむ……グラドラはどう思う？」

「俺は攻め込んでもいいと思いますがね。エルフがどうこうってのは別としても、このままじゃ国の資金は減る一方で、資源も同じ。土地も足りてないですし。そうなると、結局は他から奪うしかないのか、と思いますが」

見た目に反して思慮深い、グラドラの意見も正しいとカロンは感じた。

土地を失ったことで経済の動きが著しく低下してしまい、民の収入も併せて大きく減っている。一次産業は壊滅状態で、二次産業もその弊害に遭っている。三次産業は辛うじて動いているが、やはり満足にとは言い難い状況である。

災害給付と銘打って、年齢に応じた金額を国民に渡し、国庫から資源と食料を街の商人に安く提供することで体裁を繕うことができているが、放置すればそれだけ破綻が近付く。

いくら余裕があると言っても出費が減るわけじゃない。軍事費は元々相当な額だし、国の状況を慮《おもんぱか》って税率を引き下げたことで、以前よりも定期の収入は減った。

城壁周囲に難民の仮居住区が広がっていては迂闊《うかつ》に民を外へ出すわけにもいかず、土地問題はそれだけ深刻であった。

この城郭都市国家だけでは、滅びに向けて粛々と進んでいくだけなのである。

「あ、アタシも賛成です。それに、みんなけっこう鬱憤《うっぷん》溜まっちゃってるみたいでー。目の前に格好の餌があるの知ってるから、不安をなくしたい気持ちもあるみたいだし。ばーっと暴れて勝利！なんて分かりやすい形があれば安心できるのかもって」

エレミヤが口にしたのはカロンにとって初耳の情報だった。

フラストレーションの概念が、民にしか存在しなかったゲームのシステムに目が眩んでいたが、同様の感情が軍にあるのはおかしな話ではない。むしろなかった方が不思議だろう。

突然の異世界への転移という稀《まれ》な事象で混乱の最中、軍にできたのはその混乱を収めることだけ。ゲームであればそれで済まされたことだが、現実になったのであれば、置かれた状況を把握できない不安が募ってもおかしくはなかった。

これからどうなっていくのか。どこまでこの世界に通用するのかと。

最も簡単に、自分たちは変わらず強者であり、この程度なら余裕で乗り越えられるのだという納得と自信を魔物たちは欲していた。

打って出る好戦的な姿勢でプレイしていたつもりはなかったが、何が来ようと打ち払ってきた今までがあるからこそ、彼らは戦の中でその安心を感じたいのだろう。

「私は消極的な賛成ということで。やるのは構わぬのです。ですが国とも呼べぬ街を落としてもあまり旨味がありませぬゆえ。せっかくやるなら他の国も巻き込んでしまいたいものですな」

先程カロンにあんなことを言っておきながら、アルバートは平然と掌を返した。

発言の意図は注意喚起であり、王が判断する材料を提示しているだけでしかない。

ただ、本心は侵攻に傾倒しているようだった。

「余計な波紋が生まれるぞ。こちらに大義名分が立たなくなる」

「元からないではないか。この世界に来た時点で我々は既に人間が分け終わった土地を強引に奪っていくしかないであろう？　それとも穏便に進むのかね？　聞き分けがいいとは思えませんがなぁ」

反射的に反論したルシュカだったが、ぴしゃりと言い返されて黙り込んでしまう。

今のアルバートの発言は国内ではなく国外を重視しており、価値のないものは手遊びで殺せるのだから、人目を憚らずに侵攻してもいいのではと提案していた。

今エステルドバロニアが建つ土地も、必要だからと占領した適応環境も、どれもがこの世界に存在する国のもの。

境界をなるべく侵さぬようと言ってはみても、部外者のエステルドバロニアが何をしたって侵略は侵略。取り繕ったところで意味は変わらない。

そもそも、エステルドバロニアはそうやって国土を広げてきた以上、さしたる違いなどない。

あるとするなら、相手がカロンと同じ、生きた人間だということくらいか。

「……」

決断し難い。

皆の視線を受けるカロンは、両膝に肘をついて床を見つめながら決めかねていた。

どれも正論ではある。どれが一番正しいなどない。

だが、選ぶのなら侵略を選ぶべきだ。

土地さえあれば解決できることが幾らでもある。解決してしまえばかなり負担が軽減される。

しかし、魔物が人間と手を取り合えるかと言われれば、それは難しい。

リーレたち神都のエルフがそれを体現しているのだ。

「私は……賛成に回ります。こちらから歩み寄ることなど不可能ですから、向こうから擦り寄ろうと思うだけの力を示せば、少しは話も変わるでしょう。あの神都を攻めても一定の益はありますし、起こることが予想できる分思い悩むこともそれほどないはず。聖地の直上に城が建っている以上、今後アーゼライ教に目を付けられるのは代わりありません。ですので、相手が迂闊に攻め込めると思えぬようにしてしまえばよろしいかと」

こほんと咳払いを一つしてから、ルシュカは皆の意見を纏めて判断をする。

アルバートに言い返しはしたが、彼女はあくまでもカロンのために行動することを第一としている。

王が人間であることを憂慮した上で、力による征服がもっとも効果的だと考えていた。

「同じ土地に存在する他の国と交流はあるだろう。それはどうする？」

「どうともしません。申し上げたように、動く気を起こさせない圧倒的な戦力で潰してしまえばいいのです。それで噛みついてくるのなら喜んでお相手しましょう。また我らの領土が増えるだけですから」

美しい笑みを見せるが、発言の内容は「どうでもいいから殺しちゃおうぜ」の精神である。

「しかし、我らの意見など些事にしか過ぎません。全ては御心のままに」

ルシュカの言葉を聞き終えて、カロンはそれでも答えを出せないでいた。

甘い考えなのは分かっている。それでも考えてしまうのだ。

自分が殺せと命じれば、彼らは何一つ躊躇することなく人間を殺すだろう。

対岸の火を画面越しに見ていた一般人が、軍の司令官として画面で見た壮絶な殺し合い、その狼煙を上げろと迫られている。

ルシュカが決めても問題ないだろう。グラドラが、アルバートが、決めてもいいことだろう。

不満を吐き出して解決するならどれほど楽か。それができるのならとうにやっている。

カロンは王だ。

軍を束ね、民を守る、唯一無二の存在だ。

事実団長たちは自らの意見を述べてからは一言も発しない。

王の意志に全てを委ねる。王の決定こそが全てである。

故に、彼らは沈黙を貫いた。

「助けて、くれるんですか……？」

沈黙の帳を揺らしたのは、掠れた声だった。

「助けてください」

額を押さえて俯いていたカロンが顔を上げる。

泣きそうな顔で、縋りつくような手の動きで、消え入りそうな声で、非力なエルフの少女が強大な化け物に立ち向かう覚悟を振り絞っていた。

「みんな、ずっと待っていたんです。あの地獄から……救い上げてくれる人を」

熱が籠もった声だった。

幽鬼のように立ち上がったリーレは、挑むように胸を張ってカロンと相対してみせる。

握りしめた拳から滴る血は彼女の捨てた弱さだ。

瞳に宿る意志はリュミエールも認めた強さだ。

その輝きが、カロンにはとても眩しかった。

「助けてください！　あの地獄から出られるなら、醜悪な男の思うままにされないなら、そのためならどんなことだってしてします！」

カロンの悩みを、リーレが知る由もない。

ただこれが千載一遇のチャンスだと思い、いてもたってもいられなかった。

突然立ち上がった部外者が、王に向けて許可もなく発言をしたことが許せなかったのか、エレミヤは一瞬でリーレに迫ると、頭を摑んで地面に押さえつけた。

乱暴な動作ではなく、痛まないよう気を遣ったことで怪我はない。

もしエレミヤがやらなければ、他の者が殺す勢いでやっていたかもしれない。

地面にうつ伏せで押さえつけられたリーレは身動きがとれなくなったが、それでも顔を横にしてカロンから視線を外さない。

「どうか、助けてください……！　私たちを。教皇様を。やっと、やっと見つけた希望なんです。私の体でも命でも、なんだって捧げますから！　請け負ってくれるなら、それでみんなが助かるなら……！」

リーレはずっと見てきた。

ボロボロにされて家に帰ってくる大人たちを。

族長になってから行為を免《まぬが》れるようになったのが逆に苦しいと嘆いていたオルフェアを。

自慢の魔術が役に立たず、夜なべをして首輪を解除する努力をしては机を叩きつけるご母堂を。

腱を切られてから、子供のいないときに声を殺して泣いていたシエレを。

リーレとあまり年が変わらないのに、エルフのためにと誰よりも頑張っていた教皇を。

待ちこがれていた一縷の望みが現れて、じっとしてなどいられない。

この危険な状況で彼女の中にあったのは、自分の安全ではなく、大切な人たちの幸福だった。

「ちょっと、大人しくしてよ。アタシだからこれで済んでるけど、他の脳筋じゃ……」

「どうなったって、構いませんっ。あの老人に抱かれるくらいなら、貴方様に捧げた方がよっぽどマシです。だから、どうか……っ！」

「もう、いい加減に――」

頭を押しつけていたエレミヤの力に抗って、リーレはまたも立ち上がろうとする。

もうカロン以外見えていないのか、エレミヤの忠告にも耳を貸さず、遙かに開きがある力の差を気にもせず、両の腕に力を入れて頭を持ち上げようとし続けていた。

さすがにこれ以上は見過ごせないと、エレミヤが空いている手を振り上げて首に狙いを定める。

昏倒させてしまおうとしたが、唐突に立ち上がったカロンを見て止まった。

再び静寂。

今度は、カロンがそれを払った。

「ルシュカ」

名を呼ばれたルシュカは、一歩前へと進み出てカロンに正面から向き合う。

「はい」

「このような幼子がこれほどの覚悟を見せた。それに応えねばエステルドバロニアの名折れとは思わんか？」

リーレの背筋が粟立った。

周囲の魔物たちから突然吹き上がった魔力を吸い込まぬようにと、無意識に息を止める。

普通の人間ならば卒倒しかねない密度の魔力が玉座の間を埋め尽くしていく。

戦の気配に昂ぶりが抑えられないと、素早く跪いた団長たちの顔には獣の笑みが浮かんでいる。

エレミヤが手を離しても、リーレはそのまま硬直して身じろぎ一つできなかった。

(あの人は……ナニ?)

赤子でさえ魔力を感じられるのがこの世界では当たり前だ。

程度の違いはあれど、誰もが魔力を内に宿している。

では、リーレの前に立つ男は何者なのか。

内に秘めた魔力の欠片もない、ただの人間とも呼べぬ男が、この魔力の奔流《ほんりゅう》を浴びながら平然と立っていられるなんて信じられなかった。

魔物たちをミスリルの白と表すなら、人間の王は玉座と同じ一点の黒だ。

全てを飲み込む暗黒。未知を飲み干す深淵。

先程まで、たしかに見えていたはずの王の顔が、今のリーレには見えなくなっていた。

あれほどはっきり見えていたのに、今は黒い穴のようにしか見えず、どんな顔だったかさえ思い出せない。

あれは確かに人間だ。

人間の姿かたちをしている、人間という種族だ。

もし違うとするなら――なんと形容するのだろうか。

「しかし、ただ攻めるのでは獣と変わらぬ。もどかしいと思うかもしれんが、慎重に事を運んでいくとしよう。あの頃と同じだ」

「確かに、このように手探りで進めていくのは懐かしいものがございますね。畏まりました」

「リュミエール、ミャルコ。先も言ったが此度の行いは不問とする。が、相応の働きは期待しているぞ」

「寛大な処置に感謝いたします」

「それまで、各自万全を期しておくよう。追って連絡する」

短い呼気とともに、「はっ」と魔物たちの揃った声が響いた。

それを聞いて満足気に頷いたカロンは、最後にリーレを見て穏やかな声を出した。

「名前を聞いていなかったな、エルフの娘よ」

「……リーレ、です」

かろうじて絞り出した声を聞いてまた頷くと、

「そうか……リーレよ。一族への献身、実に大儀であった」

そう呟いて、霞のように姿を消した。

明るい玉座の間に残された黒の余韻が目に焼き付いて離れない。

フィルミリアの店で聞いた話がリーレの脳裏をよぎる。

あの人は救世主であり、破壊の化身なのだ。すなわち神に等しいのだ。

少女の目に残った残滓《ざんし》を縋るように脳へ焼き付ける。

その陽炎《かげろう》に、リーレは神に祈り続けてきた信仰を籠めた熱い眼差しを注いでいた。

◆

エイラ・クラン・アーゼルにとって、この世界に生まれたことは最低以外の言葉にならない。

腐った民。腐った官。腐った国。

神を崇め奉る地に蔓延る横暴は、誰の目にも余る行為だ。

しかし、それを覆そうとする人間は虐げられている者以外にはいない。誰もが同じ目に遭うことを恐れて口を噤み、目を塞ぎ、右へ倣えで従っている。

生まれた頃から続く悪習の経緯を詳しく知ることは、エイラにはできない。

ただ、この神都が腐敗しているのは他の誰のせいでもなく、誰もが原因だということだけは重々理解していた。

「教皇様。ご機嫌麗しゅう」

そんなことを思ってもいないくせに、彼らは薄気味悪い笑みを浮かべて恭《うやうや》しく言う。

下衆《げす》な感情を皺《しわ》に刻んだ蛞蝓《なめくじ》の視線は未熟な体を這いずり回る。

それは教皇の座に着くと決まった時から何も変わらない、色欲ばかりが向けられる最悪の毎日だった。

神殿で監視されることの多いエイラが外と関わる機会は少なく、同年代とは一言も話したことがない。

そんなエイラだが、友達はいた。

その頃はまだ何も分かっておらず、ただ彼女と遊べることが嬉しくて堪らなかった。

彼女の名を、シエレという。

エルフの中でもとびきり綺麗な顔をしており、微笑むと女神様のようだと常々思っていた。

オルフェアは美人だが、同年のシエレの方がもっと若く見えたため、年の近い姉のように感じて一番なついていた相手だ。

特に彼女が語って聞かせてくれる寓話が大好きで、よく自室に連れていってはせがんでいた。

エイラは、そんな優しいシエレをずっと使用人の一人だと思っていた。

他のエルフと違っていつも神殿の中にいたし、書類を胸に抱えて歩いている姿ばかり見ていたからそう思ったのだろう。

だが、実際は違った。

四年前、大きな問題が起こった。

どういった内容かエイラには分からなかったが、エルフたちが任されていた案件を期日までに終わらせられなかったらしい。

広い謁見《えっけん》の間の中、多くのエルフが揃って元老院の議員たちに失態を責められている光景を、玉座に座らされたエイラはただ呆然と眺めていた。

失敗は怒られるものだが、それが過剰かどうかまでは幼い頭では分からなかった。

だから、怒られるのは仕方ないのだと思っていた。

その時までは――。

叱責が止み、これで終わったかとエイラが席を立とうとした時だ。

突然扉が開け放たれ、ぞろぞろと騎士団の人間が入ってきた。

人払いがされていた場に許可なく踏み入ることは許されないと、即座に退室させるよう議長に視線を向けた。

「……あ」

見えたのは、押さえつけられるようにシエレが議員の股の間に顔を埋めている光景だった。

なにをしている！　そう口にしようとしたが言葉にできない。

エイラを置き去りにして、騎士団の面々もエルフたちを強引に組み伏して性交を始めていたのだから。

――なに、これ。

啞然《あぜん》として、夢じゃないかと何度も考え、悲鳴が止まない中でぽつんと一人で立ち竦む。見開いた両の目に映し出される惨状に、つい最近まで一緒に遊んでいたエルフたちの姿が重なり合う。

「いやぁ、いやあああ！」

「おご、う、ぐえっ」

「痛い痛い、痛い、痛い、痛いの！　いやっ！　嫌よ！　やめてぇ！」

女を人と思わない所業が蔓延している。

手慣れた様子で壊し、絶叫を聞いて楽しげに笑っている。

飢えた獣が、ただ発散するためだけに動いている。

男と女の生殖行動。それがこれほど醜いものだと考えたことなどなかった。

王子様とお姫様が愛し合う憧憬《しょうけい》は、この瞬間崩れて消え去った。

必死に抵抗するエルフはいても、逃げ出そうとする者が一人もいない。

実は望んで仕打ちを受けているのではと考えてしまうくらいに、どちらも気持ち悪かった。

「おお、そうじゃった。今回は長であるオルフェアの失態だったな」

突然思い出したように、元老院の議長が騎士に命じてどこかからズダ袋を引きずってこさせた。

騎士は口紐をほどいて逆さまに引っ張り上げると、喘ぐエルフたちの前に中身を曝《さら》した。

転がり落ちる手足。風船のように膨らんだ胴体。目に魔物の腕を突き刺した顔。

五体を切り刻んだ挙げ句に弄《もてあそ》んだ痕跡のあるその死骸は蛆が湧いて皮がとろけており、喉の奥から込み上げてきた嘔気を堪えることができずにエイラは吐いた。

「嘘、嘘……ロディ……そんな、いや……いやああああああああああ‼」

シエレの絶叫。老人の叫び。怒りの声。舞う鮮血。

日常が崩れ去っていく。数時間前までの幸せが塗りつぶされる。

みんな壊れている。みんな、みんな、みんな。

ああ、神様。

貴方を奉じるこの地でこれほどの悲劇が起こっているのに、救ってはくださらないのですか。

「どうですかな、教皇様。貴女様の愛する、素晴らしき神都の様子は。ねぇ？」

エイラの甲高い悲鳴が辺りを覆い尽くす。

指導する立場にいながら、凶行を止めることもできない己の弱さに、ただ叫んだ。

時折訪れる悪夢は、苛むように全てを見せる。

その日は未来の啓示ではなく、ただ重く残酷な現実ばかりを目に焼き付けてきたせいか。

星眼。

星の瞳。

創造神アーゼライより寵愛を賜りし未来視の奇跡。

何一つ役に立たない烙印に刻まれた、深い業の記憶に劣る神からの贈り物。

しかし、ただ汚辱ばかりを見せていた瞳が、ここ数日は違う夢を見せるようになった。

燃え盛る神都を襲う異形の影。

獣の群れが大挙して街中に押し寄せる様子。

騎士を食い荒らしていく光景。

真紅に染められた神殿から轟々と立ち昇る炎の前で、背を向けて立つ黒いコートを着た男。

紫黒のコートに描かれた紋章は見たことのないものだ。

そして最後はいつも、異形の影たちに跪拝される男がゆっくりと振り返り、エイラと目を合わせるところで夢は終わりを迎えた。

「……っは……はぁ、はぁ」

微睡んでいたエイラの意識が明確になり、胃が軋む痛みを感じて小さく呻く最悪な目覚めだった。

いつものように日記を書いていたはずが、途中で眠気に襲われたらしく、机に突っ伏した姿勢から体を起こして目元を拭う。

閉め忘れたカーテンの向こうを見れば、銀色の月が丸を描いて世界の闇を照らしていた。

天を貫いた光の調査に乗り出してから、今日で八日目。

元老院がエルフたちに指定した期限まで、あと一日に迫っていた。

（……最悪）

あの凄惨な光景がフラッシュバックして呼び起こされる悪夢の後は、いつも気分が悪い。

神都の実態を目の前に晒され、血肉の狂乱を目に刻まれたことは、一生忘れることはできないだろう。

エイラの無力さを苛むように襲いかかり、のうのうと生きることを責め立ててくる。

ぐっしょりと汗で湿ったネグリジェの感触が煩わしく、誰もいないからとはしたなく脱ぎ捨てて下着姿になった。

ピンクを基調とした子供らしい部屋。蠟が切れて消えてしまった明かりをつけ直すこともせず、エイラはふらふらと歩いて壁に掛けられた姿見の前で立ち止まる。

リーレとは違う、健康的な食事で育った体。細いが筋肉の薄く付いた手足。艶めく桃色の長い髪。裕福な暮らしをしていると分かってしまう肌。

これが神都ディルアーゼルの女教皇、エイラ・クラン・アーゼルの姿。

人に称賛されるものは何もなく、年相応の少女がそこにいるだけ。

確かに人形だ、とエイラは自嘲する。

あの日の出来事を忘れたことは一度としてない。

今も続く下劣な行為を憎まない日など一日たりともない。

しかし、それを覆す力は何も手に入れていない。

ただ叫んでも世迷い言と切り捨てられて終わってしまうし、誰かを味方に付けようにも手段も金も力もない。

エルフの皆に協力を仰いだとしても、隷属の呪で縛られているから期待はできない。

エイラには、その時がくるまで待つしか方法はなかった。

内で解決するにはエイラ自身が幼すぎるし、周囲が元老院の肩ばかり持っている以上、事を為すなら外からでなければいけない。

今回の異変を聞いた時はチャンスが来たと思った。

だが、そのチャンスだけでは誰も救われない。

元老院が上手く事を進めて終わってしまうか、何か大きな変革が訪れることになるのか。

なんでもいい。一つでもいいから力が欲しい。それさえ手に入れば、みんなを救うことができるかもしれないのだ。

力のない自分でもできることが現れる。そう信じて今日までずっと我慢を通していた。

鏡に映る自分を真っ直ぐに見つめる。今の顔には決意が見える。

「私は諦めない。みんなを助けるために頑張るんだから」

「おー、かっこいいー。ちっちゃいのに凄いんだねー」

「っ、誰!?」

間延びした突然の乱入者の声に、エイラは慌てて体を手で隠して部屋を見回した。

左右へと振っていた視線が、窓際に腰掛ける人物を捉える。

いつからいたのか、その人物は窓から差し込む光で輪郭だけしか見えない。

手の上で光る小さな短刀を弄んでいた影は、すっくと立ち上がってエイラの方へ真っ直ぐ歩いてきた。

エイラは助けを求めようと口を開いたが、声が恐怖にせき止められて出てこない。

月白に染まった刃から目が離せず、みっともなく足をもつれさせて倒れ込み、吐くことを忘れ喘ぐように息を吸い込み続けるエイラを見下ろす影。

死にたくないという言葉が頭をリフレインするばかりで、逃げなければと思う余裕もない。

「ひぃ、ひぃ、ひぃ、ひぃ」

ひきつった呼吸音をBGMにして、音もなく目前までやってきた暗殺者の姿が、ようやくはっきりした。

ぎゅっと固く目を閉じ、身を小さくしてガクガクと膝を震わせる。

何一つ成し遂げられずに死ぬことを、シエレや皆に謝罪する言葉を思い浮かべながら、エイラは来るべき時をじっと待った。

が、いつまで経っても何も起こらない。

どうしてか気になって、エイラはうっすら目を開けて腕と腕の隙間から暗殺者の姿を確認する。

恐れていた暗殺者は、なぜか右手を勢い良く天井へと伸ばし、腰に左手を当ててポーズを決めていた。

困惑がエイラの頭の中を駆け巡る。

頭上で金色の猫耳がピクピクと動いており、まっふりした狐の尻尾が背中からちらちらと見え隠れしていた。

それは世にも珍しい猫耳と狐尾の獣人であった。

「エレミヤちゃん、王様の命に従って参上！　今日は帰ったら撫で撫でしてくれるご褒美付きなので元気一杯だー！」

うはははーと、なんとも幸せそうで馬鹿っぽい笑い声を上げる暗殺者。

上機嫌な【フクスカッツェ】のエレミヤは、目と口を大きく開いて硬直したターゲットのことをすっかり忘れ、帰った時のご褒美に思いを馳せて変な笑い声を上げ続けていた。


「それで、貴女はいったい何者ですか？」

「だからアタシは王様からの使いなのー」

「ですから、その王様とはどなたかとお伺いしているんです！」

「さっきから言ってるでしょ？　王様は王様だよ？」

「なんなんですか、この人……」

エイラは今、床に胡座で座り込んだ暗殺者らしき魔物の言動に頭を抱えていた。

猫のような狐のような獣人、エレミヤは自らを暗殺者ではなく使者と名乗った。

あの短刀はただ手持ち無沙汰だったから持っていただけらしく、危害を加えるつもりはないとの

こと。

そんな弁明をされても殺されそうだとエイラが思ったことは事実で、そもそも誰もいないはずの部屋に人がいれば恐れるのは当然のことだろう。

しかし、どこから来たのだろうか。

落ち着いてから、エイラは脱いでいたネグリジェを再び着て暗い部屋で問答をしているが、どうにも進展しない。

頭が弱いのか何なのか、受け答えのままならないエレミヤの対応にエイラは心が折れそうになっていた。

まあ、十中八九何も考えていないからなのだが。

「では、どこから来たの？　獣人はこの東レスティアにいないはずよ？」

くりくり左右に揺れたり、ぴょこぴょこと上下に跳ねたりする猫耳が偽物ということはないだろう。

まふっとした尻尾もぱたぱたと床をはたいているので、これも本物だろうとエイラは見ていた。

しかし周辺に獣人の集落、ないし里があるなどとは聞いたことがなく、彼女が何者なのかさっぱり分からない。

ここは聖地。魔物も獣人も寄り付かない神聖な大地で、同じ神を信仰するエルフくらいしか近付こうとする者はいない。

いったいどこから来たのか。その問いに対してようやく思考を行ったエレミヤは、へにゃっと垂らした耳を勢い良くピンと立てて嬉しそうに笑った。

「ふふん、聞いて驚け！　アタシはエステルドバロニアから来たんだぞー！」

すごいだろうと言わんばかりに胸を張り、腰に手を当てて踏ん反り返ってみせる。

鼻を鳴らして煌めくような琥珀色の瞳は希望に溢れており、自分の居場所を心の底から誇っていた。

この神都に愛国心を持った人間なんかとっくに潰えている。窓に映った自分の瞳の暗さを覗いて、エイラは自分を痛ましく感じて視線を外した。

「……それはどこにあるの？」

結局答えになっていないのでもう一度尋ねてみると、首を左右に捻りながら「何を言ってるの？」と言いたげにエレミヤは目を丸くしてエイラを見つめた。

「知らないの？　おかしいなー、騒ぎになってるはずって聞いたのに」

フンフン鼻を鳴らしてむっと唸るエレミヤ。

彼女の中では既にエステルドバロニアの情報は出回っているものだと思っており、諸々の細かい説明を省いても通じると思っていた。

教皇以外との会話を禁ずると厳命されているので、そのような愚こそ犯してはいないが、肝心のところが抜けに抜けているのは仕方ない。

エレミヤはあくまで前線要員で、パラメータには書かれていない知力が物悲しいことになっている以上はどうしようもないだろう。

力なく耳と尻尾を垂らしたエレミヤは置いておくとして、エイラは思わず叫びそうになって慌てて口を塞いでいた。

（この人、もしかしてあの森から来たってこと……？）

騒ぎになっているとすれば他にありはしない。

獣人がどうしてレスティア大陸の、それもフィレンツの森に？　ヴァーミリアと交易のある西のサルタンならいざ知らず、なぜ東に来たのだ。

顎に当てていた手を外してもう一度エレミヤを見つめるエイラ。

ゆらゆらと船を漕ぐように前後に揺れている不届き者なのに、不思議と憎めない彼女と視線を合わせるようにしゃがみこむ。

するとぱちりと瞼《まぶた》が開いて琥珀色の猫眼と視線が交わった。

「あの、貴女は……えっと、エステル――」

「エステルドバロニア、だよ」

「そう、エステルドバロニアから来たのよね？」

「うん。お使い頼まれたのは初めてなんだよねー。えっへへー」

「ああ、うん。それでね？　そこにはどんな人が住んでいるのか聞いてもいいかしら？」

自分よりずっと背も高く引き締まった体をした女性に対して諭す口調はどうなのかと思うエイラだが、これでようやく話がまともにできているので気にしないことにする。

ずっと聞いていてもまったく触れない核心を尋ねると、エレミヤは先程と同じくらい嬉しそうに目を輝かせ、ずいっとエイラに顔を近づけて鼻息荒く話し始めた。

その勢いに気圧されて尻を床についてしまったが、その内容にまたも驚かされることとなる。

エステルドバロニアと呼ばれる国は現在、ディエルコルテの丘にあるというのだ。

元は広大な土地を治めていたらしいが、奇天烈な現象に飲み込まれてこの世界に転移したらしい。

その話だけでも信じられないのだが、それ以上に信じられないのは、エステルドバロニアの庇護下におかれているのは全てが魔物だということだった。

「魔物が、一緒に暮らしているの……？」

「うん！　王様がね、一生懸命みんなを集めて便利なことたくさん教えて、いっぱい大変なことあったけど、でもみんなも王様のこと大好きで仲良く暮らしてるんだー」

何がおかしいの、とでも言いたげに小首を傾げて、ふわりと尻尾を一つはためかせるエレミヤ。

おかしい以外に何を言えというのだろうか。エイラの頭は混乱の極みにあった。

大した自我もなく、人間の都合などお構いなしの存在が仲良く暮らしている？　あまつさえ様々な種族が集まって？　同族同士でも平気で殺し合えるようなのが？

どんな誇大妄想だと、そう言い切れたらどれだけいいだろうか。

だが、エレミヤの言葉を信じるしかなかった。

それ以上に、新しい情報を聞いたことがない今は、ひとまず信じておくしかないのだ。

「あの、貴女の国はいったい何をするつもりなの？　丘に行こうにも呪術で進めなくて、全然動きがないから不思議に思ってて」

「別に、いつも通りのことをするんじゃないかな」

「いつも通り？」

「そ、いつも通り。困ってる魔物を助けに行くんだよ！」

魔物、と呼べる存在はこの神都には、一種族しかいない。

彼女たちの目的。それはエルフの解放にあると聞いて、エイラの顔つきが変わった。

「ん？　何か面白いことあった？」

尻もちをついたままのエイラの目を見て、可愛らしく首を傾げるエレミヤ。

怯えていたはずの少女の顔には、驚愕混じりの引き攣ったような笑みが浮かび上がった。

（あの夢が本当になるかもしれない）

エイラがずっと思い悩んできた全てを解決できる力が現れた。

誰にも頼むことができず、誰も動こうとせず、次第に笑顔が消えていくのを黙って見ていることしかできなかった日々が、ついに報われる可能性が訪れたのだ。

体が意思に反して震え始める。

心を満たしているのは歓喜であることは間違いじゃない。だが同時に恐怖もあった。

本当にそう上手くいくのかどうかよりも、自分がそのために行動ができるかどうかを恐れているのだ。

今までエイラはただ黙って従うことで自分を押し殺してきた。

固く唇を結んで耐えてきたことが裏目に出て、いざという時に動けないのではないかと急に不安になってしまったのだ。

もし何もできなければ。そう思うだけで涙が溢れる。

月の雫がエイラの瞳から伝い落ちるのを見て、エレミヤは目を少しだけ細め、ほわほわした顔を消して真面目な様子を取り繕った。

「王様からの伝言を教えてあげる。『決意を見せろ』ってさ。君のことはリ、リール？　から聞いてるから、王様も君の優しさに期待しているんだよ」

多分だが、リーレのことだ。

なぜ彼女の名前を知っているのかエイラは知らないが、何かしらの交流があったのだろうと察した。

リーレがエイラのことをどう告げたのかは知らない。だがこうして忠告をしてくるということは、きっと腐敗した神都の教皇であっても期待すると思えるようなことを言ってくれたのだろう。

期待。その言葉が胸に落ちると、雫とともに弾けた。

こんな私のことを彼女たちは期待してくれている。ずっと何もできずにいた私に優しくしてくれる人たちが、期待しているんだ。

そう思うと、胸に落ちた言葉は波紋となって溶けていき、手足の先に仄かな温もりを与えた。

「……ん、大丈夫そうだねー」

エレミヤは満足気に頷いて立ち上がった。

そこにいるのは臆病な少女ではなく、決意を胸に秘めた、自分たちの知る王にも似た意思を瞳に宿らせる教皇だったから。

「王様にはちっとも敵わないけどね」と内心で付け加えて、エレミヤは侵入してきた部屋の窓の方へ。

「あ。アタシたちのことは絶対に内緒にするようにって言われたから、誰にも言っちゃ駄目だからね？」

もう伝えることは伝えた以上、この場に用はない。

そんなことよりもさっさと帰ってご褒美を貰いたくて仕方がないだけだが、態度に出さず優雅な足取りで尻尾を振りながら歩いた。

エイラはぐっと拳を作って、体を満たす感覚を確かめる。

やってみせる。その言葉を胸の中で繰り返して、帰ろうとするエレミヤに感謝を告げようとした。

だが、そこでふと気付く。

この部屋はずっと騎士によって監視されているはずだ。

お飾りの教皇でも逃げられたら困ると警備を配置されているはずなのに、あれだけエレミヤが大騒ぎしたにもかかわらず誰一人として現れない。

答えを持っているとすれば目の前で帰路につこうとしている人物しか思い当たらず、エイラは慌てて声をかけた。

「あ、あの、エレミヤさん！」

「んー？」

「部屋の周りにいた騎士の人たちを、いえ、騎士に何かしましたか？」

尻尾を上にピンと伸ばしてぴくんと立ち止まると、力なくまた下へと垂らして彼女は振り向いた。

気怠げな、弛緩した動作でエイラに顔を向けたエレミヤ。

月に照らされるその顔には、満面の笑みが張り付いている。

「あの人たち眠そうだったから、ゆっくり寝かせてあげただけだよ？　ぜーんぜん真面目そうじゃないから大丈夫かと思ったんだけどねー。いきなり武器向けられて驚いちゃった。だから眠らせてあげたの。眠そうなの邪魔したのはアタシが悪いからね。まぁ、もう起きることはないんだけど」

出会った時に感じたものとは比較にならない恐怖が、エイラの体を駆け抜けた。

美しい笑顔だ。誰が見てもそう思うだろう。

だが、月光の下で笑うその顔に好意的な意味など欠片もなく、獣らしい威嚇《いかく》を意味する獰猛《どうもう》な顔に映った。

「ふふ、あははは！　今度は眠くなれないくらい堂々と遊びに来るから、楽しみにしててねー！」

愛嬌のある仕草でウインクをして、窓が開いた瞬間にはエレミヤの姿は消えていた。

突風の音を置き去りにして、嵐のように去った最後の顔が頭から離れない。

エイラは一つ、思い違いをしていた。

彼女の望む未来を引き起こそうとしている相手が人間ではないということを、あの愛嬌に絆されたせいで忘れていた。

最後に見た横顔から感じた悍《おぞ》ましさに体が竦んで動けず、交代に来た騎士の絶叫が響くまで、神都の夜は平穏なままだった。


翌日、エルフたちは昨日取り決めたことを実行に移そうと行動していた。

皆は難色を示したが、オルフェアとご母堂の説明と説得を聞いて他に手がないのだと理解し、二人がそう決めたのならと迷いを払って森の奥へと進んでいる。

「成功するでしょうか、これで」

ショートヘアのエルフが二歩後方を歩くオルフェアに声をかける。

自分たちはよれよれの布を羽織った格好で、使者と呼ぶにはみっともない姿だ。

不安げな顔をして前を行くエルフたちが持っている品を見ながら、オルフェアが口を開く。

「……これ以上の用意はできん。これでやるしかない」

エルフたちが持っているもの。

それは、今まで収穫や狩猟で手に入れた全ての食料だ。

大きな猪も穀物袋も荷車が森では使えないので手で運んでおり、オルフェアも鹿を片手に二頭ずつ、足を摑んで持っていた。

元老院が協力してくれるはずもなく、これが今できる精一杯である。

「先方が現れてまだ週を一つ跨いだだけだ。食料などに困っていてくれたらとは思うが、あれほどの魔術の使い手がこんなことに苦労するとは思えないがな」

「ではなぜ」

「いずれ陥《おちい》るかもしれないだろう？　あの森に自生している食料だけでは当然限りがある。どこかのタイミングで外部と接触を図る必要があり、その時に我々が手引きをすると約束すれば、向こうも都合がよかろう」

思慮深い人物であれば、飛びつきはしなくとも一考はしてくれるはず。

それに賭けるしかなかった。

失敗は許されないところまで追い詰められている。ベストを尽くしているとはどう見ても言えないが、最良の手段だと思ってやるしかない。

「よし、ここでいい」

静かに発せられた号令で先頭が立ち止まり、合わせて後列も足を止めていく。

そこは広大なフィレンツの森に張り巡らされた呪法の範囲の最北端。

あと数歩進むと術中に捕らわれるぎりぎりの位置で行進を止めたエルフたちは、持参した食糧を地面に下ろしてぞろぞろと平伏を始めた。

オルフェアも先頭へ回って両膝を土で汚す。

誠意をもって応対しなければいけない。姿も見えぬ相手に頭を下げるなど馬鹿げているが、少なくとも老害共にするよりは遙かにましだった。

全員が額を擦り付けて身動きを止めたのを合図にして、オルフェアは大きく息を吸い込んだ。

「森を惑わす術者の方に申し上げる！　どうか私の声を聞いていただきたい！」

しんと静まり返っていた森に木霊《こだま》して広がるソプラノの声に、ざわざわと木々が揺らいだ。

「我々は神都ディルアーゼルからの使者であり、どうか交流を行えないかと進言しに来た！　貴殿がこの地を訪れた理由は知らないが、多くの不便を強いられていることだろう！　我々も実態の知れぬ何者かが目と鼻の先に現れたことで不安を抱いている。そこで、双方の問題を解決するためにも話し合いの場を設けてはいただけないだろうか！」

監視している者は間違いなくいるはずだ。

姿も見えず気配も感じないが、それは確かだと断言できる。

どれだけ待てばいいのか、どんな言葉を連ねればいいのか、どこで切り上げればいいのか、表情を窺いながら進言するのと訳が違い、全てオルフェアの裁量に委ねられている。

無風の中では草ずれの音すらなく、動物が動く気配もない。

まるで自分以外の時間が止まったような錯覚が不安を助長していき、焦りがもやもやと胸から口へせり上がってくる。

もともと気が長い方ではないオルフェアは待つのは得意ではなく、徐々に落ち着きがなくなっていく姿を後ろから見つめるエルフたちは、ご母堂が出てくるべきだったのではと思っていた。

無為に過ぎる静寂にいよいよ堪えが利かなくなる、そのタイミングと同時に変化は現れた。

オルフェアがもう一度口を開いて声を張り上げようとしたのに合わせ、周囲が僅かに揺らぐ。

今まで見えていた周りの景色が急に明瞭になる感覚。はっきり見えていたのがさらによく見えるようになったような、言いしれぬ気持ち悪さを五感で感じ取った。

溶けるように、一枚膜が張っていた森が本来の姿を取り戻し、目の前にはっきりと森を抜ける獣道が見えた。

「術が……」

「解かれた……」

あれほど苦戦させられた呪術が容易に氷解するのを見るのは歯痒さがあったが、事態が進展したと気持ちを切り替えねばならない。

ざわつく仲間に静まれと命じて黙らせて、オルフェアは相手の次のアクションを窺う。

誘われているのだろうか。目前に拓けた道を見て進むか留まるかを見極めていたが、動きは相手が先に起こした。

じゃり、と土を踏む音が立つ。

どこから聞こえてきたのかを一瞬考えたが、獣道を真っ直ぐ歩いてくる人物を見つけて納得し、その納得を消し去った。

（いつから、いたのだ）

オルフェアはずっと正面を見ていた。

獣道が現れてからも目を逸らすことなく注視していたのに、文字通り瞬く間に、予兆もなくその人物はオルフェアの視界に映り込んでいた。

隠行の類いだろうか。ゆっくりと距離を詰める姿に気負いはなく、散歩をするような気軽さでやってくる。

チリチリと脳に痛みが走る。体を流れる魔力が沸騰するような感覚。危機察知の本能が、抗うなと警告を発した。

本能が訴えているのは、膨大な魔力や気力を感じ取ったからだけではない。

純粋な、火を見るより明らかな種族の差を感じ取ったからだ。

故に、その魔物の香り立つ死を嗅いだオルフェアたちは、叩きつけるようにして四肢をぬかるむ土に押しつけて限りなく息を殺し、懸命に機嫌を損なわぬよう意識する。

犬でも猫でも魔物でも、敵わないと悟れば降参して命を繋ごうとする。それ以上の追撃を避けて保身へと走るのが最も賢い生き方である。

彼女たちの行動も、全く同じものだ。惨めだと蔑まれるものではなかった。

じゃり、とつま先を捻って立ち止まる支配者と思わしき壮年の魔物は、エルフを右から順に見定めて気怠そうに溜め息を吐いた。

「よく参ったな、耳長族の……って女だらけではないか。なんともつまらぬ」

浅葱《あさぎ》の羽織。烏羽《からすば》の袴《はかま》。右手を懐手に左手で刀の柄《つか》をさする一角の亜人。

【覇王鬼《はおうき》】五郎兵衛が呟くも、当然ながら反応はない。聞こえているかどうかも怪しかった。

軍の下級兵でも機嫌を取るためにここまではしない。本気の殺意でもない、ただの残り香に怯えるような軟弱者はいないというのに、この浅ましさはなんなのだ。

王が決定した以上は異論を挟む余地などないが、もし王が見誤っているとすれば伝えるべきなのだろうか。

五郎兵衛は、陰に潜む猫を見て言伝を頼もうとしたが、もう一度考えて取り止めた。

王がそれを知らないわけがないと。

神秘と呼ぶに相応しき予知眼を持ち、未知の召喚術を事もなげに行使できる御方が知らないはずがないと勝手に断じた。

この煮ても焼いても喰えそうにない雑草を救うのは、偏に寛大な慈悲の心からのものだ。

弱きを救うのがエステルドバロニアの、ひいては王の意思。

絶対の忠誠を誓うバロニアの十七柱、その一つを任される自分が偉そうなことを述べるなど越権だと、五郎兵衛は己に言い聞かせた。

「問おう。おぬしらが神都のエルフであるな？」

今度は聞こえていないとは言わせない。

五郎兵衛は身の毛もよだつ威圧感を数瞬解き放って無理やり意識させる。

それが怒りかどうかは区別をつけられないが、機嫌を損ねたと感じたオルフェアは勢い良く顔を上げた。

「はっ！　そうでございます！」

ダラダラと冷や汗を流し、胃や腸がねじ切れてしまいそうな痛みを堪えながら返答を叫ぶ。

あの呪術がこの角の生えた魔物の術だとするなら納得がいくのだ。

この鬼が頂点の魔物と早合点してもおかしくはない。それほどの迫力が五郎兵衛にはある。

「至上の御方とお見受けいたしました。どうか発言をお許しく――」

ゆえに、反射的に機嫌を取るような発言をしたオルフェアを責めることはできないだろう。

確証もなく勝手に想像した言葉が、逆鱗に触れるとは知らないのだから。

「貴様……拙者を愚弄《ぐろう》するか」

目の前の鬼が、何倍にも膨れ上がったように感じた。

五郎兵衛の静かな立ち姿に変化はない。

だが、炯々《けいけい》とした眼光が、迸る壮絶な殺気が、内に収めきれぬ憤怒《ふんぬ》を覗かせていた。

オルフェアには何が問題だったのか理解できない。

ただ、徐々に漏れ出す覇王鬼の威が、臓腑を握りつぶすような圧となって襲いくる幻視に息を止め、身を縮こまらせてガクガクと震えるしかできなかった。

「拙者が至上だと？　この五郎兵衛を、天上の御方と同格に見紛うだと？　たかだかこの程度の鬼を王と幻視するなど、不届きにも程があるぞ小娘！」

加減のない殺意は無関係なエルフにも向けられ、失神したり失禁したりする者が続出した。

崇敬《すうけい》する主を貶められたに等しい。

懐から抜き出した五郎兵衛の右手がゆっくりと刀の柄へ近づくのを見て、オルフェアは必死に平伏して額を地面に強く押し付けた。

「もう、もうし、っ、あ、ぅ、ご、ぃ……ござ……」

あれこれと薄汚い手段で味わった苦痛など、根源たる力の前には無価値に等しい。

森に来た時の威勢が恥ずかしかった。勘違いして発言した自分を殺したくなった。

後悔しても戻ることはない。羽織をはだけ、がっちりと刀を握りしめた五郎兵衛は、オルフェアに狙いを定めてゆっくりと腰を落とす。

「一人くらい死んだところで構わぬだろう。我が国を侮辱したその罪、死して悔い改めよ」

五郎兵衛が聞く耳を持つはずもない。

唯一無二の王と面識がないとしても、その存在を亡き者のように扱うなど、殺すには十分な理由だった。

壊れたテープのように繰り返される、声にならない悲痛な懇願。それを聞いても助けようと動ける仲間は一人としていなかった。

弱肉強食。強者のエゴで全てが決まる。

「死ね、女」

その刃が鞘から姿を現し、離れた距離からオルフェアを両断せしめんと翻る――直前。

「止まれ、兵衛」

緊迫した状況には不釣り合いな、穏やかな制止の声が届いた。

誰の声か意識できるのは五郎兵衛しかおらず、その声の主が誰なのかを知っているのもまた、五郎兵衛しかいない。

振りまいていた殺気を霧散《むさん》させて顔を後ろへ弾くと、そこにいたのは黒衣の男。

「あ、ああ……」

五郎兵衛から漏れる、狼狽《ろうばい》。

王から与えられた役目を忘れ、怒りに身を任せて動いたことへの後悔が一気にのしかかってくる。

黒衣が、五郎兵衛以上の絶対的な存在感を放って静かに歩み寄ってきた。

失態を恥じて崩れ落ちそうな五郎兵衛。エルフたちの視線もまた、近づく者に向けられている。言葉にならない。

そう表現するに相応しい。

五郎兵衛を烈火と例えるのであれば、それはまさに清流。

猛々しく怒り狂っていた化け物をたった一言で鎮火させて、この場を支配している。

誰もが理解した。五郎兵衛が怒る理由に納得した。

海より深い底知れぬ恐怖を醸しだし、大空の広さにも劣らぬ壮大な気配。

悠然と、土下座をしたまま動かないエルフたちを一瞥《いちべつ》もせず通り抜け、虫の息となったオルフェアの前で立ち止まった。

顔を上げたオルフェアに見えたのは、優しい木漏れ日を後光にして見下ろしている男。

(ああ、そうなのか)

この御方が、王なのか。

「私の部下が失礼をしたな」

静寂の中、泰然《たいぜん》と構えてオルフェアの前に立つカロンは短く謝罪を口にして、じっと彼女の肢体を見つめると、回れ右をして五郎兵衛の側へと移動した。

何一つ言葉を発さないのに一挙手一投足から目が離せない。

後ろを向いたその背に刻まれた紋章が、まるで存在を誇示するかのようだ。

涼やかな風が吹けば共に靡《なび》く黒いコート。派手さはなく、質素にすら感じるというのに、オルフェアは自分の姿を省みるのも忘れて、大樹のように力強く聳える広い背中に見入っていた。

「兵衛」

「申し訳ありませぬ！　主に命ぜられていた言いつけを守れず、憤怒に駆られてこのような短慮な行動に出てしまい、それこそが王の品位を下げてしまうことだというのに、拙者はなんということを」

一言声をかけただけ。それだけで猛る剛鬼は素早く跪いて己の行為を謝罪した。

王たるに相応しい強さを誇っていて、オルフェアもカロンが現れるまではそう感じていたはずなのに、今では歴然とした器の大きさを見せつけられてしまい、カロンと五郎兵衛ではカリスマ性に遙かな開きがあるように思えた。

この差を知ってしまえば、自分の失言がどれほど礼を欠いたものだったか自覚できる。

オルフェアの中には、偉大な王への非礼に対する後悔が押し寄せていた。

エルフたちが事態を眺めているその視野の中、決して弁明を行わずひたすらに自身の非を挙げ連ねる五郎兵衛を、カロンは何も言わず上から見下ろしていた。

五郎兵衛はその瞬間に限っては良かれと思って行動したが、冷静になってみると王の意思に背いて行動したことがオルフェア以上に王を侮辱することとなってしまったことは覆せない。

「穏便に話を済ませよ。会談の場を設けることに同意して追い返せ」との命令を何一つ遂行できていない不甲斐なさに、唇を血が出るほど強く噛んで全身を強張らせる。

（この程度が拙者の忠誠心だというのか。ただ一時の激情に流されて敬愛せし王に迷惑をかけるのが忠誠だというのか！）

気付くのがあまりにも遅すぎた。

魔物としては正しい行動ではあっただろう。それはただ一介の魔物であるならば許されることにすぎず、国の下に身を置く者が行ってよいものではない。

依然として何も言わず、木に寄りかかるオルフェアとカロン以外が頭を下げた状況下において、カロンは頭を抱えるのを必死に堪えていた。

（なにしてくれてんの……）

たまたま手の空いていた五郎兵衛に交渉をやらせたのだが、どうにも嫌な予感がするとマップで様子を窺っていたのだ。

五郎兵衛以外にアルバートを派遣する選択肢もあったが、老人がのこのこやってきても見栄えがよろしくないので却下した。

外見から考えて、年季が入っているであろう兵衛なら、しっかりきっちり務めを果たしてくれると信じて送り出したカロン。

（が、この有り様だよ。胃痛で殺す気か）

いきなりエルフの長と思わしき人物をぶち殺そうとすれば誰だって驚く。

突然五郎兵衛が戦闘態勢をとったとログに表示されたのを見たカロンは、とにかく無我夢中で行動を起こした。

転移の能力が、制圧した土地にも使用可能な点を生かして現場へと緊急転移。ごちゃごちゃと混乱した頭で、まず斬撃を繰り出そうとする五郎兵衛を止めた。

大事にならずに済んだし、なにより素直に五郎兵衛が従ってくれたからよかったものの、あと少し遅れていれば使者の一人が無残な死体へと変わっていたことだろう。

(……そこまではよかったけど)

しかしカロンは、今のこの状況をどう収めてよいのかが分からず困惑している。

跪く五郎兵衛。平伏するエルフたち。

どう声をかければいいものかと、カロンは視線を切るように顔を背けた。

少し王様気取りで一声かけたまでは良かったが、そこから先は無策である。

「五郎兵衛ともあろうものが、珍しいな」

結局、先に兵衛に対処することに決める。

いきなり代表格を殺そうとされれば誰だって怒るものだ。

きっと伏せているエルフの顔には怒りが散りばめられていることだろう、とカロンは想像している。

このまま神都に返してしまえば敵対する覚悟があると思われてしまう恐れがあり、それはエステルドバロニアに不都合でしかない。

そもそも、帰られると次に進めないので本当にまずい。

五郎兵衛が王だとバラさなければもう少しやりようがあったものをと愚痴《ぐち》る気持ちもあるが、今は彼女たちの前でしっかりと裁くことで人間であることを舐められないようにしたいカロンであった。

「は。この耳長族が拙者のことを国主と宣ったゆえ、主の存在を蔑ろにされたと感じまして」

マップの映像では音声が拾われないので、何を話していたのかと思えば、カロンにとっては実にどうでもいいことだった。

敢えて王だと詐称させた方が色々楽になれたんじゃないかと考えたが、後の祭りである。

「そうか。それは、私を思ってのことか」

「当然でござる！　王なき国などありえず、王はカロン様をおいて他におりませぬ！」

「……そうかぁ」

至極本気な兵衛の眼差しを見て、カロンは無表情を装う。

嬉しくないわけではないが色々思うところもある。ただ今回は、王だから大事にされていると分かっただけでも良しとしよう。

初日と比べれば大分成長したカロンだが、まだどこかで王だからと付け加えてしまうのであった。

「その心意気には感謝しよう。だが、使者に対して自身の感情で暴力を振るったことは、事実に相違ないな？」

「はっ！　偉大なる我らが王の名に傷をつける振る舞いであったと猛省しております！」

顔を上げず地面に話しかける兵衛を見ながら何を言い渡すかを考えたカロンは、瞑目していた瞼を開けて兵衛をまっすぐに見つめた。

努めて真剣な顔を繕う王の視線は、冷たく昏い深淵のような青い黒。

「功を挙げよ。それが兵衛、私が貴様に求める唯一の贖罪《しょくざい》である」

この辺りがカロンの思いつく最大限の落としどころだった。

なにより、外より内のご機嫌取りのほうが優先されるので、この程度で済ませておくのが妥当と判断した。

カロンの告げた処罰は別段厳しいわけでもなく、甘さが見える内容。

だが、兵衛にとってはそれが一番効果的であった。

ボロボロと大の男が涙を流しながらカロンを見つめ、鼻水を啜るではないか。

気持ち悪いと一歩後退ったカロンだが、何かされるわけでもなさそうなのでとりあえず反応を見る。

「そのような寛大な措置とは、主の優しき御心に感謝致す！　二度と主の意に反する行動は取らず、この五郎兵衛、一層の忠誠を捧げたく思います！」

「う、うむ。これからに期待しよう」

まさか感謝されるとは思わなかったカロン。

どういう思考回路で、涙ながらに罰を喜ぶ人間が出来上がるのだろうか。

（ああ、そういえばこいつ〝妄信〟だったか。ありえるな。でも〝剛毅〟はどこに捨ててきたんだ、お前）

触れたもの皆傷つける感じの殺気を放出していた姿は見る影もなく、カロンはよく分からない感謝を告げる兵衛はとりあえず放っておくことにした。

「さて、待たせてしまったな」

兵衛との話を終えたカロンがエルフたちへと振り返った。

茫然自失していた彼女たちも、あの桁違いの迫力を見せた鬼を従える人物ともなれば何者なのかは、皆等しく想像がついていた。

エルフたちは揃って顔を地面へ叩きつけ、とにかく誠意を姿勢で示す他なかった。

この場で言葉を発してよいのは族長であるオルフェアのみ。それ以外の者が口を開くなど失礼にあたる。

糾弾されると思っていたカロンの思惑が外れて、なんとも言えない緊張した空気が流れる中、オルフェアが改めて深く頭を下げた。

「偉大なる尊き御方とお見受けします。我々は神都ディルアーゼルよりの使者であります。先は大変失礼なことを口にしてしまい、誠に申し訳ありませんでした」

「それは我らの話であって貴様とは関係のないものだ。だから気にしなくてもいい。それより、傷は大丈夫か？　許されると思ってはいないが謝罪させてほしい。兵衛への処罰も甘いというのであれば代わりに私が――」

「い、いえ！　誰とて敬愛せし御方を貶められれば憤るもの。確認も取らず早計にも口走った私が悪いのです。どうかお気になさらないでください。ヒョーエ殿にも思うところはございません」

「……そうか。そう言ってもらえると助かる。ありがとう」

ゆっくりとした動作で両膝を折って土下座したオルフェアを心配し、立場もあるのに謝罪をする姿から、エルフたちは彼が優しき人心の溢れた王だと感じた。

仁に厚く義に固く、礼を知り智に深く、そして信もある。

あの腐った社会の中で暮らしていては見ることも敵わない、人の上に立つに相応しい者の姿は知らず知らず心を打ち震わせた。

ちらりと上目でカロンを見つめていたオルフェアだったが、少し違和感を抱いた。

黒い髪に青みがかった黒の瞳。凛々しくも穏やかな、しかし特筆するような特徴のない顔立ち。

それ以上に、魔力がまったく感じられない。

魔力とは万物がその身に宿すものだ。いかなる存在であろうとも、世界に満ちた力は自然と母から子へと分け与えられ、決して失われるものではないはずだ。

一目見て危機を感じるような力の気配はない。鬼を従えているとは思えぬほどに非力な体軀。

（これではまるで人間のようでは——）

頭に描かれた文面。それに気付くと同時に、オルフェアの体からぶわっと汗が噴き出した。

——人間。

人間が、魔物を従えている。

それもただの魔獣使いとは訳が違う。

知性の低い獣を従属の魔術で強制しているのではなく、高度な知性を持つ強力な魔物を、己が身一つで魅了しているのだ。

そんな存在がこの世にいるなど、誰が信じられるというのか。

だが、こうして仁王立ちする男は、どこからどう見ても特別な力を持っているようには見えず、かといって武に通じている風もない。

魔術も用いず化け物を従える存在など思い当たる言葉は一つしかなく、兵衛に感じた恐怖以上の畏怖《いふ》がオルフェアの全身を駆け巡った。

「そういえば使者殿。こちらで一人エルフの少女を預かっているのだが、お返しした方がよろしいかな？」

ビクッと、オルフェアの肩が揺れた。

カロンは彼女を怒らせるような言い方になったことを後悔したが、面を上げたオルフェアの表情を見て、内心で首を傾げる。

（怯えているのか？）

視線を辿ると、後ろで剣の柄を握って警戒する五郎兵衛がいる。

（ああ、これが原因か）

一人で現れた王を守る側近の役割を果たしているだけで、五郎兵衛に威嚇した気配はない。

だがこれでは怯えても仕方ないかと、カロンは小さく手を上げて合図して鞘から手を離させた。

殺されかけたのだから警戒するのも無理はないと気遣い、好戦的な姿勢をとりやめさせてからオルフェアに顔を戻すが、先程よりも顔色が優れない。

「具合が悪いのか？」

「だ、大丈夫です！　ご心配をおかけして申し訳ありません！」

一歩カロンが踏み出すと、膝を擦りながらオルフェアが二歩分下がり、ただの気遣いに対してひどい動揺を表した。

カロンが無自覚に喋れば、それだけでエルフたちの逆らう意思を削ぎ落としていく。

理解度の差が、彼と彼女たちの間に生まれている深い溝の原因であった。

「そう、か。しかし、いつまでもこのような場所では満足に歓迎もできぬ。なにより保護しているエルフの少女にも会わせてやれないからな。今迎えを用意しよう」

いつまでも森の中で話を続けるわけにもいかないとカロンが提案すれば、エルフたちの顔が引き攣った。

友好的なカロンの言葉は人外魔境へ誘うものに他ならず、反射的に首を横に振ろうとしたオルフェアだったが、身を竦ませる未知の恐怖はその提案に従うことしか許してくれなかった。

強力な鬼を従える人間の住処。それだけ聞くとどう考えてもまともとは思えない。

「では兵衛、私は先に戻る。丁重に扱うようにな」

そう言い残して、カロンは魔術も使わず、余韻も残さず、陽炎のように掻き消えた。

解明できなかった森の魔術より理解の及ばない、超常現象と呼んで差し支えのない現象を目にして、エルフたちはいよいよ恐怖のどん底へと叩き落される。

オルフェアたちは、地獄からの迎えが訪れるまで誰一人として身動きをすることはなかった。


エステルドバロニア王城十階に備えられた大食堂が会食に使われたことは、当たり前だが今まで一度たりともなかった。

謁見の間と同様にロールプレイの一部として存在していただけで、実用性を考慮して造られたものではないのだ。

しかし、今日は違う。

城に招いた賓客《ひんきゃく》を初めてもてなす。と言うより、賓客自体が初めてである。

城の内政に加えて雑務もこなす、ルシュカが率いる第十六軍は大変喜んだ。

磨き上げた儀礼もマナーも一切活用する場面がなく、綺麗に磨き続けてきた来客用のカトラリーが日の目を見る時が来たのだ。今か今かと待ち侘びて軽く百年以上経っていれば喜ばないはずがない。

その結果、行われた歓迎の宴はカロンの想像を遙かに超える豪華なものに仕上がった。

石積みの壁に黒壇の飾り壁。金と銀のシャンデリア。広い部屋を両断する長大なテーブル。白いテーブルクロスの上には所狭しと豪勢な料理が並べられている。

壁際にはスーツとメイド服に身を包んだ人型の魔物たちが、一点の曇りもない美貌を正面に向けたまま直立していた。

配膳を行う者たちも背筋を伸ばして流れるような一連の動作で仕事をこなしており、格式の高さが窺える。

ただ贅の限りを尽くしているのではなく、それに相応しい光景を作り出す。

ルシュカ率いる第十六軍の努力で、非の打ち所がないレベルまで鍛え上げられているのだ。

が、そんな彼らの努力など賓客として招かれたエルフたちには関係のないことで。

「おかわり！」

「こっちも！」

「あー！　それ私が狙ってたやつ！」

「ちょっと取らないでよ！」

「……」

国の紋章が描かれた巨大な垂れ幕の提げられた上座で、カロンはワイングラスを揺らしながら食事を続ける者たちを見つめていた。

食事が出てくる直前まで蒼白な顔で震えていたが、これだけの料理の前では食欲が勝つらしい。

森での出来事で萎縮していたはずのエルフが活き活きとしている姿を見るのは悪くないが、忘れられるのは少々悲しいものがあった。

この場に軍団長たちは、ルシュカ以外誰一人として呼ばれていない。

理由としては、そこまでする相手でもないことと、無駄に怯えさせて話ができなくなるのは困ること。

そして、脳筋どもがマナーを理解しているはずがないことが挙げられた。

グラドラはきっと手摑みで食事をするだろうし、それを衆目に晒すのはまずいとカロンも納得したため、主催者と賓客と、第十六軍だけが集められていた。

そんなカロンの心遣いを知らぬエルフたちは、次々と並べられる料理にすかさず手を伸ばして食べ漁っている。

「私の方から注意いたしましょうか？」

右に控えたルシュカが眉間に皺を作って進言したが、カロンは手を上げて制す。

気持ちがいいくらいに食べるエルフたちに、それはあまりにも酷だと判断した。

今まで貧困に喘いでいたのだから、今くらいは大目に見てもよいだろうと。

「構わん。それで、ミャルコからの報告は？」

「はっ。エルフが戻ってこないことで神都の人間は動き出しました。カロン様のご想像通りのことが起きている、と」

「では、やはり今日中に動くことになりそうだな」

「間を空けても構いませんが、彼女らに犠牲を出さないためには早い方が確実かと思われます」

「……ああ」

すでにエルフ救出の算段はついている。あとはオルフェアたちを動かすだけだ。

情報は十分集めることができたし、敵のレベルも分かっている。その気になれば一息で吹き飛ばすこともできる。

だが、安易な暴力だけは避けたいカロンだった。

何事にも順序というものがあるし、備えも当然必要だ。

いかに相手が格下だからと言って油断はできない。以前のように知り尽くした世界を闊歩するのと違い、初期の頃のように手探りで進んでいく必要がある。

特に魔術と兵装。この二点には一番警戒しておきたかった。

「グラドラ、アルバート、守善の用意はどこまで済んだ？」

「すぐにでも出ることが可能です」

「なら森まで進ませておこう。リュミエールに不可視の魔術を展開させて待機するように」

「了解しました」

直立不動だった体を数歩後ろへと移動させて頭を下げたルシュカを、横目で確認したカロンは食事の風景に視線を戻す。

そろそろ食事のペースが落ちてきたのを見て、エルフの話を聞こうと芳醇な香りを放つ高価なワインを一気に呷った。

「そろそろ、話をしてもいいかな？」

穏やかなカロンの言葉に反応して、どこかから聞こえていたゆったりした音楽が止まった。

カトラリーの触れ合う音も合わせて静まっていき、ようやく目的を思い出したオルフェアたちは慌てて口許をナプキンで拭って姿勢を正した。

「お、お見苦しいところをお見せしてしまい申し訳――」

「よい。そちらの事情は知っている。礼儀を求めるつもりもない。今はな」

謝罪を遮って少しの静寂を作ると、自分に皆の視線が向いていることを確認してからカロンは両肘をテーブルの上へと乗せた。

「まずは話の席についてもらったことに感謝する。見知らぬ土地に、不可解な事象によって放り込まれたので警戒していたものでな。そのせいで迷惑をかけてしまった」

そう言ってカロンが頭を下げると、エルフたちから困惑した声がこぼれた。

大仰な態度で圧力をかけられるのではと考えていたのに、正反対の腰の低い対応をとられると戸惑ってしまう。

五郎兵衛の高圧的な態度を見ていれば、何かしらの力で押さえつけて従わせようとしてくると考えてもおかしくはないだろう。

「いえ、こうしてお目通りが叶い、盛大にもてなしていただきました。十分貴方様のご厚意は感じ取っております」

そんな中でオルフェアだけは冷静に、カロンを真っ直ぐ見つめて受け答えをしてみせた。

「これほどの栄華を誇る国を統べる偉大な御方直々に、このような見窄《みすぼ》らしい亜人の相手をしていただけるのはこの上なく光栄であります」

「なかなか見どころのあるエルフですね」

「そのようなことは。あの街を見てそう思わない者などおりません」

殊勝な態度をルシュカは気に入っているが、オルフェアは内心冷や汗が止まらない。

この城に至るまでの道中で見てきた全てが規格外だった。規模も繁栄もさることながら、そこで暮らす魔物の強さが一番の恐怖だった。

一族が束になっても敵わない存在が、当たり前のように街中を闊歩している。

もし彼らが押し寄せてきたら、神都どころか世界が滅びかねないと感じたほどだ。

絶対に機嫌を損ねてはいけないと、五郎兵衛のあの態度を見て骨身に染みて理解したオルフェアは、とにかく平身低頭を心がける以外に生きて帰る術がないのである。

「そうか。私の自慢の国をそう言ってもらえるのは嬉しいよ」

ただ、カロンが何を考えているのか読めないことだけが、オルフェアの不安の種だった。

ただの使者で、一度として交流を持ったことのない相手に大がかりな宴を開いている。

エルフの事情を知っているのなら、尚更歓待するような真似をする意味がない。

懇意にしたいのだろうかとも考えたが、それならリーレを攫って敵対心を煽る意味がない。

優しい笑顔の裏で、何を考えているのか摑めずにいた。

「いろいろと話もあるが、それは神都との交渉が済んでからでもいいだろうか。なるべくなら明日には協議の席に着きたいと思っている」

「なぜか、お伺いしてでも？」

「なぜと言われてもな。睨み合いを続けても互いに不利益しかないのだから、なるべく早く意思疎通を図りたいと思うのが普通であろう？　まあ、隠れていたのはこちらだ。そこを突かれるのは弱いがな」

申し訳なさそうに眉を顰めて薄く笑ったカロンの顔には、やはり思惑など見えはしない。

これはカロンにとって建前でありながら本心だ。

神都攻略は魔物たちが望んでいるし、自分もそうするべきかと思っている。

だが、やはり現実にのしかかる命の重さ。それを奪うのはどうしても躊躇ってしまう。

魔物への恐怖。殺戮《さつりく》への恐怖。相反する選択を迫られて、まだこの期に及んで女々しく決めあぐねていた。

そんなカロンを見て、オルフェアが何かを感じ取れるはずがない。

なにせ決意が丸ごと存在していないのだから。

「……では、今日中に神都へと戻り、その旨を教皇様へとお伝えさせていただきます」

急ぐ理由はもっともらしいもので、それに深く突っ込むことはできない。

自分たちに迫る期日を考えると急いで帰る必要もあったし、これで役者が全て舞台の上に揃うとなれば、それからの身の振り方をご母堂とも相談したかった。

オルフェアから快い返事をもらえたことで、カロンは喜色を浮かべて大きく頷いた。

「そうか。ならお願いしよう。有意義な話ができて嬉しく思う。あとは、私のことは気にせず食事を続けてくれたまえ」

カロンが指を鳴らすと、時間が戻ったかのようにメイドや楽団が再び動き出した。

少しばかり肌をちりちりさせる空気もなくなり、穏やかな空間が広間に広がった。

この決断は本当に良かったのだろうか。オルフェアの不安はどうにも払拭されない。

胸騒ぎが収まらず、美しいルシュカに酌をされながら不敵に笑うカロンから目が離せずにいた。

（これで話だけはできそうだな）

対してカロンは、話が無事に済んで内心胸を撫で下ろしている。

（あとは出方次第だけど、なぁ。すんなりといく相手じゃなさそうなのがなぁ）

神都の調査は今も着々と進んでおり、知りたいことも、知りたくないことも、否応なく耳にする日々はカロンには実に辛い。

殺してしまうほうが楽だなんて、そんな物騒な考えに及んでしまう自分が煩わしく、しかしその感情に一種の愉悦もあり、尚更自己嫌悪に陥ってしまうばかりだ。

現実は嫌悪する思いの方向へ流れていて、それを決断したのは自分だと思うと全てを投げ出したくなる。

だが、それが王の責務というもの。

グラスに注がれる血の色をしたワインをぼんやり眺め、これが現実であることを忘れてしまおうと何度も嚥下する。

虚《うつ》ろなカロンの視界の端で、時折ちらつくノイズが妙に気になった。

◆

盛大に繰り広げられた宴も終えて、エルフたちは一同帰路についていた。

本当はまだまだ話したかったが、それは今回のことが終えてからでも遅くはないとオルフェアは考えている。

リーレと会うのも今回は取りやめて後日に変えてもらった。

友好的なカロンの様子や、何度も会わせようかと提案してきたことから、酷い目に遭っている可能性は大分薄いと判断したからだ。

とにかくオルフェアは、すぐにでも元老院と話をして会談の場を設けるように説得する仕事があるのだ。

新たな問題が生まれたといえるが、元老院との約束の期日は守れているので、懲罰から逃れられたのは大きい。

森を抜けて草原を行けば神都まではあと少し。

頭の中でどうやって老人を説得するか考えながら、オルフェアは神都の姿を視界に収めた。

「……あれ？」

ふと、いつもと少し様子が違うことに気付いて誰かが声を上げた。

丘を螺旋状《らせんじょう》に、家々の灯りが薄く伸びているのは変わらない。その一番上で一際明るく闇夜を照らす神殿の姿も変わらない。

おかしいと感じたのは神都の麓《ふもと》。本来なら、小さな灯りが遠目にぼんやりと見えるべき正門の周りが、普段と比べてやけに明るい。

篝火でも焚いているのか、点々と揺れる炎が乱立しており、その不可解な景色がエルフたちに動揺を生む。

「オルフェア様」

「ああ、気付いている」

後ろから駆け寄ってきたエルフの娘にオルフェアは軽く返す。

少女は、オルフェアと同じように訝しげに眉を寄せていた。

「何か、催しでもあるのでしょうか」

「まさか。新年祭を終えれば夏までは何もない」

「では……我々を待っている、とか」

その疑問に、オルフェアは答えなかった。

歩けば歩くほど距離は縮まる。それに合わせて目視できるものも増えていく。

最初は篝火だけが見えていたが、次第に人影が、次に人の多さが、そしてその人影が甲冑を纏っていることが分かってくる。

神聖騎士団が、神都正門前で陣を構えていた。

その数、凡《およ》そ五百。そこまではオルフェアには見えないが、それでも想像を超える人数が揃っていることだけは分かった。

少女の言う通り、考えられるのはオルフェアたちを待っていること。

だがそうされる意味が理解できないし、ただ単純に急遽遠征することが決まった可能性だってないわけじゃない。

徐々に歩く速度が落ちていき、不安から足を止めてしまいそうになるが、どうにか自分を叱咤《しった》してオルフェアは先頭を切って近づいた。

「そこで止まれ！」

彼我の距離がおよそ百メートルというところで、一人の騎士の大声によってエルフたちの足がぴたりと止まる。

しゃがれた騎士の一声に反応した騎士団がぞろぞろと動き出し、見る見るうちにエルフたちを囲んだ。

やけに張り詰めた空気を纏い、普段であれば暴言を吐いて鼻で笑うような騎士団が、警戒した態勢を取っていく様子に危機感が募る。

剣こそ抜いてはいないが、皆腰に帯びた剣の柄に手を添えており、もし何か下手な動きをしようものなら斬ると、言わずとも理解できた。

百にも満たないエルフ相手にそこまで警戒する意味がオルフェアには分からない。

森の魔術を破れていないと思われているのか。だとしても敵意を剝き出しにされるようなことではないはずだ。

「これはいったいどういうつもりなのか！」

声を張り上げてみるが、返事はない。

代わりに、オルフェアの正面に陣取る騎士たちが左右へと分かれて道を作り、その奥から数人がやってきた。

高価なシルクで編まれた祭服を着こんだ、最も憎い相手。

元老院の老獪たち。

側に騎士団長を従えた議長は、オルフェアの前に立つと薄暗い中で不気味に笑った。

「ようやく来たか。待ちくたびれたぞ、オルフェアよ」

口ぶりは普段の傲慢不遜な態度。だがその目には憤《いきどお》りが灯されていた。

「これは何事でしょうか。まだ期日には間に合っているはずです。それに我々は――」

「いや、そんなことはどうでもよいのだ」

重要なことのはずが、興味すらないと一蹴されてオルフェアの不信感が更に強まる。

どれだけ考えてもフィレンツの森の件以外に思い当たる節がなく、なにか難癖を付けられているのかとも考えたが、もしそうであれば報告の際に言われるのが常だ。

では何が。それを考える前に、再び議長が口を開く。

「少し風の噂で耳にしたのだが……なにやら、わしらに反抗する気らしいなぁ」

びくんと、オルフェアの全身が硬直した。

体の芯から一気に冷え込み、手先が震えそうになってくる。

頭の中で渦巻くのは反論ではなく、「どこから漏れたのか」の言葉ばかりでまともに思考が働かない。

他のエルフたちは議長が何を言っているのかを理解できずにどよめいているが、身動きを止めたオルフェアの姿を見て、議長は確信を得たと舌打ちをした。

「貴様ら、このわしを馬鹿にしておるのか！」

穏やかな顔つきが徐々に鬼の形相へと変わり、老いた身からは考えられない強烈な怒声を張り上げる。

「大人しくしていればよかったものを、そのような小賢しい真似をするというのか！　わざわざ期間を長く設ける温情を与えたというのに、ふざけたことを企てていたとはな！」

「ま、待ってください！　そんなこと私たちは」

「黙れ！」

議長の剣幕に気圧されながらも一人が反論しようとしたが、一喝に込められた【隷属の呪】による効力が働いて口から音が奪われた。

その効果はエルフ全員へと行き渡り、誰一人として声を発することができなくなった。

それはつまり、一切の説明を許されないことにほかならない。

口を何度も開閉させて話をしようと試みるオルフェアだが、絶対の言霊に縛られれば抗う術など失われてしまう。

動揺が広がっていく仲間の様子を見ながらどうにかしなければと思うも、それを実現させることは不可能だった。

武器は何ひとつ持っておらず、数に利もない。不審に思った時点で引き返しておけばよかったが、後の祭りだ。

「全員抵抗するな。あとで貴様らにはわしに反抗するのがどういうことなのか理解させてやる」

沸々と浮かぶ怒りを押し殺した冷たい声が更にエルフたちを縛り付け、顎で指図を受けた騎士たちがエルフを捕らえるために徐々に輪を縮めてくる。

馬鹿なことを考えなければこんなことにはならなかったはずだったと、目の前に伸ばされる騎士の手を見つめながら、オルフェアの頭の中を後悔が巡る。

情報がどこから漏れたのかなど考えることができず、ただ仲間を巻き込んでしまった申し訳なさしか浮かばない。

捕らえるついでと、若いエルフの体を数人で弄る騎士を見ながら、己の無力さをただ悔いるしかなかった。

誰か。誰か。

――……助けて。

声なき声が、夜に溶けて消えていく。

「面白そうなことをしているようだ。私も交ぜてくれないかね？」

悲壮感と卑猥な笑い声。

そこに割って入ったのは、落ち着いた男の声だった。

張り上げたわけでもないのに、騒々しい集団の合間を一矢のように貫いた声は、森側に陣取っていた騎士の後ろから聞こえてきた。

反射的に全員の視線がそちらへと向けられる。

突然のイレギュラーに警戒して、幾人かは剣を鞘から抜き放って身構えた。

「なんだ？　続けてもいいぞ？」

その声の主は、人間の男だった。

それもとびきりの平凡さを持つ、冴えない男。

黒い軍服の上から黒いコートを纏い、手を後ろに組んだ姿勢のまま、不思議そうに騎士を見つめている。

五百にも及ぶ大人数に加えて、捕らえられる百人近いエルフ。そんな数を前にして怯えた様子を何一つ見せず、男は小さく笑ってみせた。

「随分と物騒だな」

大仰に両手を広げてみせた男の後ろから、気配ひとつ感じさせず複数の影がぞろぞろと現れた。

全員が奇抜な服装をしている。体をボディスーツでぴたりと覆い、腰には短冊状の布帛を幾つも巻きつけている。

統一して黒い髪に銀の瞳。一人だけ目を布で隠しているが、背丈や体格、容姿以外は全てが同じだった。

手に握り締める槍も、歪《いびつ》な形状に真っ直ぐな銀の穂先が取り付けられている。穂の長さから日本で言う大身槍に分類されるだろう。

総勢十三人の女。それも目を疑うほどの美女を侍らせて中央で笑う男は、不敵な笑みを崩さず真っ直ぐ前を見つめていた。

突如現れた男にも驚かされたが、そこから更に現れた女たちに誰もが言葉を失っていた。

エルフたちも美形揃いだが、彼女たちと比べても別格な美貌だ。

幽玄の月明かりによって際立つその美しさに誰もが見惚れた。

しかし、さすが老獪と言うべきか。少しの間意識を奪われていたがいち早く正気に戻った議長は、男の前まで移動して温和な笑みを浮かべて相対してみせる。

見覚えのない人間が、どこの国に所属しているのかを確かめなければならないのだから。

「何者かね」

好々爺《こうこうや》とした笑顔だが、言葉尻には苛立ちが混じっている。

馬鹿な女どもを捕まえて愉快な宴を始めようというところで水を差された。エルフの叛意よりも、そちらの方が気に食わなかったらしい。

慌てて議長の後を付いてきた騎士団長が腰に手を添えていつでも仕掛けられるように構えると、合わせて奇怪な女たちも槍の切っ先を僅かに議長の方へと向ける。

緊迫した空気が流れる中、飄々《ひょうひょう》とした態度を変えずに男は名乗った。

「私はエステルドバロニアの王、カロンである。そこにいるエルフたちを貰い受けに来た」

エルフたちが神聖騎士団に捕らえられていく直前に現れた、奇妙な人間。

黒いコートを靡かせて、奇妙な格好の女たちを側に侍らせながら現れたその男に、元老院の議長は訝しげな顔を作る。

「エステルドバロニアとは、どちらの国かな？　そのような名は聞いたことがないぞ」

エルフを神都の方へと押し込みながら騎士たちが乱入者を囲むように展開していく。

危機的な状況であるはずなのに、カロンは警戒を示す素振りもなくニヒルに笑うだけだ。

その余裕な姿に、警戒を強めたのは神都の人間たちの方だった。

「察しはついているだろう？　貴様たちが関心を寄せなかったあの森の先にある国だ」

ちらりと議長の視線がフィレンツの森の先に向けられるが、そこには夜しかない。

変人の類いかと騎士たちは囁きあうが、議長はすんなりとカロンの言葉に乗った。

「なるほど。それで、その国の使者がディルアーゼルになんの用かね？　貴公の指し示す場所はアーゼライ教の聖地だ。それを汚す者たちとなれば、神の意志に従って即刻立ち退いてもらう必要があるのだが」

馬鹿なのか愚かなのか、余裕は自信があるからか。

騎士が勢揃いしているこの場から無事に帰るなど不可能だと誰でも分かる。

議長は男の妄想を信じているわけではない。

ただ、エルフに飽きていたところに美味しそうな餌が舞い込んできたのだから、みすみす逃がすつもりがないだけだった。

「それは失礼した。こちらも突然の事態でそんなことを考えている余裕がなくてな。しかし、聖地云々と言う割には随分と面白いことをしているようだな」

薄汚い視線に曝されて今にも暴れ出しそうな眼帯をした少女を、アイコンタクトでどうにか落ち着かせつつ、議長の顔を観察しながらカロンは言葉を紡ぐ。

「宗教国家であるなら、幾ら魔物といえども迫害するのは問題ではないのかね？　なんでもそのエルフたちも同じ神を信仰しているそうじゃないか。信じる心に優劣があるとは思えんがな」

「魔物とは混沌から生まれた邪悪の権化。その血が流れているならばエルフもまた邪悪よ。だから我らが慈悲によって穢れを祓っておるのだ」

「ふうん……まあ、そう言うならそれでもいい。こちらはエルフさえ手に入れば、それ以上関与する気はないのでな。どうだ、金なら望むだけ支払っても構わんぞ？」

なめた態度なのはカロンも同じだが、金の一言で明らかに議長や周囲の目の色が変わった。

それを感じ取り、更に追撃として隣に立つ長身の女に合図を送った。

ぴったりと体に張り付いた黒いボディスーツ姿の長身の女は、後ろへと回りこむと、絹布に包んだ何かを持って前に移動し、おもむろに地面に放り投げた。

ずん、と鈍い音を立てて軽く地面に沈む。

冷えた風によって絹布が捲られると。そこから顔を覗かせたのは、銀の月明かりすら眩む黄金の輝き。

　ごろごろと崩れるように地面に広がった金塊の量は、懇意にしているラドル公国から送られてくる献金の数年分以上はある。

　誰かが、ごくりと息を呑んだ。

「これでも足りないと言うならまだ用意してやらんこともない。さて、どうする？」

　紛れもなく金の塊。それが目の前に転がっている。求めればまだまだ手に入る。

　神に仕えていても所詮は人間。それも欲に塗れた者たちには抗いがたい魅力があった。

　おもむろに前に出て触れようとした騎士団長だったが、体の前に議長の手が割って入ったことで静止する。

　自然と、沈黙が降りた。

（こ、こえー……）

　手をポケットに入れて騎士団の様子を眺めるカロンは、なぜこんなことになったのかと非常に後悔していた。

　本来ならこの場にいるのはアルバートの予定だったはずが、「王の代わりなど私程度が行ってよいことではありません」と丁重にお断りされ、なら他に誰か代わりをと思っていたところでルシュカに進言されたのだ。

「王自ら赴くのもよろしいのではありませんか？　我々は確かに自ら牙を剝くような愚かな侵略者

ではありません。ですが力を誇示する必要はあり、それを率いる者の姿を認識させることも大事です。そして、この見知らぬ世界に降り立ったことで皆いまだに不安を持っております。そこでカロン様がこの記念すべき第一戦の場で陣頭指揮をお執りになれば、きっと不安など取り除かれることでしょう」

とのこと。

その時の、言葉にできないくらい上機嫌なルシュカの顔は、今でもはっきり思い出せる。

（大丈夫だ、笑って誤魔化せ。暗くて見えないはずだから、頑張れ俺……！）

本気で拒絶しようとカロンは考えた。

しかし、誤魔化すための言葉がどうしても思いつかなかった。

結局カロンは丸め込まれたような気がしながらも、親衛隊である第一軍のキメラたちを率いる羽目になったのである。

五百近い数の騎士団がいる場所に少数で乗り込むなど正気の沙汰とは思えなかったが、期待の目が向けば断れるわけがない。

なにせ全てが「逃げたら殺す」と囁いている風に脳内変換されるのだ。魔物の好奇な視線の輝きが捕食のぎらつきに見えるのは仕方ないだろう。

（帰りたい……帰りたい……帰りたいからさっさと受け取るって言えよクソジジイ！）

手先の震えと汗の湿りを気付かせないためにポケットに手を入れていたが、代わりに焦りからつま先が地面を叩き出す。

カロンの意志は宴の席から変わっていない。

自分が手に掛けるわけではなくとも、カロンの命令で軍は人を殺す。その責任は全てカロンが負う。

だから、これは最後通牒といえる。これに乗ってくれれば別の方法でアプローチして交渉したって構わなかったし、なにより言い訳が立つのだ。

どうにかこうにか怯えだけは隠し通しているが、返答を渋る議長にイライラしていることが態度に現れている。

それに目敏く気付いたのは団長のハルドロギアだった。

視線を下に向けてカロンが何度も地面をノックしているのを見た彼女は、一歩前に踏み出すと石突を地面に突き立てて仁王立ちをした。

少女の姿をしたハルドロギアが腰に手を当てて槍を立てた姿は少し微笑ましく見えるが、見かけに反して吹き荒れる魔力は微笑めるほど柔らかいものではない。

小さな体から放たれる存在感に、俯いて思案に耽っていた議長も、金塊に目を奪われていた騎士団長も、キメラたちに見蕩《みと》れていた騎士団の面々も、反射的にハルドロギアを注視する。

「我らが王は無駄な時間を嫌います。そろそろ返答を」

そんなことカロンは一言も口にしていないのだが、そういうことにされた。

まだ強く出ることに不慣れなカロンの代わりに動いてくれたことは正しかったのだろう。

ただの小娘の集まりだと思っていた騎士団も気迫を感じて警戒を強めたのは失敗だと思わなくもないが。

ハルドロギアを見ていた議長は、また少しばかり地面を見つめてから、皺だらけの顔を醜く歪めて情欲に汚れた笑みを浮かべた。

「それはできぬなぁ」

その答えが、意に添うものであるようにと願うカロンの気持ちとは関わりなく、ただの傲慢が形となった言葉が紡がれた。

「貴様のような正義を振りかざす小僧には反吐《へど》が出る。エルフを貰い受ける？　馬鹿を言うな。これは我々のものだ。魔物をどう扱おうと勝手ではないか」

「……何を言っているのか、理解できないのですが」

カロンの気持ちを代弁してハルドロギアが口を開く。

手を後ろに組んだ議長は口許をいやらしく吊り上げてキメラたちを見つめる。挑発めいた気迫は、どうやらその外見が仇となってまともに受け取られていなかった。

「何とは。そのままの意味だよお嬢さん。知らないだろうが、神都はこの大陸で唯一の宗教国家であり、世界最大の宗教の聖地だ。そこの教えに誤りがあろうはずもない。我々が、教義なのだよ」

神都はどこにも属さぬ国であり、宗教で全世界の中心に立つ国でもある。

聖地奪還を謳えばたちまち信者が集まって怒濤のように攻めこむだろう。それは間違いではない。

「下衆ですね」

「くはは、だが世界はそれを認めておる。我々の教義を正しいとするから今のアーゼライ教があるのだよ、お嬢さん」

「……」

カロンは何度も議長の言葉を頭で反芻する。

何度も意味を噛み砕いて理解しようとしているが、騎士団の笑い声が耳障りでなかなか纏まらない。

「おお、もしくはアーゼライ教に入信するのも良いかもしれませんな。そうすればそちらにも得でしょう。なにせ色々と貢ぐだけで安全が手に入るのだから安いものだ。そう、例えば……その女とかね」

わざとらしい騎士団長の進言に笑い声が一層強まった。

「そりゃあいい！　信徒としての態度を教えてやるよ！」

「教えを唱えてる間に良くしてやるよってか！」

醜い笑い声が夜に響く。

手遅れなのだ。

何もかもが。

そう思った途端、カロンの思考は一気に冷え込んだ。

「……なるほど。そうかそうか、それは魅力的な提案だ」

王のまさかの言葉にハルドロギアたちは勢いよくカロンの顔を覗き——凍りついた。

「しかし、その案は飲むわけにはいかないのだよ、ロートル」

普段、少し頼りない優しさを溢れさせる顔には、体を引き裂く絶対零度を思わせる冷たさが表れている。

表情は何もなく、視線だけが灼熱を帯びて目前の敵を見据えていた。

キメラたちの肌が粟立つ。背筋を走り抜ける電流が脳を痺れさせ、甘美な陶酔を生み出した。

最後の温情を与える優しさを見せ、しかし敵となるなら容赦はしない。

これこそ魔物が愛してやまぬ王の姿であり、強力な魔物ですら頭を垂れる人間の顔だった。

「小僧、身の程を弁えたらどうだ」

年寄り呼ばわりされてこめかみをひくつかせる議長など、既にカロンの目には映っていない。

ただ、その頭上に表示されるステータスバーだけを注視している。

「身の程か。確かにそうだな。低俗な屑共が偉そうにこの俺に向かって条件を出すなんてクソみたいなことをされる前に、さっさとぶちのめしておけばよかったな」

「貴様ぁ……生きて帰れると思うなよ！」

議長の言葉に数人の騎士が反応した。

見目麗しいキメラたちではなく、全員がカロンに向かって剣を向けて走る。

彼女たちより上の立場の人間を切り捨てて、残った女は捕らえようという魂胆が見え見えだ。

迫る騎士。

だがカロンたちに、カロン自身に動揺は微塵もない。

「やれ」

ただ一言。

それだけで、襲いかかった騎士は全て細断されて散らばった。

何が起きたのか理解できた者はいない。

騎士たちが鎧ごと斬り刻まれて地面に落ちる。

振り回した槍を軽く振りながら、背を向けて構えを取る女たちの鮮やかな舞いに目を奪われて、騎士たちの動きが止まった。

予想しなかった強さに驚いていたが、そんな悠長な時間をカロンは与えなかった。

突如轟音が響き渡り、森の中から天へ昇った魔術が騎士団目掛けて降り注いだのだ。

夜空を照らす虹の帯はそれぞれの凶悪な威力をもって地へと下り、カロンたちに被害が出ぬよう綺麗に躱して着弾する。

辺りが業火に染まり、雷《いかずち》に彩られ、凍土へと変わり、暴風が巻き起こる。

対低位魔術の術式が隅々まで刻み込まれた甲冑など紙切れ同然に吹き飛び、天災に等しい地獄がたった一度の強襲で生み出された。

「な、何が起きた！」

「何が？　見れば分かるだろう」

議長が変わり果てた周囲の光景に慌てる様を、冷ややかな目で見つめるカロンが補足する。

その目は、もはや目の前にいる人間を人間などと思ってはいない。

視界に走るノイズと同じ、目障りなものとしか認識していなかった。

「蹂躙《じゅうりん》だ」

土煙が吹き荒れる中、黒の王衣をはためかせるカロンはゆっくりとした動きで手を抜いて宙へと指を伸ばす。

阿鼻叫喚の声が響き渡る世界から、脱兎の如く逃げ出す議長と騎士団を眺めながら、指先が空間を躍る。

全体マップから神都ディルアーゼルを選択し、そこからひとつの項目を選び、人差し指で強くタッチする。

《宣戦布告しますか？》

その文面が正面に大きく表示され、嗤《わら》いながら、躊躇いなくYESを選択する。

その瞬間、神都上空に巨大な文字が幾つも浮かび上がった。

それはカロンだけではなく、誰でも目にできる光の文字。

死刑執行を意味する、絶望の合図。

state of war（戦争状態）の文字が天上で真紅に輝く。

「元老院の議員たちは生かして捕らえろ。民に手出しはするな。騎士団は纏めて縊《くび》り殺《ころ》せ」

森の中からぞろぞろと姿を現す、大小外見様々な魔物たちがカロンの背後に整列する。

騎士団など目ではない五つの軍を全て動員した、大規模な虐殺劇の開幕。

前傾姿勢で今にも襲いかかろうとする獰猛な配下たちを流し目で見つめ、迎撃に動く虫を冷ややかな目で見据えながら、カロンは静かに手を前へと伸ばした。

「我々も教えてしんぜようじゃないか。魔物の国の教義というものを」

咆哮《ほうこう》が夜空を劈《つんざ》いて木霊する。

怪物の群れを従えて、謳うように、エステルドバロニアの王は宣誓する。

「下す鉄槌に正義の銘はなく、これは愚者への懲罰である。甘んじて死に絶えるがいい」

神都にとって、史上最悪の夜が幕を開けた。

◈ 三章 ◈

エステルドバロニア

神聖騎士とは、神に仕えることで神の加護を授かった騎士を指す。

本来騎士は貴族階級だが、この神都においては聖域の守護者として特別な地位とされていた。

彼らは裕福な家庭に生まれたわけでもないただの市民だ。

大きな夢があるわけでもなく、立身出世を思い描いたわけでもなく、ただ神聖騎士になれば給料がいいからとその道を選んだだけの人間だ。

信仰の差はあれど、彼らは等しく聖なる御業の断片を宿している。長く祭壇にて清められた聖水を毎日飲むことによって自然と手に入れたものであり、断じて神から授かったものではない。

そういう意味では、正しく神聖騎士と呼ぶべき者たちではないのだろう。

それでも、彼らの力は魔物に対して非常に有効だ。フィレンツの森が魔獣を寄せ付けないように、彼らの操る魔術も魔物に対して絶大な力を発揮してきた。

だが、所詮その程度である。

彼らは本物じゃない。本当の化け物を知らない。

「《ホーリーグレイル》！」

「《セイントランス》！　ちくしょう、全然効かないぞ⁉」

「慌てるな！　落ち着いて一体ずつ確実に仕留めていけ！」

「それができないんだよ！　今までこれで殺せないのなんていなかったのに！　なんでだよ！」

本物の化け物を前に、為す術があるわけがなかった。

黒尽くめの人間が率いる異形の群れ。その先頭を切って進むのは自慢の体軀を惜しげもなく晒した角持ちの亜人。いわゆる鬼と呼ばれる種族である。

角の大きさや本数は様々だが、ずらりと並んだ歯や屈強な肉体、色とりどりの肌の色は伝え聞く鬼の特徴と一致していた。

その後ろに控えるのは、濃緑のフードで顔を隠した魔術部隊だ。長い袖から覗く手は骨のように細く節くれだっており、暗闇の中で光る双眸《そうぼう》は窪んだ眼窩の中にあるように見える。

骸骨のような魔術師たちが樫の杖を振れば、神聖騎士から放たれた魔術は、鬼の前で呆気なく霧《む》散《さん》してしまい、薄い被膜のような防御魔術を破ることが敵わずにいた。

拙速を尊ぶことをせず、重く踏みしめるように押し寄せてきたおかげで議員たちとエルフを逃がせたが、恐れることなく一定の速度で迫る魔物の軍勢に抱く恐怖は並大抵ではない。

「いいか！　我らが魔物に負けることはない！　どれだけの軍勢で攻めてこようと、この神聖な地にて敗北などはせん！　神が見ておられる！　しっかりとこの聖地を守り抜け！」

弱腰になっていく部下の姿を見て、神聖騎士団団長ゴルド・オーヴィルの叱責が飛んだ。

「全軍、神聖魔術用意！　薄汚い魔物風情に創造神の都を汚させてはならんぞ！　我らは神聖騎士としてその任を全うするのだ！」

部隊長たちを通じて伝達されていく。

命令が騎士団の隅々まで行き渡ると、困惑しながらも騎士たちは魔術の詠唱を開始した。

ゴルドと部下とではその意気込みに大きな隔たりがある。
元老院に気に入られたことで、甘い汁を吸い続けてきたゴルドの言葉に信仰など欠片《かけら》もなく、ただ綺麗事を並べ立てて自分を誇示しているにすぎない。
騎士たちは今にも逃げ出したいくらいだ。
そうしないのはゴルドの存在ではなく、その背後にいる元老院への恐怖が理由だった。
だから彼らは思考を放棄する。
今までそうしてきたように、権力をチラつかせてきたゴルドの言葉に従うだけの駒に自らなることで責任から逃れていた。
「放てぇ！」
ゴルドが魔物にも負けぬ声量で叫んだ。
マジックスキル・聖《ホーリースピア》
マジックスキル・聖《セイントカノン》
マジックスキル・聖《ジャッジメントライト》
マジックスキル・聖《ディバインクラスター》
先陣を切ってゴルドから放たれた純白の光が山なりに鬼へと飛びかかり、それを合図にして堰を切ったように神聖な煌《きら》めきを纏《まと》う魔術が夜空を照らし、僅《わず》かな暁を生み出した。
今度は中級の神聖魔術も多く交ざっていた。広範囲を巻き込むものが多く、一撃でも着弾すればかなりのダメージを与えられる。

アーゼライ教の本拠地であることから、フィールド特性のボーナスも加算されているおかげで威力は通常よりも高くなっている。

乱発していた時とは違う、威力も上がった一斉砲火。その白い輝きの弾けた先からぞろぞろと現れる魔物の姿に絶望が募った。

だが、カロンの指が宙を滑ると同時に瞬いた結界を見てゴルドはすぐさま指示を飛ばした。

「全隊、剣を抜け！　近接用意！　盾や鎧に対物理防御の魔術をかけておけ！　同時に探査魔法を展開しろ！」

ゴルド自身も神聖魔術が一切効力を発揮していないことに焦りを感じているが、他の方法を知らない以上今まで通りの命令を出すしかなかった。

そもそも、大挙して押し寄せる魔物の相手をしたことがない。ましてや鬼を殺す方法なんて知る由もない。

ゴルドも元は平民だ。権力に取り入り、媚《こ》びへつらうことで騎士団長に上り詰めただけで、特筆すべき才覚を持ち合わせているわけでもなかった。

リフェリス王国やラドル公国の貴族と対等に振る舞う優越感。女も酒も金も自由にできる快感。俗物の凡夫には、この状況を打開するような策が生み出せるはずもないのである。

心の準備をさせる意味合いも込めて全員に武器を構えさせ、余裕の表情の鬼たちと接敵する瞬間を待つ。オーソドックスだが確実な戦法。

今まで勝ってきた。それが当然だった。これからも、当然のはずだ。

土煙をあげて、魑魅魍魎《ちみもうりょう》が突き進んできた。

人間と魔物の刃が交わる。

起こったのは、人間が哀れな肉塊に変えられていくだけの一方的な殺戮《さつりく》だった。

「……神よ、お救いください」

ゴルドは初めて、心の底から神に祈った。


神聖騎士は魔物に有利な力を多く備えている。

信仰によって神から賜った奇跡は魔を払う力に加えて、魔物からの攻撃に高い耐性を持つ。

本来であればしっかりと対策を立てて、耐久力のある魔物で騎士の進軍を阻害しながら長距離から魔術で攻撃するのがセオリーだ。

しかし、それはあくまでも同レベル帯での戦法である。

神都の騎士たちのレベルは平均すれば僅か22と、初心者用のミッションかと思うほどに軟弱だった。

その上で、エステルドバロニアが選んだ作戦はただの正面突破であった。

この世界に以前の常識が通用するかどうかはその時がくるまで分からないが、だからといって大量の魔術のみで騎士を倒そうとすれば、何かの拍子で神都を破壊してしまう可能性がある。

あくまでも敵は元老院と神聖騎士。エルフを苦しめ、エステルドバロニアを侮辱した者たちである。

最初の魔術は単なる威嚇《いかく》射撃だ。議員たちを生かして捕らえるために驚かすだけのはずだったが、思いのほか騎士に被害が出たことでカロンの方が動揺してしまっていた。

「アポカリスフェの方が遙かに強かったな」

後方からの支援によって神聖魔術を弾きながら肉薄した魔物の群れ相手に、騎士たちは何もできず死んでいく。

その姿を見ながら、カロンはつまらなそうな声で呟いた。

装備もレベルも低いことは分かっていたが、それでも抵抗すらできないのは弱すぎる。

あれだけ大言壮語しておきながら、殆ど戦いの経験がないのだろう。

一体どこからあの余裕が生まれていたのか甚だ疑問だったが、それも経験のなさからくるものだと思えば納得できた。

レベル15の【牛頭鬼《ぎゅうとうき》】が大斧を振り回すだけで、撥ね飛ばされた小石のように軽々と吹き飛ぶ様子を見て、疲れたように息を吐く。

今日まで胃を痛めて悩んだのはなんだったのだろう。自分は何を悩んでいたのだろう。

目障りなノイズと軋むような頭痛がカロンの思考を苛む。

その中にぼんやりと、何かが入っているはずだった心の隙間が存在しているような気がした。

(俺、おかしくなったのかな)

自分勝手な怒りでもなんでもいいから、この光景に感じる想いがあってほしいのに、まるでゲーム画面を見ているかのような自分に対する恐怖が、淡く心を苛んでいた。

「主、お加減が優れませぬか?」

違和感を拭えずにいるカロンに、鬼の指揮官である五郎兵衛《ごろうひょうえ》がそっと近づいて顔を覗きこんだ。

「あまり顔色がよろしくない。この場は拙者らに任せて、先に城へお戻りになられては」

「いや、問題ない。私にはすべきことがあるからな。ここで下がるわけにはいかん」

五郎兵衛を払うようによけて、コンソールで兵たちに指示をする作業に戻ったカロンの横顔を見ながら、五郎兵衛は困ったように顎《あご》を撫でた。

王の戦は苛烈《かれつ》だと、長きを共にしてきた五郎兵衛は思う。

すべての目を潰し、耳を奪い、それから手足をもぐ。

情報を掌握して万が一の勝ち筋さえあたえない、そんな周到で狡猾《こうかつ》な戦をする。

だが、それらは今まで国の中から指示してきた。

こうして前線に赴いた経験はなく、死を間近に感じることさえ初めてなはずだ。

できることなら、カロンには今まで通り後ろで控えていてほしいと五郎兵衛は思っていた。

王がただの人間であることなど、皆重々承知している。

だから、王に代わって魔物たちは喜び勇んで血を浴びてきたのだから。

自ら手を汚すことがないように。その身に傷一つつかないように。

それが総意だったはずなのに、なぜ。

なぜ、ルシュカとアルバートは王を戦場にお連れしたのか。

「どうした？」

じっと見られていることに気付いてカロンが五郎兵衛に問いかける。

「主。拙者は一振りの鋼でござる」

「……？」

「望めば望んだ通りに振るわれて、望むままに斬ってみせるのが拙者の役目。主を煩わせる一切合切を屠ることが誉《ほま》れでござる」

ゆえに、

「どうか拙者を使ってくだされ」

真剣な眼差しには揺るがない信念がある。

折れず毀れず朽ちず錆びず、号令一つで首級を上げる信念が。

カロンは頼りがいのある五郎兵衛の言葉に少し考える素振りをしてから、

「ならば、あの老害どもを五体満足で生きたまま捕らえよ。それが今、私が求める貴様の振るい方だ」

その思いに応えるような命令を下した。

ぞくぞく、と五郎兵衛の背筋に痺れが駆け抜ける。

初めて面と向かって命令された歓喜が武者震いとなって全身に巡り、纏っていた仮面が剝がれて鼻息の荒い雄の顔へと変わる。

「ぐふふ、お任せあれぃ！」

「頼んだぞ」

「うほー！　主さいこー！　もしやアルバートたちはこれを狙っておったのか？　だとしたらぐっじょぶ！　益荒男すてぃっくに男気がふる充電でござ……いたた、位置が……」

猛ダッシュで戦場の脇を走っていったので、カロンには兵衛がなにか叫んでいることしか分からなかった。

ともあれ、五百人近かった神聖騎士は半数にまで数を減らしており、殆ど被害の出ていない鬼たちが駆逐《くちく》し終わるのも時間の問題だ。

たった一晩で国が滅びていく。

自分の指示で、命が失われていく。

凶悪な魔物に襲われる人間の姿は、まるでファンタジーの導入だ。

（魔王にはぴったりだな。勇者に倒されるのだけはまっぴらごめんだけど）

鬼の進軍は神聖騎士団の懐深くへと浸透していき、次第に数の差で押し潰すかたちになっていた。

思っていたよりも早く終わりそうだと、カロンは次の段階に移ろうとして――

「あ嗚呼あぁあアアあぁａａＡＡ吁あ!!」

調子の狂った絶叫に身を竦《すく》め、その声のする方角を見た。

「なんだ、あれ……」

「お父様、私たちの後ろに」

カロンを守るように囲んでいたキメラたちが密集して警戒を強める。

その合間からカロンが見たのは、異様な動きをしている騎士団長だった。

月の明かりで変貌していくシルエットは、子供の粘土細工のように歪んでいた。

鬼とは無関係だし、守善《しゅぜん》配下の魔獣でもない。コンソールに表示された種族名は人間で、職業は神聖騎士だ。

カロンにも魔物たちにも、理解の範疇《はんちゅう》を越えた光景。

それは、騎士団長ゴルド・オーヴィルが心の底から願い続けた結果だった。

二本の角を生やした【青鬼】に真上から棍棒で叩き潰され、両の足を圧し折られても、彼は命乞いをせず神に救いを求め続けた。

そんな彼の、彼らの強い願いに、神は応えたのだ。

「ちっ。これが奇跡ってやつか？　与えられた力があれでは浮かばれんな」

捻れた風船のように膨らんでいく手足は既に人間とは思えぬ異形へと変わり果てていた。

メキメキと骨を割って筋が千切れながら肥大しても痛みも感じず、ゴルドは変態していく自分に快楽すら感じている。

人間だったものがゲタゲタと笑いながら腕を振るえば、急激に変化した騎士に驚いていた鬼たちが横薙《よこな》ぎにされて吹き飛んだ。

「あ、ひ、神様は見てくれてるんだァァあああはははははぁハぁ！」

「……どうやら、そうでもないようだな」

それが信仰の賜物《たまもの》であるとするなら、なんと醜いものだろうか。

カロンはすぐさま前線の部隊に撤退するようコマンドで指示を飛ばす。

負傷した仲間を抱えながらジリジリと後退した鬼たちは、数メートルの距離まで離れて様子を窺《うかが》った。

どうやら最初におかしくなったのが騎士団長ゴルドだったようで、倒れていた騎士たちの中からも次々と同じような肥大を始める者がいた。

際限のない膨張はどんどん進んでいき、頭部が肉に埋もれていく。

生まれながらにグロテスクな見た目の魔物とは違い、変質していく姿は悍《おぞ》ましいとしか形容できない光景だ。

自重に耐えきれず足が砕けても、そこから生えてきた肉の塊が足の代わりに体を支えて立ち上がる。

本体が強化されているのではなく、謎の力が暴走しているような強制的な進化に見える。

「聖戦だァあ！　創造神アーゼらイの名のもとニいいぃ、悪しき獣うを弑するう、う、ううう！」

「ご照覧あ、あれ！　あれ！　ご、ご照覧、ら、ララ、ララララ！」

異常事態を前にして、魔物たちはカロンの指示を待ち侘びている。

同情ではない。歯応えのある相手になったのだから早くやらせてほしいと血を滾《たぎ》らせているだけだ。

カロンは、既にグラドラより巨大になった騎士が動き出しても兵には指示を出さなかった。

「来い、守善」

代わりに、風に溶けてしまいそうな声で名を呼んだ。

その命令を下した直後、バリバリと引き裂くような音が空に響き渡った。

空間に亀裂が走り、そこから巨大な指が五本突き出して力任せに見えない壁を破るように左右へ力を込めている。

割れた夜の向こうで燦然と輝くは白き壁に囲まれた楽園。天魔《てんま》波旬《はじゅん》の集いし魔物の国。

鏡を割るように剝がれていく結界の後ろから乗り出すようにして現れたのは、人間の上半身に牛の下半身の巨大な異形の獣であった。

短い四肢が地面を踏むだけで轟音と振動が辺りに響き渡る。その鈍重な一歩の度にエステルドバロニアの魔物たちから歓声が上がった。

嵯峨《ささ》と聳《そび》える崔嵬《さいかい》の獣【饕餮《とうてつ》】を前に、知性を亡失していたはずの騎士たちは喚くことを忘れて呆然と見上げていた。

カロンの後背まで接近し、恭《うやうや》しく頭を垂れた牛胴の巨獣は、牙の隙間から白煙を吐き出して喉を鳴らして言葉を待つ。

本来の姿で馳せ参じた守善の差し出した巨大な顔に振り向くことをせず、カロンはゆっくりと右手を正面に向けて指を躍らせる。

この暴力の権化へと、コンソールを通して指示が飛ばされた。

「我らが何者であるかを世界に知らしめよ。我らがどれほど脅威であるか神に知らしめよ。エステルドバロニアの幕開けを鳴らせ！」

凍りつきそうなほど低く冷たい峻厳な王の下命に、饕餮は勢いよく立ち上がると高く赤黒い巨腕を掲げ、虎の牙をガチガチ鳴らしながら朗々と謳《うた》い始めた。

「我こそは四凶也」

個体保有スキル・《万象飢餓《ばんしようきが》》

「我こそは尊き暴食の死也」

個体保有スキル・《問答無用の轢殺《れきさつ》》

「我こそは饕餮」

個体保有スキル・《竜生八子を喰らいし者》

「汝らに永劫の地獄を齎《もたら》す者也」

巨腕に周囲の魔力が吸い込まれていく。

赤熱した溶岩のように明滅する拳は、軋みを上げながら強く強く握りしめられる。

普段の鈍い動きは、全てがこの巨体が基準になっているからだ。同じ速度で動いても少年の体と比べれば遙かに速く、そして重い。

前足で地面を蹴って後ろ足だけで立ち上がれば、皮肉なほど明るく輝く月を隠し、闇を神都にまで伸ばした。

「至高なる王の前に道を開けよ――虫ケラどもがァ！」

ウェポンスキル・拳《割地断海》
宙を漕いでいた前足が下りれば、地震のような衝撃が大地を揺るがし、遅れて魔力の満ちた豪腕《ごうわん》が隕石のように叩きつけられた。

着弾と同時に魔力が地下を巡り、岩盤ごと地面をクモの巣状に陥没《かんぼつ》させる。

人間を殺すには過剰な一撃。

地形を容易《たやす》く変える暴力の後に残されたのは、巨大なクレーターと、半人半獣の姿をした翡翠の巨影の拳。

人間の成れの果てなど、跡形もなく圧縮されて大地の染みとなって消えていた。

「あああっはっはっはっはっはははっはっはっははっははは‼」

心を壊してしまいそうな歓喜に、不自然な炎を灯し始めた神都を見下ろして守善は哄笑する。

化け物に相応しい哄笑は歓喜と優越感に溢れていた。

圧倒的な差。弄する小細工の如何にかかわらず無へと帰す、絶対強者の一撃。

状況報告のログがカロンの視界の中を一斉に流れていく。

大隊規模を巻き込む守善のスキルによって、あれほどいた騎士が一人残らず死滅したことが書き連ねられていた。

国同士の全面戦争と相成った。

それは呆気ない終幕を迎えた。

あれほど渋っていたことを一時の感情で押し進めたカロンだったが、一つ深呼吸をすると静かに神都を見つめる。

そこに後悔も罪悪感もなかった。ただ、「こんなものなのか」としか感じなかった。

脳裏にちらつく記号の煩わしさを払うように頭を振って、カロンは再び神都を見つめる。

そして背後で控える魔物に見せつけるように高く手を挙げると、

「仕上げだ。国を落とせ」

真っ直ぐ正面へと振り下ろしてぴたりと静止させる。

二度、獰猛《どうもう》な咆哮《ほうこう》が夜空を貫き、恐怖の体現者たちは我先にと神都へ向かっていった。

その姿を見送りながら、カロンは佇立《ちょりつ》している。

「……お父様、大丈夫ですか？」

ふと、手に何かが触れる感触を覚えてカロンが視線を落とすと、ハルドロギアの小さな手がそっとカロンの指を握りしめていた。

彼女の心配は守善の一撃によるカロンへの影響に対してだったが、カロンは眼帯の奥から後ろ暗い感情を探られたような気がして優しい手から逃げるようにすり抜けた。

「なんでもない……なんでも、ないんだ」

微かな笑みだけを残して、カロンは歩き出す。

下げた視線の先。まだたこも傷もなく、さしたる苦労も知らない王の手が小さく震えていた。

三十人の騎士を護衛にして、議長たちはエルフを言霊で操りながら神殿へと向かっていた。

外で起きている事態はさすがに街でも確認できたようで、次第に伝播していった恐怖は阿鼻叫喚へ発展している。

民の様子は三通りだ。

逃げ惑う者。暴れる者。そして身動きのとれない者。

逃げる者はそこから二通りに分かれた。外に繋がる裏門へと逃げるか、神殿へと逃げるかだ。

美しく神聖で、穏やかだった神都の面影は見当たらない。

今まで隠してきた裏の姿が曝《さら》け出《だ》されたのか、神を崇める信徒の見苦しい人間性が露呈していた。

白い街が汚れていく。緑は構わず土足で踏み潰されていく。

逃げ惑う彼らに、この街への思い入れは一つも感じられない。アーゼライへの信仰などちっぽけな己の命の前では無価値だったのだ。

議長にとってもそれは同様であり、道を塞ぐ女子供を平然と突き飛ばしながら神殿に向かって逃げていた。

「くそっ、なんなのだあれは！　ここは聖地だぞ！　なぜこんなところに……！」

聖地に魔物は決して現れることはなかった。神代の獣と呼ばれる魔獣でさえも決して足を踏み入れることができなかったという伝承もあるのだ。

世界で最も安全な国の名誉が、今日をもって過去のものへと変わってしまった。

「それにしても、なぜ街の者たちは神殿に向かっているのでしょうか……」

「わしが知るか！　大方、裏にも既に魔物が来ておるのだろう。まったく、団長はいつまで遊んでいるつもりなのだ！　なんのための神聖騎士だと思って――」

その言葉の応酬を、爆撃のような強烈な破砕音が遮った。

鼓膜を劈《つんざ》く音の衝撃は、騒々しく動いていた人間の時間を全て止める。

尋常ではなかった。異常でしかなかった。

神都を丸ごと揺るがす大地の震動が駆け抜け、街の外に浮かび上がる巨大なシルエットが、けたたましい笑い声を上げて揺れていた。

誰の耳にもはっきりと届く哄笑が鈍い人間の本能に働きかけ、混乱を更に助長する。

悲鳴も罵声も怒声も泣き声も一際大きく沸き立ち、通り過ぎる人波が更に荒れ始めた。

「ええい、鬱陶《うっとう》しい！」

乱雑に動く民を押しのけながら進む騎士の後ろで、議長は舌を鳴らす。

神殿までは後少しのところまで来ていたが、その距離がやけに長く感じた。

外がどうなっているのかが分からないのも不機嫌の原因ではあるし、思い通りに事が進まなかったことが拍車をかけている。

神聖騎士であれば大抵の魔物に負けることはない。魔を祓うことに特化した職業なのだから、そう簡単に負けることなど考えてすらいなかった。

あと一息で神殿へと辿り着く。

しかし、近付けば近付くほど不思議と人の数が減っていき、神殿の敷地にまで来るとあれほど騒がしかった街とはがらりと変わって誰一人も存在していない。

神殿に逃げている民は間違いなくいた。上を目指して辿り着くのは神殿以外になく、それ以外の施設は景観を考えてほとんど建てられていない。

では、あの民はどこにいるのか。

エルフや議長を追い抜いて先頭を走っていた民もいたのに、いつの間にか姿が消えている。

それどころか、音が何もしない。

外界と遮断されたように、あの哄笑も狂乱も切り離されて、ここだけは神殿としての機能を保っている。

それが、不気味でしかない。

「……オルフェアよ、何か魔術がかけられているかどうか分かるか？」

議長の低い声で命令が下り、ようやく声を発することが許されたオルフェアは、小さく解析するための術式を唱えて起動させて問いに答える。

「限定的な迷いの呪法が張られています。恐らく議員、騎士、エルフのみが通過できるようにされているのではないかと」

「これを解除できるのか？」

「できません」

「っ、本当に使えぬ奴らだな、貴様らは」

間髪容れず不可能だと言われたことで、議長が後ろに立つオルフェアを睨むが、できないものはできないとそれ以上オルフェアは何も言わなかった。

このような魔術を使えるものがいるとすれば、神都に残っていたエルフたちしか思い浮かばず、反逆が実行されたのだと議長は推測した。

だが、オルフェアには当然そのような心当たりはない。実行に移すかどうかはオルフェアが指示をしなければ決定はされない。

誰が首謀者か。

その答えは向こうからやってきた。

神殿の庭から神殿へと続く石畳の先。いつもと変わらぬ様子の中から、三つの影が近付いてくる。

一つは背の高い女性の影。下げた左手には鋭いナイフの照り返しが見え、気怠そうに三角の耳が二つ付いた頭を押さえながらやってくる。

一つは女性よりも背の高い男性の影。額に一角を生やし、暗くとも東の島国の民族衣装のようなものを身に着けているのが分かる。

そして最後の一つは、小柄な影。白いヴェールが光を透過し、美しい無垢《むく》なドレスを輝かせていた。

何者なのかを議長が悟ると同時に、忌々しげに顔を歪めていく。

「貴様の仕業《しわざ》か……この小娘がァ！」

計画を全て崩した人間。

間違いなくこの出来事に加担していたであろう少女。

ただの人形だったはずの、この神都の最高権力者。

「ご機嫌麗しゅう、議長」

表情一つ浮かべずにその少女――エイラは二人の魔物を従えて現れた。

「どうして、と言いたげですね。皆、何がどうなっているのか分からないと言いたいのでしょう？

ええ、そうですね。そうでしょうとも。そうでなくてはおかしいんですから」

雰囲気が今までの怯える少女ではなく、毅然《きぜん》とした態度で議長と向き合ってみせる。

両隣に強力な助っ人を従えているから気が大きくなっているのではない。幼い頃から抑え付けられていた、エイラの持つ素質が取り戻されただけのこと。

だが、その姿は想像できぬものだったらしく、議長もエルフも、騎士までも唖然《あぜん》としてしまっている。

「きょ、教皇様。いったい何を言っておられるのですか。それに、なぜ貴女の側に……兵衛殿が……」

「ああ、面識があるんでしたね」

どうにか言葉を発したオルフェアに普段と変わらない微笑みを向けると、退屈そうな助っ人二人に顔を向けた。

「ご紹介します。私の協力者となってくださった国の……エレミヤさんと兵衛さんです」

エイラの紹介を受けても二人の態度は変わらず、ひらひらと女の方が適当に手を振った。

「ハロハロー、エレミヤだよー。なんて、そんなのどうでもいいじゃんか。もう早く終わらせて帰らせてほしいんだけどー」

「賜りし君命を果たすために来ておるだけだ。協力しているつもりなどもうとうござらん。早く勇ましい主のもとへ戻りたいというのに……ああ、主ぃ……ハァハァ……」

「……台無しー。いっつも思うけど、ゴロベエが王様に興奮してるのって、すごい嫌なんですけどー。もっとカッコよく表現できないの？　あとなんか……変な臭いしない？」

「き、きっさまぁ！　言うに事欠いて主を侮辱するか！　それが団長を任される者の態度か！」

「でも、変な臭いするんだもん……」

「どうやら死にたいようだな、エレミヤよ。それを口にしたのは貴様で七人目だぞ……！」

「それだけ言われてるなら自覚してよー！　てか、やっぱお前からかー！」

「……えっと。あまり私も仲が良いわけではないですが、腕は確かです」

一気に緊張感の削がれるやり取りを繰り広げ始めた二人に困った顔を作ったエイラだったが、議長に再び視線を戻すと無表情へと顔を変える。

「さて議長様。貴方の行いも今日までとなりました。お気持ちはいかがですか？　ああ、外の騎士たちをお待ちになられているのであれば、諦めた方がよろしいですよ？　今頃、為す術もなく死に絶えているでしょうから」

純粋だと思われていた少女の口から吐き出される言葉は冷淡であった。これまで溜め込んでいた鬱憤《うっぷん》を晴らしている節さえあった。

エイラの言葉が事実かどうかを確かめることは議長にはできない。だから、その言葉を信じる気もさらさらなかった。

「小娘が調子に乗るとは、どうやら今まで甘く接しすぎていたようだな。立場を弁えられんのであればエルフたちより過酷な修行を与えてもよいのだぞ？」

威厳《いげん》を持ったとしても、エイラの心に刻まれた過去の恐怖が消えたわけではない。

目の前で繰り広げられていた惨劇の記憶が掘り起こされ、微笑み以外浮かべなかったエイラの顔に僅かながら恐怖が滲んだ。

小さく肩を震わせながらも気丈な態度は崩すまいと必死に立っているのが議長には見て取れた。

たった一言で虚勢が瓦解するような飼い犬にこうまでされたことを悔いながらも、議長はこのまま恐怖で縛れば自分に従うように戻ると、そう考えていた。

「あーゴロベエ、この爺さんがそうだよ。うん、間違いないね」

言い合いをしていたはずのエレミヤが、突然議長に目を向けた。

大きな猫の耳に狐の尻尾から獣人だと分かる。

「そのようだな。ひーふー……これで最後か」

兵衛の額には立派な一本の角が生えているので、鬼とまでは分からなくとも魔物とは分かる。

議長も当然それくらい気付いている。

だが、外で騎士が魔物を圧倒していると妄信している人間が、たった二人の魔物を相手に神聖騎士が負けるとは思っていない。

カロンを殺すよう命じた直後に起きた惨劇は油断していたからだと本気で考えており、今の今まで全てを成功させて手中に収めてきた故の慢心が溢れていた。

成功者ではある。しかし未知の恐怖、深淵の底を見たことのない安穏な老人とも言えた。

「おい、あの魔物を殺せ。エルフも加わってな」

エイラから従う様子を感じられぬので、今持つ手駒に指示をする。

議長が言えば騎士は動くし、エルフも呪いによって動かなければならない。

曖昧《あいまい》な命令であれば多少の融通を利かせられるが、はっきりとした命令にはエルフたちは逆らうことはできない。

たとえ相手が超常の化身だったとしても、彼女たちは抗えなかった。

武器を構える騎士とエルフを見ながら、エイラは慌てたようにエレミヤを見上げる。

この二人がいれば議長も降伏すると考えていたのに、それが意図を外れた行動を始めたことに焦ったのだ。

魔物を知らず、騎士の強さも知らずに育ったエイラには、神聖騎士が魔物にどれだけ強いのか想像ができなかった。

脅威と呼ばれている魔物がいれば諦めるはずだと思い、少し無理を言って頼んだというのにこの結果。

どうしましょうと言いたげに瞳をうるませるエイラを見下ろすエレミヤは、対照的に緊張感のないのんびりした雰囲気のままだった。

「教皇様はどうやらお勉強が足りなかったようでー。でもまあ、協力してくれたし？　王様の命令もあるし？　一応言うことは聞いてあげるよ。じゃあ――」

　カロンから、エイラの願いをある程度聞くようにと言われていたエレミヤは一歩踏み出してエイラの前に立つと、右手で白いキャスケット帽を深くかぶり直しながら、議長を守るように展開した騎士とエルフを見つめて嗤《わら》った。

「――とりあえず黙らせればいいよね？」

　誰かが攻撃を仕掛ける。

　それよりも早く、エレミヤの持つスキルが発動された。

　ウェポンスキル・拳《震天地《しんてんち》》

　魔物たちが戦闘を重ねて武器の熟練度を上げるごとに得ていく技能。その中の『拳』によって覚えるスキルの一つ。

　高く振り上げた足を地面に叩きつけることで、魔物のサイズに応じた範囲に地震を起こす技。

　きつく歯を食いしばって繰り出された、鉄槌を思わせる強烈な震脚は、衝撃を余すところなく地面へと伝え、激しい縦揺れを発生させた。

　石畳が砕け散り、花壇も噴水も崩れる。

　損なわずにいた神殿の風景は、たった一歩で見るも無残な姿へと変わり果てた。

　地面から殴られたと錯覚しそうな衝撃は脚にダメージを与えて暫《しばら》くの間行動不能にする効果があり、軽く浮遊した人間とエルフは地面に這い蹲《うずくま》る形で墜ちた。

「おいおい、やりすぎではないのか？」

蹲って呻き声を上げる面々を見下ろしながら、背中の部分を掴んでエイラを持ち上げた五郎兵衛が呆れた声をかける。

振り返ったエレミヤの顔には愛らしい笑みが浮かんでいた。大地を砕く豪槌を振るった張本人とは思えないほどに可憐な顔で、爽快感を楽しんでいるようだ。

「まぁまぁ、大丈夫でしょ。エルフに怪我させるなって言われてないし、目的も達成できるしねー。なにより手加減したし！」

「これだから筋肉の塊というのは嫌なのだ……」

ぐっと胸の前でガッツポーズを作るエレミヤの、腕の筋肉の隆起を見ながら、兵衛は深い溜め息を吐き出す。

もし本気でやっていれば、この場にいる五郎兵衛以外は死んだかもしれない。

加減をしたと言っているが、エレミヤの起こした局所地震によって、砕けた大地の欠片が体に刺さっている者もおり、とてもではないが〝加減〟の基準が理解できていない惨状である。

攻撃力の低いエレミヤでも、ここまでの被害を生み出せてしまう。前の世界の方が歯応えのある戦いができたと、五郎兵衛は少しばかりの失望を抱いた。

「そろそろ主も到着なさるだろう」

「街も大人しくなりだしたっぽいねー。リューさん必殺の捕獲魔術はさすがだよー」

「捕らえて神殿に押し込んでいるのであったな。あの寿司詰めの中を撫で切りしながら歩くのはさぞかし気持ちよかろう」

「そのうち聞いてみようよ。んじゃ、ゴミ掃除してこいつら中まで連れて……おやー？」

地面に伏せていた騎士を始末しようと近づいたエレミヤだったが、突然鎧が軋みを上げて膨らんだのを見て動きを止めた。

「お救いください……お救いください……」

ぶつぶつと神への祈りを捧げる騎士の異変は、変貌によって周知される。

鎧を止めていた革のベルトがぶちぶちと千切れていき、押し込められていた肉が一気に外へと飛び出した。

「おっと」

軽い跳躍《ちょうやく》でエレミヤは距離を取る。

不思議そうな顔をして様子を眺めているのは五郎兵衛とエレミヤだけであり、人間もエルフも恐ろしいものを見るように変質していく騎士の姿に目を見開いていた。

「おすくい……すくい……すくい……」

背中を突き破って骨が見えたが、すぐ筋肉に埋もれていく。

人にはありえぬ変化は戦場で起きていたものと同一であり、それは神都のあちらこちらで散見されていた。

「なにこれー」

「拙者が知るわけなかろう。ただ、こ奴らの能力でないことは確かであるな。ルシュカやアルバートであれば知っておるやもしれんが」

「そういえばおじいちゃんは？　ずっと見てない気がするけど」

「兵を出したあと、そのまま別の準備をすると言っていなくなったところまでは知っておる」

「ふーん？」

「あ、あの！　いいんですか⁉」

「え？」

どうみても異常事態だというのに、二人があまりにものんびりしているので、エイラが慌てたように話しかけた。

膨らんでいる騎士は一人だけではない。遅れて他の騎士も肥大し始め、人ならざるものに変態しているのだ。

エイラも、元老院の者たちでさえも、これが神の奇跡だなどとは微塵《みじん》も思っていない。

何らかの理由で魔物になっているのだと思っているし、そう言われたほうが納得のいく光景だ。

だが、魔物たちから見れば、むしろ神による介入を真っ先に疑う出来事である。

当然のように、神という枠に分類される魔物が暮らしているエステルドバロニアで生きてきたからこそ、ある程度の確信を持ってそう考えていた。

神は施しをしない。押し付けがましく奇妙なものを与える存在だと認識しているがゆえに。

「んー、もう一回ドカンとやる？」

「エルフが死ぬぞ」

「でもアタシ触りたくないよー。なんかばっちいもん」

えんがちょー、と指でバツを作っていやいやと顔を左右に振るエレミヤ。耳をげんなりさせており、心底嫌がっていた。

そうなれば、当然お鉢が回るのは五郎兵衛である。

グロテスクな魔物を相手にするのと、グロテスクになった人間を相手にするのでは、心持ちも違うものだ。

気乗りしないが、カロンと交わした約束がある。

ここでいいところを見せねばならんと、五郎兵衛は一歩前に躍り出て刀を抜き放った。

「致し方あるまい。そこの老人を無事に捕らえよとの君命もある。なによりここで活躍せねば褒美を賜ることも望めぬであろうしな」

紅色の鞘に納められていたのは黒い刀身だ。それ以外に特徴のない地味なものだ。

それでも、ただの抜刀にさえ洗練された体運びを感じさせる五郎兵衛が持てば大業物に見えた。

実際は、大業物すら廉価品になる神話級《ミソロジー》の一品である。

「では、来ませい」

構えは八相。刀身を寝かせて腰を落とした迎撃の姿勢。

種族依存スキル・《人類の敵X》

個体保有スキル・《根源童子》

個体保有スキル・《鬼哭引導《きこくいんどう》の構え》

前方の敵を全て惹きつける《鬼哭引導の構え》に反応した騎士が、象のような足で地面を蹴って飛びかかる。

同時に、黒い刃が外向きに捻られた。

「すぐいおおぉォォおおお！」

「しぃっ！」

短い呼気を吐き終えた時には、既に剣は振り抜かれていた。

残像すら残らぬ神速の一刀は、斬ったことさえ自覚させない。

誰の目にも、騎士だったものが勢いよく殴りかかり、それを兵衛が潜るように躱したようにしか見えなかった。

しかし、胴と首を両断された騎士は、腕を振った勢いで上体だけが滑るように捻れていく。

地面に足を着けた時には上半身が真後ろを向いており、首と下半身は正面のまま倒れ伏す。

そこでようやく、断面同士が離れて大量の血を噴き出したのだった。

続けてやってきた三体は、血を払って納めた刃を居合で解き放つことで斬り殺す。

ウェポンスキル・刀《落葉無綴《らくようむつづり》》

神速の斬撃で乱切りに刻み、バラバラと落ちる肉片を更に一瞬で血煙へと変えて、黒刃は再び鞘に納められた。

「ふむ、なんとも奇怪であるな」

斬った手応えを、五郎兵衛は曖昧に表現する。

「そうなのー？」

「以前は神など全て主の僕だったからの。人間に加担する者は初めてであろう。ふむ……」

「やっぱ神さまって迷惑しかかけないね！」

「アルバートにも直接言ってやればどうだ？」

「やだ！」

「そんな簡潔で心の籠もった拒否ある？　拙者泣くぞ？」

軽口を叩きながらも、覆いかぶさるように飛びかかった異形の騎士を居合によって両断する。

ウェポンスキル・刀《篝雲雀《かがりひばり》》

極限まで鍛え上げた技量によって繰り出される剣閃はまさしく凶刃である。

寄らば斬るを体現した外術的《げじゅってき》な抜刀術の冴えは、変異した人間より遙かに恐ろしいものだった。

一瞬で姿を消し、風鈴のように涼やかな納刀音が鳴れば、既に騎士は斬られている。

化け物を片手間に殺し尽くせる方こそが本当の化け物なのだと知らしめるように、鬼の頂点は存分に刃を遊ばせていた。

「ゴロベエー、そろそろ終わるー？」

「貴様、拙者に全部押し付けてよくもそんなことが言えるな……！」

「で？」

「終わるわい！」

「ん！　それじゃあ我らのゴミ掃除係くん、しっかりやってねー」

任せたはいいが手持ち無沙汰になったと暇そうなエレミヤの問いに、半ギレで答える五郎兵衛。

それを聞いて、軽い口調で呼ばれた物体がズルズルと巨体を引きずって神殿の陰から現れた。

苦痛と恐怖に呻く議長が見たのは、巨大なイソギンチャクのような魔物の姿だった。

赤黒く醜い触手がずるずると伸び、ねっとりとした液体を先端からこぼしながら異形とならずに済んでいた騎士たちに絡みついていく。

弛緩した人体に巻き付いた触手は、それを締め付けてへし折っていく。まだ辛うじて息のあった騎士の口から声にならない濁った音が零れた。

鎧のまま捻り上げられた騎士は次第に上下が不自然に曲がっていき、ついにはボトリと地面に落ちた。

そしてイソギンチャクは、二つに分かれた死骸を口に運ぶ。

ナイフとフォークで食材を切るように、この魔物も食べやすいサイズにしているのだと気付いた議長の口が、喘ぐような恐れの音を立てた。

「は……は……」

魔物とは、本来は人間よりも上位の存在である。

魔物とは、魔力から生み出された地獄の使者である。

それを打ち倒せるのは知略か、数か、稀有な存在か。

知略でも数でも大敗し、英雄や勇者といった存在もない時点で、勝利できるという幻想は払うべきだった。

ずらりと隙間なく並んだ歯がイソギンチャクの頭部に付いている。

大きな円形の口に騎士が飲み込まれていく光景と自分を重ねて激しく震える議長を見下ろして、エレミヤは所詮地位にしがみつくことでしか噛みつけない惰弱な生物だと嘲笑《ちょうしょう》を漏らした。

そして、同じように這いつくばって震えている神都のエルフに呆れを見せる。

「もしかしてこの世界のエルフって、この程度の連中にも勝てないの？」

「なに馬鹿なことを言っているのだ。有象無象が、我らより強いわけがあるまい」

「あー、そうだよねー。アタシたちくらい強い奴らなんているわけないいか」

ただでさえ脅威とされている魔物。

それに勝ちうる力を持っていた騎士。

その全てを塵《ちり》のように扱える連中がいるなど、素直に受け止められるわけがない。

そんな処刑台が、すぐ側にあるなど。

「あ、これからお隣同士になるんだっけ？　良かったねー、最強の国が側にいてさ！」

考えなしなエレミヤの発言を突きつけられ、エイラの笑顔も凍り付く。

現実は非情であった。


ほぼ全域の制圧を終えて、神都の内外に集結した魔物たちには、既に戦勝ムードが漂っていた。

大きなレベル差による圧倒的な力を団長たちが見せつけることで騎士団を殲滅《せんめつ》。それは兵たちからすれば些か物足りなさはあるものの、勝利に変わりはない。

強さこそが正義の魔物社会では勝利が全てに優る。楽勝ではあっても嬉しいものだ。

種族柄仲の悪い魔物同士でも、この時ばかりはその空気に酔っていた。

浮ついた雰囲気が荒らし尽くされた街に流れているのを他所に、神殿の内部では張り詰めた空気が渦巻いている。

教皇がいるべき高座にはエイラではなく、エステルドバロニアの王カロンが背を向けて立っており、教皇と神都のエルフたちはその前で従属を示すように平伏していた。

左右にズラリと異形の兵たちが並んで王の威に跪き、団長たちも同様に王へ忠義を示している。

「まず、我が軍の皆に感謝を告げよう。よくやった」

ゆっくりと振り返った王からの賛辞《さんじ》。

直後、歓喜の雄叫びが白い壁を割りそうな勢いで響く。

今まで一度として、カロン直々に評価を与えられたことがなく、それどころか同じ戦場に立つこともなかったのだ。

今回の戦がただの手遊びのようなものだったとしても、この価値は非常に大きい。その喜びが雄叫びとなって溢れ出し、歓喜の涙を零す者までいる始末。

割と評価されているとは思っていたカロンだったが、ここまで露骨に持ち上げられると逆に不安になる。

静まる様子のない魔物たちをどうしようかと視線を彷徨わせていたが、

「静まれ」

と、カロンの側に控えていたキメラ……ではなく。

どこからともなく、今の今までカロンを戦場に引っ張りだしておきながら姿を消していたルシュカが、鋭い号令を口にした。

途端に静まり返り、カロンの心臓は反比例して激しく鼓動を打つ。

「……い、いつからいた？」

「は。たった今駆けつけました。少々この神殿内部の把握に手間取りまして。報告に伺った次第でございます」

「そう、か」

いなかったはずの人物がいれば当然驚く。並の心臓を持つカロンも当然驚いている。

それが普通なのだが、どうやら理解していないらしいルシュカに苦情を言っても駄目そうだと諦め、気を取り直してカロンは咳払いをした。

カロンが正面に向き直ったのを確認して、ルシュカが「どやぁ」と言いたげな、憎たらしい優越感剝き出しの顔を作る。

王の側近として側に控えて、跪くことなく右隣で助言をする自分と、声を不用意にかけることもなく、王に顔を向けることもできない他の連中との差を見せつけているのだ。

当然、チラ見していた団長たちの目に留まり、カロンの咳払いに紛れて複数の舌打ちが所々から聞こえた。

それが神都の者たちにプレッシャーとしてのしかかる。

「教皇……確かエイラ、といったか」

「は、い。ご尊顔を拝《はい》し奉《たてまつ》り、恐悦至極にございます」

「そう堅苦しくならなくてもいい。緊張しているのか？　それとも、怯えているのか？」

魔物たちに。

「す、少し圧倒されております……」

それを従える貴方様に。

「なに、同じ目的を持って動いていたのだから、手出しはせんさ」

魔物たちが。

「今後も、そうであってくだされればと、思います」

貴方様が。

微妙に噛み合っていない二人だが、会話は成立しているので恐らく問題はない。

「さて、貴様たちエルフも事情は説明を受けているとは思うが、我々の目的は諸君らの解放だ。我が国の性質上、見過ごせない事態だったのでな。本来ならもう少し穏便に事を進めるつもりだったのだが、成り行きでこうなってしまった。許せ」

カロンが到着する前に説明を受けていたオルフェアたちだったが、たかがエルフの一部族を救うのに成り行きで一国を潰すなど正気の沙汰とは思えない。

攻め込む決断を下した当の本人も色々とぶっ飛んでいると後になって思い始めたが、そうなった以上仕方ないよねと思うことにしている。

こうして勝利を収めた今となって自分や周囲を思い起こしてみると、どれも他人事のように感じていた。

人を殺した感覚もなく、その決定に良心も痛まず、ゲームの頃と変わらない傍観者でありながら主催者という、奇妙な立ち位置を現実として味わっているようだった。

とは言え、それはむしろ好都合とも言える。

人を殺すことに一々呵責の念を抱いて、うだうだするよりは遙かにマシだろう。人間としては落第点であっても、それをエステルドバロニアは求めているのだから。

「まぁ、鬱陶しいというのも理由ではあるか。国民以外がどうなろうと、ある程度不干渉でいるつもりだが、今回ばかりは度がすぎていたのでな」

「そう、ですか」

魔物を保護することをアピールし、オルフェアたちに国の方針を印象づける。

私利私欲を表には見せず、同族のためという名分を口にしておけば外聞がいい。

「では、差し出がましい申し出ですが、他の同胞たちはどこに……」

「既に全員救出している――と言いたいところだが、まだだ」

期待を瞳に浮かべたオルフェアたちだったが、すぐに曇る。

「付け加えると、害は与えていないし全員無事なのも確認している。ただ、これに関してはそちらに任せようかと思っているのでな」

「それはどういう意味でしょうか……？」

遠回しな物言いに対する当然の疑問。

それにカロンは言葉で答えず、上段から下りて神殿の奥へルシュカとキメラを連れて動いたことで示した。

「来い。このふざけた茶番を作り上げた張本人に会わせてやる」

エルフを代表してオルフェアが、そして神都の代表としてエイラがカロンたちの後を戦々恐々としながら追う。

そして辿り着いたのは神殿の最奥。

大広間から裏の通路を進み、元老院が使用していた会議室から扉を潜って、階段を下りた先にある鉄の扉の前。

そこから先は、エルフたちのトラウマに触れる肉欲の牢獄だ。

「ここは……」

小さくエルフの誰かが声を漏らした。

無言で先導するルシュカに追随していたカロンが顎をしゃくると、長身のキメラであるロイエンターレが扉を開け放った。

中から咽《む》せるような淫靡《いんび》な香りと汚らわしい臭いが漂ってくる。

「カロン様」

ルシュカがそれを察知してカロンを下がらせようとしたが、なおも口を開かず手だけでルシュカを制すと、カロンは中へと躊躇なく踏み込んだ。

そこには、オルフェアたちよりも早く捕らわれたであろうご母堂と子供たちが倒れ込んでいた。

「みんな！　どうしてこんなところに……」

「大丈夫⁉　しっかりして！」

エルフたちが視認すると、キメラたちを押し退けて中へと入って駆け寄っていく。

裸に剝かれて倒れるご母堂は体中に浅い傷を作っており、その背中側に子供たちが固まっていた。恐らく騎士たちの責め苦から庇うために身を挺していたのだろう。倒れているが、子供には怪我一つない。

エルフが子供たちに、オルフェアがご母堂に駆け寄る中、エイラは見回していた室内の壁際に見覚えのある姿を見つける。

薄汚い白と紫の装束を身につけ、捲れたスカートから覗く病的なまでに白い足には木で作られた歩行の補助具が付いていていた。

不自由な足をどうにか動かすために、彼女が使っていたものだ。誰かなど、考えずとも分かる。

体を反転させて倒れたエルフとは逆方向にいるシエレのもとへと駆け寄っていくエイラ。

側にしゃがんでその顔を確認しようと頭を抱える――その瞬間。

エイラの首筋に、冷たい一本の感触が走る。

「……え？」

目を見開き、動きを止めたエイラの呟きが他の助け起こす声に掻き消える。

ゆっくりと首に絡むように滑る感触は、徐々に首の後ろへと回され、上体を起こしたその犯人に抱きしめられるような形で拘束された。

「動かないでください教皇様。何も知らないまま死にたくないのであれば」

聞いたことのない冷たい声。

豊満な胸に押し付けられた頭を上へ動かすと、いつも優しく笑ってくれた女性の、冷めた視線が向けられていた。

「何をしている……」

ご母堂も子供も無事だと分かり、カロンへ感謝を述べようと振り返る途中でオルフェアの見た光景は、今日一番理解ができないものだった。

「何をしているんだ……シエレ！」

鬼気迫る形相で声を荒らげたオルフェアを冷たい目で見つめるエルフ――シエレは、エイラを抱きしめて短刀を首筋に添え、周囲を睨みつけている。

それはどう見ても、人質をとっているということ。

シエレは周りが動きを止めるのと同時に地面に手を叩きつけると、事前に用意していたのか、肉体強化の強化魔術と対魔対物の障壁を地面に広がった魔法陣から発生させた。

帯状になった術式が透明な半球をなぞるように動き、誰にも邪魔ができないようにと張り巡らされた薄い水色の皮膜が、二人を周囲から隔離している。

「シエレ、いったい何を」

「黙ってエイラ。私は今、そこの男に用があるの」

思考が追いつかないエイラに、聞いたことのない冷たい声が囁《ささや》かれる。

動いた拍子に皮膚から伝う血の冷たさが、エイラの小さな背中を震わせた。

カロンのことを「そこの男」呼ばわりしたシエレに対し、ルシュカの機嫌が一気に負へと傾く。

眉間《みけん》に皺《しわ》が生まれ、ゆっくりと手が空間に伸びるが、カロンの指示がないために自制した。

言われたカロンは別段気にした様子もなく、加えてこの状況にも興味がないのか、変わらないスタンスのままだ。

「俺は貴様に用などないんだが」

「そうでしょうね。好き勝手やったんだもの。でもね、私にはあるのよ……」

シエレの目的はたった一つ。一貫してそれを為すために今まで堪《こら》えてきたのに、それが不確定要素によって容易く瓦解した。

利用してやろうと考えていた相手の力量を測れなかったのはシエレの責任だが、それでもあと一歩まで迫っていたことが無に帰したとなれば、行き場のない怒りを何かにぶつけずにはいられない。

激しい憎悪を向けられながら、カロンはわざとらしく顎に手を当ててからポンと打ち鳴らしてみせる。

それが癪に障り、エイラの首に一ミリほど刃が食い込んだ。

「ああ、そうか。なるほど、どうりで。何をしているのかと思ったがそういうことなのか」

「知っていたくせに……！」

「もちろん、知っていたとも。だからこうして、切っ掛けを与えてくれたことへの褒美を連れてきてやったのだ。感謝してほしいものだな」

飄々《ひょうひょう》と、手の内を全て見透かして、そのうえで掌の上で遊ばせる行為にシエレの苛立ちが募る。

できることなら、いの一番に殺したいと思ったが、取り囲む魔物の強さを感じ取れば諦めるほかない。


睨みつけていた視線を外し、シエレは本来の目的へと視線を向けた。

怒りを露にする、オルフェアに。

「何をしている！　教皇様を離せ！」

なぜシエレがエイラを人質にしているのかなどオルフェアに分かるわけがない。

だから、突きつけられた言葉の残酷さに、思考を止めた。

「大切な人を助けたいの？　私の愛した人を殺したくせに！」

普段の穏やかさをかなぐり捨てて叫ぶシエレは、復讐に全てを費やした夜叉の顔をしていた。

……昔、仲睦まじいエルフの女性と青年がいた。

女性はとてもたおやかで気立てがよく、仲間たちにとても大切にされていた。

青年は若い衆の中でも将来を有望視されており、族長になるのも夢じゃないと、そう言われていた。

とても、とても仲が良く、将来を誓い合った二人。

しかし、二人の別れは突然訪れた。

男は皆いずこへかと連れていかれ、女は人間たちに物のように扱われる日々が始まった。

エルフの女性は、いつかまた会おうと誓った青年との約束を果たすため、蔦の指輪をさすって仲間と支え合いながら生きてきた。

出会いは、別れと同じく突然訪れる。

親友であり、今や族長となった女が大きなミスをしてしまったのだ。

正しくは、族長の座に就いてしまったオルフェアが矢面に立たされていただけであったが、詳細を知らぬ女は親友の失態なのだと思い込んだ。

思い込まされた。

その失敗によって今まで以上に辛い仕打ちを受けていたところに、とある物が運ばれてきた。

袋から出てきたのは、見るも無残な化け物の死骸。

きっと人の形をしていたのだろう。辛うじて面影があるだけで原形はほとんど留めておらず、それが誰なのかなど、ほとんどの者には分からない。

その死骸の側に転がった腐敗した手にある、蔦の指輪を見るその時までは。

「嘘、嘘……ロディ……そんないや、いやあああああああああ！！！」

女性は、それから、なにひとつ、うごけなかった。

あいする人のすがたをおもいだして、さいごにみたすがたをおもいだして、死ぬことばかりかんがえていた。

そんなある日、きしにひきずられて議長とあうこととなったのだ。

「憎いだろう？　だがなぁ、オルフェアが失態を演じなければ、お前の恋人は死ぬことなんてなかったんだ。そうだろう？」

そのことばはあまくひびいて、

「いつかは会わせられたのだ。そうするつもりだったのだが、こうなっては仕方あるまい？　そういう約束を、その首の枷と共に伝えたのだからなぁ」

その言葉は、深く胸に染みて、

「さあ、お主はそのままで良いのか？　そのまま、憎いあの女が何も失わずに生きているのをただ見ているだけで、いいのか？」

傷ついた心に注がれた殺意は、自由も愛も奪われた女性を突き動かすほどの力があった。

「だから、あの女の大切なものを最悪の方法で奪ってやろうではないか」

その甘い囁きに、どれほどの毒が籠もっているのかも知らず、彼女は――シエレは、この時を待ちわびていたのであった。

「あれから、私は耐えてきたわ。あの老人に好き勝手されても、貴女が私に笑いかけてきても、子供たちと遊んであげるのも、全部全部全部耐えてきた！　本当ならロディは帰ってきてくれたの！　私にただいまって言ってくれたの！　妻になって、子供を作って、一緒に育てて、ずっと、ずっと、ずっと！　二人で幸せに暮らすはずだったのに！　貴女のせいで！」

それが、荒唐無稽な幻想だったとしても。

それが、悪魔の囁きだったとしても。

それが、利用するために吐かれた蠱惑《こわく》によるものだとしても。

シエレには、それだけが全てだったのだ。

「そん、な」

「貴女は私に謝ったわ。何度も何度も謝ってくれた。でも、心のどこかで仕方がなかったと思っていたんじゃないの？　たまたまロディが選ばれてしまっただけだって。そう思っていたでしょう！」

「そんなことっ」

「ないって言えるの？　嘘つき！」

言葉を継ごうとしたのに、オルフェアは上手く口に出せなかった。

シエレの言うことが、事実だったから。

偶然だったと心のどこかで思っていた。

皆同じ苦しみを味わっているのだと、そう思うようにして直視することを避けていた。

オルフェアには恋人などいなかったし、両親も昔に死別している。

失う辛さは分かっていると口にしても、親しい者を人に奪われる苦しみは分からなかった。

それをシエレは、微笑みの奥で見透かしていたのだ。

優しい笑顔を向けながら、煮え滾る憎悪をひた隠しにして。

「私の全てを奪ったオルフェアが、のうのうと生きているなんて私は許せない！」

シエレの握る短刀が、更にエイラの首筋に入り込む。

赤い筋を薄く伸ばしながら、鍔《つば》の部分から一滴二滴と血が落ちていく。

薄紫の星眼《せいがん》が救いを求めても、シエレの濁った金眼は応えない。

「ごめんなさいね、エイラ。貴女は悪くないの。恨むのなら、オルフェアを恨んでね」

微笑む顔に埋め込まれた笑わない瞳の奥で、少女の顔が驚愕《きょうがく》に彩られる。

振り上げられた短刀は切っ先を立てて白い柔肌に狙いを定めた。

「やめろ、やめてくれシエレ！　私が憎いのなら私を殺せばいいだろ！」

「ダメよ。それじゃあ貴女は苦しまない。私の感じてきた絶望の一欠けも理解できないじゃない。だから、それはダメよ」

迂闊《うかつ》に動けばエイラは殺される。だが動かなくともエイラは殺される。

なら動くべきだが、リーレやご母堂にも引けを取らぬ魔術の才能を持つ、シエレの防御魔術を突破するのは難しい。

歯噛みするオルフェアと仲間たち。優位な立場に優越感を抱いてほくそ笑むシエレ。

そんな壮絶な復讐劇が繰り広げられる中、扉の側でおいてけぼりのカロンと愉快な仲間たちは、面倒くさそうにあくびしたり髪を弄ったりと緊張感の欠片もない。

彼らの目的は神都からエルフを解放することにあり、それ以外のことに関してはあまり興味がないのだ。

なので、このまま放置してもいいだろうというのがキメラたちの見解だが、カロンとルシュカは当然、国の利をしっかりと考えている。

「教皇が殺されるのは、さすがに困るな」

「この神都を活用するおつもりであるなら、あの者がいた方が幾分円滑になるかとは思われます。まあ、いなくとも特段困りはしませんが」

(どっちやねん)

「我がエステルドバロニアの庇護下に置くのであれば、無用な死を許容はできまい」

「……お父様、本当に人間を私たちの内輪に加えるのですか？」

ルシュカの言葉を聞いてどうしようかと頭を掻くカロンに、ハルドロギアが怪訝な顔をして問いかける。

「人間が私たちの得になったことは一度もありません。内憂外患の種を拾うのは、その……」

「分かっていないなぁハルドロギア。カロン様は、この世界に一先ずは適応なさろうとしているのだ。建国当初と違って、今のエステルドバロニアは規模が大きい。確かに、今までどおり侵略するのも手だが、状況の把握が済んでいないうちは潜伏すべきとお考えなのだよ。ですよね？　カロン様」

「え、ああ、まあ。それは後で説明するから、そろそろあれを止めてもらっていいか？」

王の意を汲んでいるぞと自慢げにするルシュカに、カロンは緊迫した状況のエルフの方を指差して助けを求めた。

それを聞いて今の状況を思い出した二人は、指の向く方向へ顔を向ける。

高らかと掲げられた短刀はエイラを貫こうとしており、ハルドロギアとルシュカは互いの顔を見合わせた。

「任せるわ」

「ふふん、当然だ」

どちらが適任かを判断して、一歩ハルドロギアが後ろへと下がった。

「さようならエイラ。楽しかったわ」

にこりと、いつも浮かべていた作った笑みを見せたシエレは、高く掲げた刃を勢いよく振り下ろす。

「やめろおおおおおおおおお！」

オルフェアの慟哭《どうこく》に合わせて——銃声が響いた。

それは、凶弾と呼ぶに相応しい一発。

螺旋《らせん》を描いて弾き出された円錐状の弾丸は、人間の親指ほどの大きさがあり、その軌跡に白い筋を残して標的へと向かっていく。

刃を振り下ろそうとするシエレの作った魔術障壁へと弾頭が触れた途端、強固に練り上げられた術式はガラスのように砕け散り、シエレが握りしめていたナイフの刃を、手ごと吹き飛ばした。

火薬の爆ぜる音が室内に響き渡り、皆が耳を塞いでいる中、平然と一人――発生源が耳元だったせいで軽く意識が飛びそうになったカロンだけは、どっしり構えたままシエレを見つめていた。

「あ、ああ……ああああああああ‼」

ザクロのように弾けた手を唖然として見ていたシエレは、焼けるような痛みで何が起きたのかを理解した。

痛みは、エイラを拘束していた腕を緩ませた。その隙を逃さず、強引に身を捩《よじ》って抜け出したエイラがオルフェアのもとへと走る。

強固な壁を意に介さず穿ち貫く弾丸を放った張本人のルシュカは、体を開いて真っ直ぐに腕を伸ばした体勢で静止し、鉄板を思わせる巨大な黒銃をくるりと回してみせた。

「ふふ、悪いなエルフ。加減できる得物を持ち合わせていないのでなぁ」

美しい容姿をしていても、人間に近くとも、やはり魔物は魔物。

自分の力を誇示することに愉悦を覚える本質はルシュカも変わらず、カロンの前だからと平静を装っていても笑みを抑えきれずにいた。

実力の差は肌で感じていたエルフたちだったが、奇妙な兵器を用いて障壁をいとも容易く貫き、手首から上を爆散させたその威力に誰もが目を剝いている。

その中で一人、鋭い眼光でカロンを睨みつけるシエレは、激痛を堪えながら声を絞り出した。

「どうして、邪魔を……」

事前に用意していた守りを撃ち抜かれたこともそうだが、それ以上に、手出しをしないと思っていた相手に横槍を入れられたことへの怒りを露にしている。

「シエレ……」

飛び込んできたエイラを抱きとめて、オルフェアが親友の堕ちた姿を悲しげに見つめながら小さく呟いた。

「愚かだと私を嗤う気？　いいわ、好きにして」

その視線を浴びながら、カロンは疲れたように俯いたまま、静かに手を上げた。

その合図に、ロイエンターレとタルフィマスが音もなく消え、そしてどこからともなくまた現れた。

両手に、幾つもの大きな麻袋を握って。

それは、エルフたちには見慣れたものだった。

思い出したくもない記憶の片鱗を否が応でも刺激してくる、醜く朽ちた族《やから》の収められた、あの袋。

「見覚えはあるか？」

今まで激情に彩られていたシエレの顔に、初めて驚愕という別の表情が生まれる。

放り投げられた袋はシエレとオルフェアの間に落ちた。

解けた口から僅かに、指のない掌が見える。

全てを狂わせたモノを、どうして魔物たちが持っているのか。

まさか元老院の陰に彼らがいたのでは。

その憶測は、静かに告げられる事実によって瓦解した。

「これは、この神殿にある騎士団の詰所の倉庫から持ってきたものだ。数はもっと多いらしい。恐らく、生きているエルフ以上の数があるだろう」

「な、なにを言っているの……？」

「はっきり言えば、お前たちの待ち焦がれていた男衆は、とうの昔に死に絶えているってことだ。最初から、希望などなかったんだよ」

実はカロンは、リーレからエルフたちの過去を聞いた時点である程度推測していた。

遠くへ男たちが遠征させられている間に女子供は騎士団に襲われた。

魔物に対して能力値が上昇する特性を持つ神聖騎士が相手では、エルフの方が幾らかレベルが高い程度では勝ち目がない。

捕らえられた女たちは呪いを刻まれ、ミスを犯す度に男が実験をされて無残な姿となって送られてくる恐怖。

しかし、エルフたちの行動や思考に大きな変化はなかった。

自分たちの失態で男たちが殺されるとは考えているのに、男たちを救出しようとは考えていない上に、彼らの安否も思考の中に存在しなかった。

エルフたちにはある程度の意思が許されていると言われても、不自然すぎる。

確かに思考を完全に縛っているわけではなかったが、行動自体はどれも元老院の思うがままだった。

カロンを襲った時にはエルフたちの意思が反映している様子はなく、全員が言いなりになっていた。

森の呪法を解くにしても、同じことを繰り返して成功していないのだから、早々に他の手段を考えてもおかしくはなかったはずだ。

しかし、シエレの言葉を切っ掛けにしてアプローチを変えた。

そして行動を起こしたのが指定された期限の最終日ではあまりに遅すぎる。

つまり——束縛の呪は、無意識下にも命令を組み込めるようになっていたのが全ての原因だったのだ。

故にカロンは、まず神都にエレミヤと兵衛を送り込んだ際、制圧よりも先に周辺施設の捜索を命じた。

カロンの目には、エルフの男がこの大陸に生存していないのが明白だったからだ。

そして案の定、それが神都内で、ご丁寧に加工済みの状態で放置されていたのを発見した。

「つまり、最初から仕組まれていたわけだ。元老院を我らがどうこうしていなくても、必ずお前たちの確執は起こっただろうな」

突きつけられた事実に、思考が定まらないエルフたち。

言われてみて、初めて今までの出来事に疑問が湧いてくる。次から次へと挙げればキリがない。

それどころか、今までの思考までもが知らないうちに操られていた可能性があるのだ。

どれだけ弄《もてあそ》ばれていたのか想像するのも恐ろしい。

この復讐劇が、ただの年寄りの見世物に成り下がるなど、誰が納得できるだろうか。

「なら、リーレが一人で森を彷徨ったのは……」

「恐らく、あの娘の魔術の才能だろうな。知らず知らずに、呪術の効力を緩和していたのだろう。でなければあそこまで独断で動けはしない」

リーレの単独行動や独白、カロンに救いを求める行動は、元老院が仕組んだこととは考えられない。

ありえるとするなら、個体として魔術適性が秀でていたお陰で精神を束縛されずに済んだ可能性だ。

カロンが見ても、上手く育てれば神都のエルフの中でも上位に入る個体値がある。

さすがに非力なせいで呪法を解くことはできなかったようだが、それでも彼女の生まれ持った才能がこの状況を作ったと言っても過言ではない。

膝を突いて項垂れるエルフたちを見ても、カロンには「可哀想だ」という感情が湧かない。

それよりも、壁に背中を預けて立ち竦むシエレの方を気にしていた。

「なら、私は何をしていたの？　ずっと抱いてきた気持ちも嘘？　ずっと感じていた想いも嘘？

それじゃあ、私はただの玩具じゃない……」

そう言って、シエレは小声で自嘲する。

影に隠れた顔は見えない。

震えた声だけが、シエレの感情を表していた。

「シエレ……」

「オルフェア、私はまだ貴女が憎いわ。でも、この気持ちが偽りかどうか分からないの。ずっと妹のように思っていたエイラを殺すことに躊躇《ためら》いを感じなかった自分が、本当かどうかも分からないのが怖い。もう、何も考えたくない。でもね、一つだけ分かっていることがあるの」

多くの視線を集めた犯人は、静かに顔を上げた。

その顔を、空っぽの笑顔と、一筋の涙が飾っている。

虚《うつ》ろでも、虚ろだからこそ、素顔がはっきりと映し出されていた。

孤独を寂しがる、子供の顔。

「一人になりたくない……でも、一人にならなきゃいけないって」

無傷の左手が背中に回され、風切り音を立てて腹部へと叩きつけられる――

「動くな！」

直前、カロンが叫んだ。

ぴたりと動きを止めたシエレの手には、予備の短刀が固く握られており、鳩尾付近に突き刺さる寸前だった。

「どうして止めるの？　私が何をしたのか、見ていたでしょう？」

「ああ」

虚ろな目がカロンを見つめる。

「なら、どうして」

全て邪魔をして壊した男に止められたことが意外らしく、目が口以上に問いかけている。

そんなシエレにかけるカロンの言葉は決まっていた。

ふっと、カロンは初めて仮面を外して、この世界の命に小さく微笑んでみせた。

「リーレとの約束だからな」

エルフを助ける。

ルシュカなどはすっかり忘れていたが、カロンを決断させたのはそれだ。

そこに損得勘定があり、エルフの必要性をあまり感じていないとしても、この約束だけは違えるわけにはいかない。

王だからではない。ただ一人の、人間として大事なことを守った。それだけだ。

大粒の涙を零して泣き崩れたシエレに駆け寄るエイラとオルフェアの姿を確認して、カロンは踵を返した。

「城に戻る。後は、手筈通りに」

「はっ。どうかゆっくりお休みください」

後始末をルシュカたちに任せて、開けた道を通って階段を上る。

徐々に部屋が遠ざかり、静寂に包まれた通路に自分の足音だけを響かせていたが、周囲に魔物も人もいないのをマップで確認してから、大きく嘆息《たんそく》して壁に手を突いた。

「よ、よかったぁ……」

そして、エイラにも負けないほど大きな涙をぼろぼろと溢れさせた。

実は、緊張の糸の耐久度がかなりギリギリだったのだ。

これほどのプレッシャーを感じたのは生まれて初めてだった。

目の前で人の手が吹き飛んで血塗れになるわ、グロテスクな物体を見る羽目になるわと、衝撃的な場面が多すぎた。

最後の最後までなんとか持ち堪えられたのは、時間を気にしないようにしていたからである。

実は、エルフたちの復讐劇をわざと引き起こしたのにはきちんとした理由がある。

リーレとの約束を果たすには、クリアしなければならない問題があった。

シエレの自害の可能性だ。

もし事実を淡々と告げるだけだったら、確実に自害していただろう。

自分の復讐が仕組まれていたと知るのだから、そうなるのは目に見えている。

事実シエレは行動に移した。

部下に命じて強引に止めることは可能だが、それをしてしまうと今後も目を配る必要が出てしまう。

故にオルフェアやエイラをわざと連れていき、本音をぶちまけた後のメンタルケアを任せてしまおうという算段をした。

部屋に魔物を残してきたのは、もしもを考慮したからである。

だが、それだけでは確実に成功するとは言えない。失敗に終わる確率の方が高い。

しかしそれを覆すアイテムをカロンは持っている。

【黒の王衣】。

自国内の騒動を全て抑制できるこのコートの効果を発揮できれば、エルフたちの騒動も鎮めることができる。カロンの場の発言力も強まり、説得力と強制力を生み出せる。

そのためには、どうしても神都をエステルドバロニアの領地として制圧しなければならなかった。

わざわざ大軍を率いたのはここに意味があり、敵軍を殲滅したのを条件にして魔物の数と滞在時間で制圧の速度が変わるゲームシステムが生きている状況。

物事を有利に推し進めるには時間が必要だった。

シエレが言っていたように、全て分かったうえで引き起こしたのだ。

結果、カロンの言葉でシエレは自害を止めた。

ベターな選択を選び、ベストな結果を生めたのだから喜ぶべきだろう。

だが、今のカロンにはただただ重圧だけがのしかかっている。

「俺、本当にやっていけんのかよ……」

今回は侵略することで導いた最善だが、もし今後話し合いのような駆け引きになった時、自分より遙かに知識人が相手だった場合ベターすら手繰り寄せられないかもしれない。

振るうことのできる力は大きく、早々に負けたりしないと思えるが、それだけで世界と渡り合えるほど甘くないことは重々承知している。

ゲームの世界で考えもしなかったことを、現実として対処する判断力が求められる。現実ですら経験のない国政と外交を行わなければ、この先を生き残ることはできないだろう。

どんな王様になればいいのかな――。

何も考えなければ楽になれるのに、頭の中では今もこれから先のことを思い巡らせていた。


神都攻略に参加した軍が翌日にエステルドバロニアへ帰還すると、門を潜って広がった光景は、花と紙の吹雪が乱舞する歓声の嵐だった。

国に起きた異変に困惑する者たちが残る中で、王は前へと進む姿を戦争という形で示した。

それは、どこにいようと魔物の国として在り続けると、最強を誇った国が放つ異世界への宣戦布告。

胸が躍らないわけがない。どれだけ安穏としていても闘争への疼きは抑えきれるわけがない。

平和を愛する種族もいるし、無関心な種族もいる。

だが、この本能からくる疼きは、エステルドバロニアで暮らしていれば決して忘れることなどない。

十分な食事。十分な安息。十分な労働。

欲さずとも国は全てを約束し、違えることなく与え続けてくれる。

しかし、平和ばかりでは胸焼けがしてしまう。暇を持て余し始めた者たちは皆、喜び勇んで戦地へと赴き、勝利を勝ち取って凱旋する軍に憧れ始めるのだ。

その憧憬《しょうけい》はスポーツ選手に向けるものに似ているかもしれない。なれなかったから憧れて、テレビの向こうで活躍する姿に一喜一憂するのと変わらない。

故に、民にとって軍は娯楽の側面も持ち合わせているのだ。

小国を落としただけではあるが、久方振りの戦争というだけで国は大いに盛り上がる。

血腥《ちなまぐさ》いワールドカップを始める前のセレモニーのように、民は捉えていた。

外郭《がいかく》軍門を潜れば盛大な歓声に迎え入れられ、返り血を浴びたままのエステルドバロニア軍は気分上々で凱旋した。

それとは別に、正門通りを真っ直ぐ進んだ先、内郭《ないかく》正門を潜ろうとするエルフの少女がいた。

「お願いです、カロン様に会わせてください！」

小さな胸の前で両手を合わせ、大きな瞳を湿らせて懇願するのは、連れ去られてきたまま街に残る選択をしたリーレだ。

懸命に門を守る二体一対の【獅子《しし》・狛犬《こまいぬ》】に声をかけるが、リーレとさほど変わらない背丈の二体は困ったように互いの顔を見合わせ、口をへの字に曲げている。

「カロン様に面会をする権利は、軍でも一部の者にしか許されていない。お前、この国のエルフではないだろう。本来ならこの場で斬り捨ててもいいいんだぞ」

「では、その前にどうかカロン様にお取り次ぎを！」

「どうしろと言うのだ……」

着物を模した作りの色鮮やかな紅蓮の鎧を纏う獅子の紅廉《こうれん》は、生真面目そうな顔を顰《しか》めて困ったように赤い髪を掻き乱した。

助けを求めるように狛犬の蒼憐《そうれん》に目を向けると、紅廉とは対照的な蒼に身を包んだ彼女は、リーレを諭すように柔らかく微笑む。

「悪いけど、カロン様には近付かせないよ、何があってもね。だから殺される前に元の場所に帰ってほしいんだけどなぁ。一度も血で汚したことのないこの正門を奴隷の血で汚す真似はしたくないの。分かってくれないかな？」

奴隷。その単語にリーレが僅かに反応する。

「おい、蒼憐。このエルフのことを知っているのか？」

「ありゃりゃ、まさか知らなかったのかな紅廉ちゃん。この子はリュミエールが連れてきたこの世界のエルフだよ？」

「……聞いてない」

「私も小耳に挟んだだけだから。そもそも、余所者が外門を潜れるわけないじゃんか。お馬鹿さんだなーもー」

「そうか。それは考えつかなかった」

「真面目だなーもー」

姉をからかって遊ぶ妹の構図は和やかだが、それを見せられるリーレはすぐに話を戻した。

「でも、改めてお礼を伝えたいんです。皆を助けてくれたことを、どうしても！」

「んー……ぶっちゃけると、私たちでもカロン様に取り次ぐことはできないんだよね。私程度の魔物にお時間を取らせるわけにはいかないし、まずルシュカ様を通す必要があるし」

「なら、そのルシュカ様にお取り次ぎを！」

「手当たり次第だな」

「手当たり次第だねー」

頑として帰ろうとしないうえに、脅しても引かないリーレに、二人はまた互いの顔を見合わせた。

強力な結界に特化したこの二人がこの城壁の守護を任されてから、一度もエステルドバロニアに敵が侵入したことはない。

なので、侵入者の排除をするのは今日が初めてだ。

今まで経験がないし、まさか記念すべき一人目がこうも手強いとは想定しておらず、リュミエールが連れてきたという噂もあるので強引に排除するのが躊躇われた。

このままリーレを放っておくと祝勝の儀を妨害してしまうかもしれないのだが、放り出すわけにもいかず困り果ててしまった。

「何か、あったのか？」

不意に、紅廉と蒼憐の後ろから声が掛かる。

珍しい声に二人が勢いよく振り返るのと、リーレが歓喜を顔に浮かべてその名を呼ぶのはほぼ同時だった。

「カロン様！」

振り向いた先に立っていたのは、ひどく冴えない男だった。

黒いコートに黒い軍服と厳《いか》めしい格好をしているが、気力の感じられない顔では些かみすぼらしく見える。

しかし、服装も顔つきも、獅子と狛犬には全く関係ないしどうでもいい。

二人にとってはその人物が、この最強国家を従える人間だということが重要なのだ。

「ああ、誰かと思えば……リーレ、だったな。なぜこんなところに？」

「え、えっと、ちょっと用事がありまして……カロン様は何をしていたのですか？」

「私は……気分転換に少し散歩をな」

あまりにもどんよりとした様子に心配してリーレが尋ねると、カロンは愛想もなく暗い自嘲を浮かべた。

疲れて城へ帰ってきてから、カロンは一睡もしていなかった。

顔に生気はなく、下瞼は黒ずんでいる。髪は整えているが艶がなく、うっすら髭まで生えていて少しばかり無精感が漂っていた。

リーレや門番の二人から見ると、それが戦争で忙殺されていたからだという考えに至るのだが、実際のところは違う。

戦争が終わり、これからまた内政に移るという時に、突然朝を迎えることが恐ろしくなってしまったのだ。

カロンは、身の危険を幻視し続けている。

様々な歴史が存在し、どんな国も些細なことから滅亡の一途を辿っていることを知っている。

それが、馬鹿な王が原因になることが多いと識っている。

自分が愚王かどうかはカロンには分からないが、少なくとも自分ではそうだと思い込んでいた。

死にたくない。

戦争が終わって気持ちが日常に戻りだすと、ありもしない悲劇の終幕が頭を過る。

眠ると目を覚ませなくなるような気がして、どうしても寝付けない。

さすがのカロンでも、あの戦場を経験した後では大分平常心を保てるようになり、少し城の外へ一人で出ようと思える余裕が生まれたようだった。

その余裕も、転移で逃げられることが前提にあるので、克服したとは言い難い。

「かっ、カロン王、あまりお一人で出歩かれるのは……。せめて誰か伴を」

「そうですよ。今は皆戻ってきたばかりですし、戦も終えたばかりですから、何かあっては」

「ここは王城だ。お前たちが警備しているのに、危険などあるはずもないだろう」

部下を褒めるスキルは少し上がっているらしく、さらりと事実を評価してみせる。

この門を守りだしてから初めて仕事振りを褒められた紅廉と蒼憐は、頬を林檎のように赤く染めてガチンと硬直してしまった。

発言力の程度をいまだに理解していないカロンは、身動きを止めた二人を心配そうに見ていたが、それよりもリーレがこの場にいることを不思議に思い、側へと近付く。

「それで、この城に何用だ？　これから都市全体が慌ただしくなる。何か要望があるのなら軍団長の誰か、例えばリュミエールにでも……その刺青《いれずみ》は、どうした」

カロンはリーレを優遇することはできない故に他の者へ告げるよう説明している途中で、白い腕に痛々しく刻まれた紋様を見つけた。

よく見るとそれは手足に加えて顔にも刻まれており、白と紫の装束の内にまで伸びていた。

「呪いの、代償です」

体を隠すように両腕で抱きしめても、白磁の肌を走る鋭い刺青は隠し切れない。

「あの時はなんともなかったんですけど、戦いが始まった辺りに出てきて」

神都に悟られるのを警戒して解呪しなかった黒い首輪の効力は、彼女の願いを容赦なく罰した。

その発動条件が曖昧なのもあるだろうが、リーレ自身の持つ魔力抵抗力が刺青の侵攻を遅延させていた。

しかし、防ぐことはできなかった。

罪の重さで刻まれる刺青の量が変わる。ほぼ全身にまで侵食されているとなれば、神都を救う願いは重罪と判断されたのだ。

リーレの体は、上半身のほとんどに罪の証が刻まれていた。

刺青の周辺は赤く腫れている。

相当な痛みもあったはずなのに、少女はとても嬉しそうに微笑んでみせた。

「ありがとうございました」

「え？」

「皆を助けてくれて、ありがとうございました」

そして、深々とお辞儀をする。

最初からこうなることは覚悟の上で、リーレはあの強力な魔物に睨まれる中で懸命に懇願していた。

もとより死ぬ覚悟だってあった。そうならなかっただけでも運が良かったのだ。

だから、目を伏せたカロンの姿が見えないまま、リーレは明るい声で話し続ける。

「カロン様のお陰で、私たちは再び自由を得ることができました。本当にありがとうございます」

「……それは、聞きたくない言葉だな。私は損得で動いた。得があるからそうしただけだ」

「それでも、救ってくださいました。諦めそうになっていた私たちに希望をくれたのは、他でもないカロン様です」

勢い良く顔を上げたリーレの顔には、幸せいっぱいの笑みが溢れ出していた。

その表情にカロンは目を丸くする。

そして、すっと視線を外した。

笑顔が眩しい。

自分を犠牲にしてでも、誰かのためにと文字通り命懸けで願いを届けたリーレ。

傷つくことはきっと怖かったはずなのに、死ぬかもしれないと恐ろしかったはずなのに、大事な家族を想って、化け物に囲まれた中心で叫んでみせた。

(それなのに、俺はどうだ)

自分のことばかり考えて、死にたくないと怯えて縮こまり、流されるように重大な判断を下したような気がしている。

カロンには、リーレの真っ直ぐな瞳を見つめ返すことができなかった。

その笑顔を向けられるような人間じゃないと、否定を頭の中で繰り返す。

何度も。何度も。

表情が削げ落ちていく様子を見て、リーレは開きかけた口を一文字に閉じたが、もう一度意を決して言葉を紡いだ。

「カロン様が何を考えているのか、私には分かりません。でも、貴方様が決意してくれたから、皆が辛い日々から抜けだすことができたことは事実です」

それは励ましの言葉だ。魔物の王に元奴隷だったエルフが口にしていい言葉ではない。

だが、リーレは不思議な気持ちを感じていた。

王は、魔物たちにとっては神にも等しい。いや、神より上の存在だ。

天魔波旬を統べし者。皇天后土《こうてんごうど》を従えし者。

しかし人間なのだ。

悩んで、苦しんで、それでも前に進んでいくしかないと自分に言い聞かせながら生きる、一つの命だ。

リーレにはそれが眩しかった。

権能を身に宿し、強大な軍を従えながらも等身大なままのカロンが眩しくてたまらなかった。

フィルミリアの言っていた意味がようやく理解できた。

――この人は現人神《あらひとがみ》なんかじゃない。だからこそ、こんなにも愛おしいのだと。

「ルシュカさんや、リュミエールさんでもなく、カロン様だからできたことだと胸を張ってくださ
い……なんて。あはは、何言ってるんだろ私。王様にこんな失礼なことを――」

「俺が、王だから」

「――え？」

リーレが申し訳なさそうに、淡く紅潮した頬を掻きながら謝罪しようとする。

それよりも早く、カロンの口から自然と言葉が溢れた。

門の向こうに見える空の色を見つめながら、カロンの目には自分の元いた世界が映し出される。

手を擦《こす》って、頭を下げて、威張って、褒めて、謝って、叱られて、働いて、働いて、働いて。

決まったように生きて、決まったように死んでいく自分の姿と今の自分を比べると、笑えるくらい同じことをしているのに気付く。

「この期に及んでまだ縋り付いているのか。みっともねぇ」

人は、自分に幻想を抱く。

富。名声。力。女。自分にはないものをたくさん持った自分に憧れる。

だから自分の分身を作り出せる世界にのめりこむのだろう。

格好良く敵を倒して、多くの人に尊敬されて、素敵な女性に愛される、そんな世界を夢見て。

誰もがそうなるだけの力を持っている。

足りないのは、人一倍の努力と、ほんの少しの発想と。

(俺も、こんなに綺麗に輝いてみたい)

見落としそうになる、小さな切っ掛け。

「カロン様？　どうか、なさいましたか？」

ようやく正気に戻った紅廉がおずおずと声をかけるが、カロンの反応はない。

じっと街を眺めて思いに耽る様子に、三人は心配になっておろおろしだしたが、勢い良く顔を叩いたカロンに驚いてぴたりと止まった。

大きく息を吸い込んで、鬱屈していた気持ちを全て吐き出したカロンは、リーレの頭に手を乗せて優しく撫でた。

「ありがとう。少しやる気になった」

深海のような青い黒の瞳にリーレのような煌めきはない。

代わりに決意の灯った輝きに満ちていた。

死にたくないと逃げるより、生きようと動く方が愉しいはずだと、心にぐっと覚悟を握り締める。

忘れていた自分らしさで、誰かのためになるように。

元の世界に帰れるその日まで、なりたい自分になれるようにしよう。

きっとなりたい自分は、誰よりも誰かのために生きていて。

恐らく、自分以上に自分らしく生きているのだろう。

そんな自分になれるチャンスは、この世界には無限に存在している。

自分以上の自分に。

もっと輝ける〝人間〟になりたい。

エステルドバロニアの王ではなく、魔物を統べる人間の王カロンになろうと。

「えっと、お役に立てて光栄、です」

よく分からないまま返答したリーレを少し可笑しく思い、カロンはくつくつと笑い声を漏らして、二度、小さな頭を優しく叩いてから城の方へと歩いていく。

「お、お帰りですか？」

ポケットに手を突っ込んで、上機嫌に去っていくカロンの背に蒼憐が声をかけると、振り返ったカロンは今まで以上に自信に満ちた顔でニヤリと笑ってみせる。

「私は王《い》だからな。やらねばならんことがまだあるのだ」

そこに、気負ったような王の気概はない。

あるがままに、等身大の人間らしく、しかし今までと比べて最も国王らしい姿だった。

「あのカロン様。まだお話が！」

「終わりじゃなかったのか？」

「はい。約束を果たしていただいたので、私も約束通りこの身を捧げようと――」

恥ずかしそうに体をくねらせるリーレに、眉間《みけん》に深い皺《しわ》を作って嫌そうな顔をしてみせた。

「……急用を思い出した」

「あ、カロン様？　カロン様ー！」

しかし、まだまだ王様見習いなカロンであった。

◆

深い、深い、縦穴の中。

その中心で、ゆっくりと元老院の議長は上体を起こした。

「どこだ、ここは」

目を開けて見たのは土の壁で、その広さは神殿の庭くらいある。見上げても空は見えず、どれだけ深い穴なのか想像がつかない。

ただ、等間隔で取り付けられた松明《たいまつ》の位置は、人が十人肩車しても届きそうにない高さだ。

周りを見ると、恐らく誰かが監視するためのガラスが壁の高い位置に嵌め込まれていた。

自分がどうなったのかを振り返るも、醜い姿に変貌する騎士を魔物が殺していく光景までしか思い出せず、そこから先は記憶になかった。

「どういうことだ」

議長の予想では処刑されるものだと思っていた。

敗北したことは悔しいと感じているが、事実を受け止められないほど子供ではない。

むしろその上で、どうやって立ち回るかを考える。

敵となるのは教皇と、乱入してきたあの男。

役に立たない眼を持つだけの教皇はどうにでもなるが、魔物が話し合いに応じるとすれば、あの凡庸な男に交渉する方が可能性はある。

どういった理由から襲撃してきたのかは分からないが、そこに賭けるしかないだろう。

「む、議長。おぬしもおったか」

薄暗い穴の中で声をかけられると思っていなかった議長は、勢い良く振り返って身構える。

声をかけたのは、同じ元老院の議員だった。

「おお、無事だったか」

「他の者もおるぞ」

議長が目を凝らしてみると、ぽつりぽつりとだが動く影が見えた。どれも背が小さく体が丸まっており、自分と同じ老人なことが分かる。

「それにしても、わしはまだ何が起こったのか理解できておらん」

この議員はエルフを捕まえた時に同行していたメンバーだ。

神都に残っていた者たちよりも多くを目にしていたはずだが、あまりにも突飛な展開だったせいで記憶の整理がついていない。

「一体なんだったのだ、あの男は。それにあのような軍が存在するなど聞いたことがない。もしや、アーレンハイトから届いていたあの文の……」

土で汚れた白い髭を撫でながらうんうんと唸る老人の言葉で思い出す。

「魔王とでも言うのかね。馬鹿げてる！」

「だが他に考えられんだろう。あれほどの魔物を従えられる魔術なんて聞いたことがなかろう。ラドル大公ならば可能かもしれんが、どう見ても別人だった」

「それはそうだが、しかしあれはどう見ても人間ではないか」

かつて世界を震撼させた魔王は、雄牛の角に蛇の尾、獅子の手に蜥蜴《とかげ》の鱗と蝙蝠《こうもり》の羽を持つと言われている。

あの凡庸で矮小な人間と重ね合わさるものではない。

どれだけ考えても情報が少なすぎて答えに辿り着くのは不可能だとして、議長はすぐさま切り替えた。

「しかし、どうやって出ればよいのだろうか」

「出口と思わしき所はあるんじゃが、あれは通気口か何かであろうな」

そう言って指差されたのは、周囲の壁の下にある僅かな溝。

微かに足元に漂う冷気はそこから流れているようで、伏せていけばどこかには繋がっていそうな気はするが、試したいとは思えない。

魔物を従えていた男が他にどれだけ兵を揃えているか分からない以上、迂闊な行動は控えようと議長は決めている。

（さて、どうやって取り入るべきか。我々に金塊を差し出したとなれば金で靡《なび》きはしなかろう。となればやはりエルフか？　戦を起こすほど執心していたのであれば、上手くいくやもしれん。それに隷属《れいぞく》の呪は特別なものだ。アレを解呪できる者など、カランドラにもそうおるまいて）

あの呪術はもともと神都で編み出されたものではなく、外部から手に入れた魔術だ。

使用こそ簡単だが解くのが非常に複雑で難しく、そのおかげでエルフを奴隷にできていた。

エルフを解放することはできないと踏んでいる議長は、その呪いの命令権を握る自分だけは利用価値を見出されると踏んだ。

言い換えるなら、それ以外に自分が生き長らえるための手段を思いつかなかったのだが、確信にも似た思いが思考を妨害していた。

そして、それは他の議員たちも同じだった。

自分には打開策があり、首謀者は必ずそれを飲むだろうと。

長く権力の座に就いてきた弊害か、それとも老いてしまったせいか、失った地位が今も有効だという前提を崩すことができずにいる。

もう、自分たちにはたった一つの価値しかなくなっているとは思いもせずに。

「元老院の皆様方、ご機嫌麗しゅう」

一塊になって話し合いをしていた頭上から、突如声が落とされた。

全員が反射的に見上げると、そこには彼らよりも歳のいった燕尾服の老紳士が、宙に腰を下ろしてハットを指で押さえていた。

老紳士は、サーカスの綱渡りのように立ち上がって真っ直ぐに歩き出すと、大きく手を広げてから大袈裟にお辞儀をする。

信用ならない笑みを浮かべて芝居がかった口調で話し始めた。

「私はエステルドバロニアを守護するバロニアの十七柱……と言っても理解できないだろうから簡潔に教えておこう。王より賜りし名をアルバート。種族は、まぁ血を吸うアレみたいなものだ。わざわざ説明するほどのことではないね」

アルバートの周囲には羽の生えた生首が口に光源を咥えて浮遊していたが、その光は突然議長たちへと向けられた。

瞳孔を刺激されて眼が眩み、手で影を作る老人の姿をアルバートは鼻で笑う。

「いやぁ、諸君らに魔法が効いて良かった。もし効かなかったらどうしようかと悩んでいたのだよ。回復薬が効くのも分かったし、これで楽しめると皆喜んでいてね。是非とも末永く付き合っていけたらと思っているよ」

まるで今後の安全を約束するような言葉だったが、議長たちは額面通りに受け取らなかった。

甘い言葉の裏に残虐《ざんぎやく》な思考を漂わせ、善人のような笑みに悪辣を込める。

今まで自分たちがしてきたことであり、それを今同類の悪にされていると気付いていた。

アルバートはこれでも上機嫌だった。

別段この枯れた鶏肋どもに恨みも怒りもない。たまさか標的となり、都合よく活用されるために捕らえられただけの人間だ。

言い換えるならば、本当に気兼ねなく遊べる玩具兼実験体の管理を王に任されたのだ。

カロンに冷酷無比《れいこくむひ》な面があるとは知っていたが、このような行為を許容するほどなのは、アルバートも予想外だった。

新たな王の一面に触れ、大任も仰せつかった。これほど嬉しいことはない。

故に、これから行われる喜劇を盛大に盛り上げようと張り切っていた。

議員たちも、アルバートが何をしようと考えているのかは薄々感づいてはいる。

捕虜に前もって説明してくれるわけがないのは当たり前だが、さすがに少しは情状酌量されるものだと思っていたのだ
しかし、カロンはこの件をアルバートに一任しているため、残念ながら普通の思考ができる人間は関与していなかった。

「ふざけるな！」

「わしらにこのようなことをして、ただで済むと思っておるのか！　神都に手を出すなど、諸国が黙ってはいないぞ！」

厚顔《こうがん》無恥《むち》なアルバートの物言いに機嫌を損ねたらしく、あの惨状を知らぬ議員たちが一斉に騒ぎ

始める。

立場が分からないほど馬鹿なのかとアルバートは眉間を揉んだが、殆どの議員が何も言わずにいるのに気付き、ああ、と納得をした。

そして、ここまできてまだ置かれた立場に気付いていないのだと思うと殊更愉快だった。

実に哀れで醜く、そう思えば思うほどカロンの素晴らしさに触れられる。

アルバートは昂りを隠すように、手で覆った口の中で鋭い犬歯を舐めた。

「無知とは実に愚かしいものだ。私も全てを知るわけではないが、それでも探求心は捨てていない。いつだって知識を得ようと貪欲でいるよ」

無知は罪というのがアルバートの持論で、無知でいることに気付かない者がなによりも嫌いだ。知ろうともしない者に至っては虫唾が走る。

アルバートは他の魔物ほど人間を下等と見てはいない。魔物より環境に適応する能力は高いし、発展速度も目を見張るものがある。

もしもエステルドバロニアの王が魔物だったら、きっとここまで大国にはならなかったと思うくらいには高く評価していた。

が、知の探求を放棄しているのはとてもじゃないが人間とは呼べそうになかった。

犬猫ですら序列を理解できるのに、【真祖】と名乗っていなくても、宙を歩く姿を見れば少しくらい格の違いが分かるものだ。

所詮、人間は一人を除いて有象無象でしかなく、この悪逆非道の親玉たちもそこいらの人間程度の汚れ方しかしていないことに、わざとらしく嘆《なげ》いてみせた。

「可能性の獣と言われていたのにこの体たらく。本当に余興程度の価値しかないのだね。残念で仕方がないので、さっさと進めて――」

「待ってくれないか！　貴国の王と話がしたい！」

議員たちが、始まる、と身構えたが、そうはさせんと議長が慌てて声を上げる。

曲がりなりにも自分は元老院の議長で、神都の影の統率者。リフェリス王国とも深い繋がりがあり、他国の内情にも精通している。

それをアピールできれば、或いは。

他の議員が抜け駆けさせまいと声を張り上げて何か言っているが、議長の意識はアルバートに集中していた。

アルバートの、皺に埋もれた小さな目が見つめている。

小さく、嗤った。

それだけで、議長は悟ってしまった。

「それでも本当に元老院の人間なのかな？　君がいくら話をしたがっていようと、王にその気がなければ実現なんかするわけがないだろう？　まあ、往生際の悪さは評価しよう。是非これからもその意気でいてくれたまえ。いられれば、の話だけど」

議長の縋るような顔を鼻で一つ笑い、アルバートは掲げた指をパチンと一つ鳴らした。

合図に反応して、通気口と思われていた溝からぞろぞろと鈍色をした粘着質の液体が這いずって現れる。

喚く議員たちの足元を埋め尽くしていく粘体生物は、意思があるようにずるずると床の傾斜も関係なしに老人たちに向かって徐々に迫り、ついに一人の議員の足に一匹が取り付いた。

「な、なんだこれは！　くそっ、離れろ！」

体を登ろうとする液体を蹴るようにして振り払う。

地面にある粘体を巻き込んで足が振り上げられ、柔らかな感触を千切るようにして近くにいた一匹に足が当たる。

パンッと。

銃声に近い音を立てて、鈍色の粘体は突然爆発した。

「あ……？　あ。ああああああああああ!!」

広い縦穴に響く絶叫。

蹴りが当たった粘体が、突然体内で火花を起こした次の瞬間、一瞬にして膨張して破裂し、連鎖して足に付いていたものも老人の皮膚を巻き添えにしながら炸裂した。

周囲に血肉が飛び散る。

アルバートの周囲を浮遊する生首のスポットライトの下で、濁った血の赤が無骨な土の地面に華を添え、抉《えぐ》れた老人の足にはどこよりも綺麗な骨の白がむき出しになっていた。

同じように蹴ろうとしていた者たちの動きがピタリと止まった。

痛みに耐えかねて姿勢を崩した議員が床の上に倒れこむと、下敷きになった液体が再び着火して今度は背中を吹き飛ばした。

炸裂音が議員の下で断続的に何度も鳴り、その度に老いぼれた体は衝撃で軽く浮き上がった。

「あ、いだあああああい！　いだいいいいいいいいいいいぎぎぎぎ！」

這い回る鈍色の粘体の上を転がれば転がるほど、議員の体が周囲に散らばっていく。

何度も何度も、肉に辿り着く熱と衝撃が少しずつ老いた肉を抉っていった。

次第に空間に立ち込めていく火薬と鉄の匂いを味わうように、アルバートは深く息を吸い込んだ。

「それは【ガンパウダーリキッド】という特殊なスライムで、効果は見ての通りだよ。体力もなければ、戦う力も身を守る力もない、魔物としては最弱争いに参加できるような生き物ではあるのだが、人間相手には随分と効くのさ。衝撃が火薬に振動を与えて引火させる。その威力はご覧のとおり。面白いだろう？」

満足気に頷くアルバートは、足元に広がる余興を中空に腰掛け直して悠々と眺める。

爆発するガンパウダーリキッドは衝撃に反応しているのだから、じっとしていれば無事でいられると転がる議員を見ながら他の者は実践してみる。

だが悲しいかな、スライムたちも馬鹿ではなかった。

「ごっ、うぇ、おえっ」

爆発するのは、それが彼らの生殖方法だからだ。

分離によって個体数を増やしていくスライムが、効率を求めて進化した結果辿り着いた姿に、攻撃の意図も意志もない。。

しかしガンパウダーリキッドは着火してもらうのが目的だ。そのためならどんなことだってするのである。

そう。何かしらのアクションを取らせようと、あらゆる場所から侵入したりと。

鼻の穴から侵入しようとしてきたスライムを、我慢できずつかもうとした議員。

しかしほぼ水に近い物体が握れるわけがなく、それが引鉄となってチカチカと点滅し、爆発した。

じっとしていれば全身を覆い尽くされて窒息死。

引き剝がそうとしてもその瞬間爆発する。

二者択一。どちらを選んでも地獄でしかない。

それを証明するように、空洞に反響する断末魔は増えていった。

「来るな、来るな！　あ、ああ、おおおおおお！」

「ぐえ、おっ、おごおぉぉ！」

「わしの指がああああ！　足がああああああああ！」

次第に一人、また一人と地面に崩れ、非力な魔物の餌食にされていく。

スライムが爆発する度に周辺には赤い飛沫《しぶき》が飛び散り、小さな肉片が落ちる。

顔も体も原形を留めなくなっていき、人体標本のように血に塗れた筋肉へと変わる。

血を流しても、肉が削げても、四肢がもげても、内臓が溢れても、心臓は止まってくれない。

元気な声で叫びを上げて、縦横無尽に転げまわり、爆発してを繰り返している。

もう、誰が誰なのかなど見ても分からない。白い骨も砕け始め、脆くなった場所から容赦なく吹き飛ばしていく火薬の塊たち。

(殺してくれ！　殺してくれ！　早くっ)

肉の芋虫が、願う。

だが、その願望は叶えてもらえなかった。

アルバートが爆発の衝撃で跳ね回る芋虫に向けてピンクの液体が入った瓶を投げつけた。

すると淡い光が芋虫を包みこんで、失った肉体を回復させていく。

無惨な姿になっていたモノが人間の姿へ元通りに変わると、パチンと指が鳴らされて再び一から仕切り直しとなった。

「そうそう、言い忘れていたが諸君らにはちょっとした魔術が掛かっていてね。なんだったか、リュミエールほど詳しくないもので……そうそう、《マルマンチェーダ》だ。生体機能に必要な臓器が損傷しない限り死なない便利な魔術さ」

ゲームでの効果は「一定時間戦闘不能を回避する」というもので、効果だけを聞くとこぞって使いそうなものだが、デメリットの多さから使われることのない魔術だ。

効果時間は性能の割に長いが、その代わりとして対象の魔物と使う魔物はスキル、魔術の使用が不可能になる。

最上級の呪い系統の魔術だが、攻撃するだけの壁になってしまうとなると実に使い道がない。

しかし、今は戦争状態ではないので気にする必要がない。ただ、この愚か者を苦しめるためだけに、エステルドバロニアのハイエルフロードは腐らせていた生き地獄の呪文を振るった。

死の寸前まで近づくことが彼らの贖罪《しょくざい》になると信じ、嬉々として。

「そして、これが我が国の最下級回復薬。脆弱な体であれば、これだけで事足りるようだね。要するに、どうなるのかというと、身をもって知っているように」

人間では本来体験できない領域の負傷でも決して死ぬことはない。

「これがカロン様がお求めになった諸君らの役割だよ」

ひどい語弊だが、カロンは殺すなと命じただけで、殺さず痛めつけろとまでは一言も言っていない。

ただ、そういうニュアンスは言葉の奥深くに僅かなりとも含まれていたかもしれない。

「やだ、いやだああああああ！　ころっ、ぎぃぃぃぃいいぃぃいいぃぃいぃい！」

「えぶ、げ、あぁぁあ！　あぎゃあああああああああ‼」

「はっはっは！　そうだ。そうやって愉しませてくれたまえよ。オーディエンスに欠伸《あくび》をさせないようにな！」

飛び跳ねる老人と、飛び散る肉と血と骨。

それを高くからガラス越しに見下ろす観客は、皆顔を青くして口元を押さえ、凄惨《せいさん》な責め苦を目を逸らさず見つめていた。

誰も、口にはしない。

人のやることではないなど、魔物に言えはしなかった。

一歩間違えば同じ末路を辿るのかと思うと、神都のエルフたちは目を逸らすことができない。

この国の逆鱗に決して触れるなと、心臓が早鐘を打つ度に骨の髄まで教え込んでいた。

「うむうむ。準備をした甲斐があったというものだ。拷問というのはあまりしたことがなかったが、なかなか癖になりそうですなぁ。まったくカロン様は面白いことをお考えになる」

アルバートは満足げに頷くと、蝙蝠の運んできたティーカップを受け取って喉を潤す。

鳴り止まない叫喚は最高の音楽だった。

この結末はこれからの幕開けに相応しいものだと評している。

エルフを悪党から救った美談は明るい話題として相応しいものだし、その悪党を有効活用するのも今後に大いに役立つ。

エステルドバロニアは、結果的に一切の面倒を神都に押し付けながらも使い捨てのできる駒を手に入れたのだ。

知性が高くとも、魔物の思考は未来に向けて利用されることが殆どない。それが強者となればなる程に、短期的な局面だけを見ている者が多いのだ。

ルシュカは長く王の補佐として職務に就いてきたことで人間寄りではあるが、基準は全て自国、ではなく王の利益に直結する。

アルバートも人間に程近い感覚を持っているが、自分の興味関心が根底にあるために、関心が生まれなければ大局には目が向かない。

ルシュカも、アルバートも、どちらもこの結末は予想していなかった。

この神都の行く末は滅ぶか滅ぼされるか以外にないと思っていたが、どうやらそうでもないらしいと学んだ。

それは人間らしい多面的な思考によるもので特別とは言えない。が、人間という生物へ向ける理解は低いのである。

カロンへの賛美はカロンへの理解と同義だ。

ゆえに彼らは王を賛美する。

かつては外宇宙より暴虐の手を伸ばし嗤っていた、この邪悪でさえも。

「しかし良い悲鳴でありますな。如何せん侵略とは根絶やしが基本。こうして手遊びを許されることがありませんでしたが……」

数人が死にかけていることに気付いて、アルバートは「いかんいかん」と楽しげに呟きながら最下級回復薬を振りかける。それだけでまた新鮮な絶叫が提供された。

戦いも悪くないが、やはりこちらが性に合うと紅茶の香りと合わせて楽しむ。

「しかし、絵面が少々地味だろうか。せっかくオーディエンスがいるのにこれだけでは寂しくなってしまいますなぁ。よしよし、それでは次に移るとするかね」

パチンと指を鳴らすと、スライムたちはゾロゾロと来た道を戻っていった。

それと入れ替わるように、何もなかった壁に大きな扉が現れる。軋みながら開けられた扉からやってきたのは、両手がローラーになった魔物に、巨大な鍋の形をした魔物、食虫植物のような口と蔦を持つ魔物と、何が行われるのか容易に想像がつく化け物たちが連なって入場してきた。

「もっと、もっと、もっと、もっと、もっと上質な絶望と絶叫をよこしてくれたまえ！　我らの本能が求めて止まぬ、弱肉強食の理を満たすほどのだ！」

両手を広げて高笑いを上げるその足元で、新しい催しが始まる。

神都のエルフたちの中に恐慌から吐いたり悲鳴を上げたりする者が現れても、アルバートはこの惨劇を決してやめることはなかった。

エルフの中に交ざる濁り汚れた目をした者たちに向けて、この愉悦を共有したいと思わせるまで。

◆

「早く早く！」

父の手を引く幼い【メルティサキュバス】の少女は、人通りの少ない娼館通《しょうかんどお》りを王城の方に向かって走っていた。

手を引かれる【レッサーインキュバス】の父は、自分よりもランクが高い上に身体能力も高い娘の力に抗えず、娼館での仕事明けで寝ぼけたまま、千鳥足でどうにかこうにか走っている。

「そんなに急がなくても……ちゃんと聞こえてるだろぉ」

「こういうのは一番近いところにいたいの！　私も歴史の証人になりたいの！　お父さん、それでもエステルドバロニアに暮らす国民なの⁉」

「でも俺眠いんだよ……後で行くからお母さんに頼んでくれても」

「お母さんは今日仕事に出てるの！　兵士なんだから当たり前でしょ！」

「そうなの……」

「いくら非番でもこんなイベントあったら行くに決まってるじゃない！　もー、しっかりしてよ、お父さん！」

夜行性の魔物にとって昼間は寝る時間であり、人間感覚で健康的な生活をするサキュバスの娘の方がむしろおかしいと父は思う。

それ以前に、なぜ【白絹の女郎蜘蛛《じょろうぐも》】である妻と自分の間に生まれたのが自分の上位種なのか不思議で仕方ないのだが。

しかし、無理やり走らされているうちに眠気も少しずつ晴れてきて、娘の言うことはもっともだと思い始めた。

王城の周囲に浮かぶ魔法陣から聞こえる声は、長々と国の歴史を語っている。

今まで、エステルドバロニアが国民に向けて大々的に何かを周知させるような行事を行ったことは一度もなかった。

誰だって分かるのだ。

今、国を左右することが起きていると。

『――かし、世界に覇を唱え最強の名をほしいままにしていた我らは、現在大きな課題を抱えている。それは異界の地へと飛ばされ、全ての領土を失ったことである』
エステルドバロニアの魔物たちが大通りを埋め尽くし、少しでも王城の近くで聞こうと集まっていた
溢れた者も屋根の上にまで登って、溢れ返る人波の上から歴史の瞬間をひと目見ようとしている。
外郭の周囲にも難民たちが張り付くようにして挙《こぞ》って集まり、種族の対立も忘れて一言一句聞き

逃さないよう耳を傾けていた。

聞こえてくるのは、高々と語る第三軍の団長である【真祖】アルバートの芝居がかった声。

それは国の外にまでよく響き渡り、耳に入る明朗な老人の声は不思議な魅力が込められており、民衆の心を強く摑んでいる。

アルバートの周りには声を増大する《ハウリングヴォイス》を応用した魔術の円が幾つも浮遊し、抑揚《よくよう》まで余すことなく国中に届かせていた。

『その問題を解決するには時間を必要とする。王も我らも懸命に事に当たっていることを理解してほしい』

老練な外見とそれに相応しい知識を持ち、〝調和〟の性格からくる人心を掌握するような話し方は、集う魑魅魍魎を惹きつけてやまない。

大役に抜擢されたのが余程嬉しかったのか、その気の入りようは半端ではなく、胡散臭《うさんくさ》さまでもが大幅に増量されて煽動者のような求心力さえ感じられた。

『先日の侵攻に関しては皆も既に知っていると思う。同胞が人間に虐《しいた》げられていたことを知り、救いを求める声に王は動かれた。いついかなる時であっても、偉大なる我らが王は、魔物を第一に考えてくださっている。異国の地の魔物であっても、例外なく』

エステルドバロニアが先日行ったことは、領土拡大の意図はなく、エルフ解放のためというのが公式の見解とされている。

魔物の性質を考えれば前者の方が圧倒的に受けが良いのだが、国の性質を優先するなら後者の方が良い印象を与えるからだ。

世界情勢も知らないのに世界征服に期待をされても困る。極力周囲と友好的な付き合いをしたいカロンは、攻撃的な思考に偏らないよう体面を取り繕うことを選んだ。

現代的な生活を実現させたのに、頭の中だけ石器時代では話にならない。なので今回の演説でそのあたり釘を刺しておく必要がある。

『このエステルドバロニアは魔物の住まう楽園として栄え、その栄華が潰えたという声を私は耳にした。だが、そのようなことはない！　エステルドバロニアには屈強な戦士がいる。我ら十七柱がいる。なにより、その栄華を築き上げたカロン王がいる！　この国が潰えるなど、断じて起こりはしない！』

煽り立てる言葉に、エステルドバロニア万歳が三唱された。

リュミエールや他の魔術師たちが総出で結界を張っているおかげで、世界に声が漏れることはないが、その雄叫びは薄い魔術の膜を破裂させそうなほどの大音量で国を揺るがせた。

「ああああ……また、またお前の仕業かルシュカ……」

外が活気づいているのに反して、がくりと大きく肩を落として自室で頭を抱えているカロンは、優しく微笑むルシュカの顔を思い浮かべて思わず呟いた。

確かに演説っぽいことをするとは言った。

しかしそれは、軍団長から軍へ、軍から民へと段階を踏んで伝わっていくやり方を考えていた。

なのに、なぜか外は熱狂で溢れていた。

団長陣を呼べと言うのが遅かったことが原因だが、二つ返事で承諾して一夜も経たず用意したルシュカの行動速度も問題だろう。

決まった以上は止めるわけにはいかない。それは百も承知している。

話すことは昨晩から考え続けているし、一応紙にも書いて問題があるかどうかを確認もしている。

つっかえるわけにはいかないと何度となく反復練習もした。

ただ、どうしてこうなったと言わざるを得ない。

「はぁ……いかんいかん。俺は王だ。ちゃんと王様らしい姿勢で話をしなきゃ駄目だ。カロン王としてきちんとしないと駄目だ」

マップを開くと、自国の魔物を表す点が密集しており、国民全てが異変の起きた日以来の密度となっている。

背筋に悪寒が走るが、頭を振って無視した。

逃げることはやめたのだと自分を叱咤《しった》し続け、大丈夫と壊れたラジオのように何度も繰り返す。

「カロン様、そろそろお時間です」

控えめなノックの音に続いて、扉の向こうからルシュカの声が聞こえたところで、カロンは息を飲むようにして口を噤《つぐ》んだ。

柔らかなソファが、体を動かした反動で小さく軋む。

ばくばくと激しく脈打つ心臓を押さえるように、カロンは大きく深呼吸をする。

幾分か落ち着いたのを確かめてから、意を決して勢い良く立ち上がり、両の頬を平手で打った。

「よし」

扉を開け放てば、そこに深く頭を下げて出迎えるルシュカがいる。

声をかけず当然のようにカロンが前を通り過ぎると、彼女はぴたりと後を追って歩き出した。

「ついに、お披露目になられるのですね」

「大袈裟だな」

「以前カロン様が仰っていたように、この時が来たのだと思うと感無量でございます。国民も、カロン様が自ら立たれると知って大変期待している様子でした」

「……そうか」

いつもとは違うことをするからか、ルシュカの表情も普段より嬉しそうに見える。

通路の脇に控えてカロンを出迎える【リザードベルセルク】たちも、普段以上にメリハリのある動きでハルバードを掲げていた。

特別な日になると、誰もが感じているのだ。

『そして今日、この日。エステルドバロニアは新たな時代を迎えることになるだろう。我らを導く天極たる偉大なる王カロン様が、御自ら宣言を我らへと伝えてくださるのだ。万魔の諸君よ、しかと拝聴するように』

ゲームの世界で迎えた最後の日、ふらりと訪れたテラスが今日のカロンの戦場だ。

深く頭を下げて前を避けたアルバートと入れ替わって足を踏み入れる。

国を一望できる白いテラスのその先に広がるのは、晴天に似つかわしくない異形の絨毯と、鼓膜を貫く歓喜の声だった。

「っ……！」

その熱気に圧倒されて、カロンは思わず半歩後ろに下がってしまう。

集まった民の多さにではなく、全てが自分の治める国に暮らしていることが、恐怖に繋がった。

何気なく、ただ作業として行ってきた結果でしかなかったものが、数百万の命となって自分のもとに存在するという実感が心を締めつけ、王の職務を今、ここで明確に理解してしまった。

喉が渇き、歓声に埋もれて喘ぐように息をする。

たかが軍一つに怯えていた自分を馬鹿らしく感じる。

そんな甘い認識で戦争なんかしたのかと思うと、今までの自分を殴りたくなるほどだ。

老若男女問わず、頼りない双肩に歓声がのしかかっていた。

恐ろしい。

怖気づく心をどうにか奮い立たせる。

生きると決めた決意だけがカロンを動かした。

「今日……」

そんな一言で、熱狂していた声がしんと静まり返った。

耳に余韻《よいん》を残して、今度は焼け付くような視線が集中しているのを感じてごくりと喉を鳴らす。

練習した内容は頭の中からかき消えてしまい、ただ思った言葉を綺麗に並べ立てることにしか意識を割けなかった。

なりたい自分に向かって、口が自然と走りだした。

「――今日この場に集まってくれたこと、心から感謝する。今まで皆と顔を合わせることを避けていた私を許してほしい」

鳴りそうになる歯を食いしばって堪え、小さく頭を下げた隙に一つ深呼吸。

遠く見える地平線に視線を投げ、外壁の向こうで顔を覗かせる魔物を一人ひとり見つめながら語りはじめた。

「エステルドバロニアは異世界に迷い込んだ。広がっていた景色は全てが変わり、多くの者たちが、家と縄張りを失って路頭に迷った。戻れるかどうか定かではなく、見えぬ未来を思って不安を抱いていることだろう」

視線を自分の真下近くへと移す。

エステルドバロニアの軍が皆、膝をついてカロンを見上げて拝聴していた。

戦争を駆けた化け物が足元に跪く光景は異様としか思えず、自分が権力を振《ふ》り翳《かざ》すような人間になれそうもないと実感する。

「しかし、私はこれをチャンスだと思っている。この世界に降り立ち、領土を失い、多くの資源を失った。それには何か意味があるのではないだろうか。私は人間だ。皆と比べれば遙かに非力な生き物で、淘汰《とうた》されるべき弱者のはずだ」

それを言い終えて、静かに瞑目《めいもく》する。

その言葉にどのような反応があるのか怖くなった。

しん、と落ちた静寂から十を数え、また気持ちを落ち着かせてから口だけを開く。

「だが、こうしてここにいる。それはなぜか？　皆が私を認めてくれるからだ。この弱き人間を王として認めてくれるからだ。だから私は皆の思いに応えるために今までやってきた。やってこられた。この世界に我らを知る者はいない。それは新たな一歩を踏み出すチャンスだと思っている。

……時には、人間と手を取り合うことも必要になることだろう」

それを聞いて、大きなざわめきが起こった。

今まで人間の国は利用し終わったら、さっさと殺して経験値の足しにしていたのに、それを根本から覆す発言をしたのだ。

幸いなことに、ざわめきの中から異論を唱える声は上がらない。

人間の存在を否定してしまえば、カロンという人間も否定することになる。

自分が弱い人間だと明言された後では異を唱えづらかった。

神都の件を終えた直後に言うべき言葉ではないだろう。

だが、だからこそ言わなければならないことだ。

落ち着かない魔物の様子を眺めてカロンは大きく息を吸い込み、少し力を入れて喉を震わせた。

「隣を見ろ。後ろを見ろ。お前の周囲に嫌いな種族はいるか？」

ざわめきが収まり、魔物たちは周囲に視線を巡らせる。

嫌いな種族がいるのは当然だ。これだけの数が集まっていれば、一人や二人見つけられる。

「互いに目を合わせて、殴ろうと考えたか？」

そう問われても、見つめ合う不仲な種族は困ったように顔を見合わせるだけ。

そんな直情的な行動をするほど、この国は原始的ではなくなっていた。

「このエステルドバロニアが目指すのは楽園だ。誰もが幸せになれる、そんな国を目指している。喧嘩するなとは言わない。傷つけるなとは言わない。それを糺《ただ》すのは私と軍の役目で、意識するのは民の役目だ。一人ひとりの意思が全てに繋がると、そう信じている」

震えそうになった手を誤魔化すように、カロンは手すりを握って身を乗り出した。

「この国は私が生んだ。しかしここまで育ったのは他ならぬ皆の尽力によるものだ。これほどの数の魔物が一堂に会していながら、何も問題を起こさず私の声を聞いている。そんなことができるのは後にも先にもこの国だけだろう。なぜ今まで人間を駆逐してきたか。それは我が軍の強大さに怯え、徒党を組んで打ち倒さんとしてくるものばかりだったからだ」

事実、エステルドバロニアが強大になりすぎて、一国では相手ができないからとNPC《ノンプレイヤーキャラクター》同士で同盟を組んで攻めてくることも多かった。

基本的に人間の国はプレイヤーの餌ポジションだったので仕方ないが、攻めてきたのは事実なので、カロンは勝手に捏造した。

「私の想いは変わらない！」

ぐっと体を更に前へ乗り出して吼《ほ》える。

周囲を浮遊する四つの魔法陣が振動して、拡がる声は蒼穹の彼方まで響いた。

「救いを求めるなら手を差し伸べる。歯向かうのなら容赦はせん。それが魔物でも、人間でもだ！」

空気が変わった。

平凡な男が、化け物たちの心を震わせていく。

「新たな世界が訪れた！　至高の万魔殿に決断が迫られている！　この時、この瞬間、私は改革を宣言しよう！　偉大なるエステルドバロニアをこの世界に刻むと！　胸が躍らない者はいるか⁉　心が震えない者はいるか⁉　新時代の幕開けに、滾らぬ者はいるか⁉」

カロンの行動は、エステルドバロニアが今の形に落ち着いてから一貫してきた。

信賞必罰《しんしょうひつばつ》。

種族で差別せず、善悪で区別する現代的な考え方を敷いてきた。

それは豊富な資源と広大な領土があったから行えたことで、今後人間を擁護する姿勢を取るとなれば、侵攻ではなく交渉によって手に入れていく必要がある。

かたや人間の国。かたや異形の国。交じり合うことなど到底できるものではない。

しかしカロンは、その手応えを神都攻略で得ていた。

ぐっと胸で握り締めるコートの縁、【黒の王衣】の効力を上手く活かすことができれば、その力は種族を問わず行き渡る。

それをどう浸透させていくかが課題となるだろう。

卑怯な手段だろうとなんだろうと、思い描いた自分の姿を目指して走るしかない。

世界はいつだって、止まった者に栄光を与えはしないのだから。

「答えろ！　我が民よ！　この世界においても我が国は最強たりえるのか！」

果てまで届く王の熱に当てられて、大気が恐れて激しく震えるほどの声が沸き起こった。

――我らは強者だ！　我々は最強だ！　人王の民は何者にも屈さぬ精鋭だ！

「答えろ！　我が軍よ！　この世界においても我が国を最強へ至らしめるのか！」

内郭に揃う精強な兵たちは、この燃え滾る心を届かせんと一糸乱れぬ咆哮をあげた。

――我らは強者である！　我々は最強である！　我ら尽く王に勝利を捧げる尖兵である！

ちらりと見た自分の背中。直立して真っ直ぐ見つめるルシュカがいた。

貴方なら大丈夫だと、励ますような微笑みに力をもらい、カロンは振り絞った勇気で、最後の想いを思い切りぶちまけた。

「ならば答えろ！　今この時より、新たな覇道を私と共に歩む覚悟はあるか！」

それを聞いた途端に、民も兵も恐ろしいほど静まり返った。

まさかの反応にカロンの目が泳ぐ。冷や水どころか、液体窒素でもかけたような痛いくらいの静寂。微かな風音なんて気休めにもならない。

どうすればいいと必死に考える王を見上げたまま固まっている魔物たち。

カロンが叫んだ言葉は、彼らにとってあまりにも衝撃的だった。

寡黙で、慈悲深く、冷酷な王は、いつだって独りだと民は知っていた。

なにもかもを魔物のために捧げてきた御方だ。人間でありながら万魔を愛し守ってきた御方だ。

そんな孤高に生きる偉大な王が、初めて共に歩もうと皆に向かって口にした。

彼らの気持ちが分からぬまま、この沈黙を打破しなければと慌てたカロンがもう一度、やけくそ気味に熱情を張り上げる。


「応えろ！　我がエステルドバロニアよ！」

次の瞬間、歓声が爆発した。

——天魔波旬！　皇天后土！　我らは人王を嘉《よみ》したもう国である！

——カロン王万歳！　カロン王万歳！

——エステルドバロニア万歳！　国王陛下万歳！

分厚く巨大な城郭がビリビリと咆哮を浴びて振動する。

テラスの床も立っているのが覚束なくなるくらい揺れていた。

だが、カロンは手すりを摑んだまま国を見下ろし続ける。

できる限り全ての民を目に収めようと。全ての声を聞こうと。

膝が笑っているのは、床が揺れているからだけではない。

涙まで流して拳を掲げ、胸が張り裂けんばかりに感情を音にする魔物たちの姿を見て、震えないわけがなかった。

「では再び始めようではないか！　かつて歩んだ道とは違う、新たな歴史を‼」

本当の意味でエステルドバロニアは今日から始まる。

結界を砕きそうな勢いで響き渡る咆哮が、それを象徴していた。

喝采と歓声の嵐の中で、カロンは威風堂々と吹き荒れる風を浴びて遙か見ぬ世界を見据えた。

魔物たちの白き楽園。

人間の王が統べる国。

エステルドバロニア。

その快進撃は、この時より始まるのであった。

◆

ディルアーゼルは創造神アーゼライを信仰する神の都である。

そこは人とエルフが共存し、神が唱えた教えである〝すべての生命は秤にかけても等しい〟の一文を体現していた。

人々は今日も神殿へと上り、聖地に向けて祈りを捧げるところから一日を始めていく。

長らく失われていた正しいカタチを取り戻し、人々には笑顔が溢れていた。

――首に、黒い呪いを嵌められて。

「これで、よかったんですよね……」

尻すぼみになった言葉に、誰も答えなかった。

教皇の椅子に座るエイラの側で控えるオルフェアも、上座に参列するご母堂も、解放された喜びより、後ろ暗さの含まれた翳りのある表情だ。

ボロボロだった装束を綺麗に直し、今までの汚れを洗い落として美しさを取り戻したはずなのに、エルフたちは以前と変わらない淀んだ空気を漂わせている。

形骸化して機能していなかった教皇庁の再編に組み込まれたまともな信徒も、エイラやエルフほどではないが、思うところがあるといった顔である。むしろ諦観に近い。

「因果応報なのです。元老院の業は神都の業だと、エステルドバロニア王は仰っているのでしょう」

口を閉ざした面々に代わって、ご母堂の隣で車椅子に座るシエレが答えた。

彼女だけは、他の者たちと違ってどことなく晴れやかな顔つきをしている。

「他の方法がないと言われてしまえば受け入れるしかありませんでした。考えうる問題のほぼ全てを、〝隷属の呪〟は解決してくれます。それに」

「まだあるのか？」

そんなこと分かっていると言いたげなオルフェアの弱々しい横槍に、一度言葉を区切ったシエレは、エイラに真剣な眼差しを向けて言い放つ。

「他国への牽制《けんせい》も込められているかと」

エルフの境遇や街の様子は、全てではなくても気付いていた者は多いはずだ。巡礼者に限らず、年に数回行われていた儀式に参加した諸国も例外ではない。

狡猾な老人が退き、エルフが引き継ぐ。そこだけを切り取れば責められる可能性があるだろう。

しかし、神都が正しい教義を遵守するようになったことは、誰の目にも明白だ。今まで日和見してきた者たちにとやかく言う権利はない。

それに、住民の首輪は正しいアーゼライの形を取り戻すための措置であると同時に、いつでも無辜の民を盾にできる証でもある。

「もし仮にリフェリス王国が糾弾してきても、神都がアーゼライ教の本拠地であることに変わりはありません。今まで傍観してきた者たちには、元老院の横暴も私たちの反逆も関心のないことでしょうし。いざという時は人間が守ってくれる。そのための指輪だと思いますよ？」

ちらりと、シエレがオルフェアを見る。

指に嵌めた黒い宝石の付いた指輪を触っていたオルフェアは、視線に気付いて思わず手の内に隠した。

「そんなことは、しない……」

「もちろんよ。でも、切らなくても切り札は持っていると思わせる必要はあるの。これからもこの街には多くの人が出入りするわ。元老院と同じように、亜人を心よく思わない人間も中にはいるでしょう。もし攻められたら、その時どうするの？　エステルドバロニアに泣きついても、あの御方は、縋りつくだけの存在を許容し続けたりなさらないと思うわ」

そんなことはない。あの王はきっと力を貸してくれる。

そう思えたらどれほど楽だろう。

エルフに向けた優しさに反して、人間に容赦のない冷酷さを見せたエステルドバロニア。

あれほどの力を誇る国では、神都に価値を見出してはいないはずだ。

エイラもオルフェアも、ただこの神都を回すための歯車として選ばれたにすぎない。

厄介な火種を持ち込まないための措置でしかないのだと、あの悪魔の言葉から感じ取っていた。

「だから、ディルアーゼルが生き残る道は一つしかない」

たっぷりと溜めて、シエレは誰もが考えついていた、しかし口には出せなかったことを、はっきりと言い放った。

「私たちは、エステルドバロニアに尽くすしか道がないの。そうでしょう？」

また、皆が押し黙る。

強大な軍事力を持つ大国が目と鼻の先にいて、あまつさえその国に救われているのだ。逆らうなど愚行以外の何物でもない。

だが、だからこそ深く関わらずにいたいのである。

非道な策を平気で立案できる冷酷さ。元老院に行った懲罰の残忍さ。

矛先が王の気分一つで変わるとするならば、接触を必要最小限に留めることで現状を維持したい気持ちの方が強かった。

互いの理解が深まれば次第に氷解していく疑問や疑惑もあるだろうが、今の神都にとっては、あの戦争で見たものが全てである。

有用だと思わせ続けなければ切り捨てられる。勝手に作り上げたカロンの偶像に、誰もが恐れ慄いていた。

話を終えてシエレは口を噤む。

広間には先程よりも重苦しい空気が満ちたが、それを払おうと、代わって口を開いたのはご母堂だった。

「シエレの言うことはもっともだ。我々はエステルドバロニアの強大さに目が眩んでいるが、その国によってディルアーゼルが悪事から解放されたことは紛れもない事実。その恩を仇で返さなければ、手荒に扱われることはなかろう」

それに、と付け加える。

「向こうはこちらの政に関与しないと、アルバート殿から明言されておる」

カロンは、神都ディルアーゼルに関心がない。というよりも扱いが分からなかった。

外交自体初めてのことだし、おまけに宗教の総本山だ。

にわか知識で首を突っ込むくらいなら勝手にやってもらう方が悩まずに済むし、こちらに害があることさえしないでくれれば、何かを要求するつもりもない。

アルバートを介して、深い意味もなく額面通りの意味合いで告げてもらったカロンの言葉だった。

「それをそのまま捉えてしまえば、我々は駒のままでいることを受諾したと見なされるだろう。そうなってしまう方が我々の生きる道を塞ぐこととなる。こちらから誠意を見せて、殺してしまうには惜しいと思っていただかなければ」

「今私たちが提供できるのは、この世界の知識かしら」

「そうですね。まずはそこから始めていきましょう」

「もし断られたらどうするのですか？」

「……ご迷惑にならぬ範囲でアプローチを試み続ける他あるまい。それが生存戦略であり、同時に恩返しでもあるのだと信じる以外なかろう」

「分かりました。皆さんも、その方針に異議はありませんね？」

エイラに視線を向けられて、新体制に組み込まれた者は皆頷きを返した。

複雑な思いを解決するには至らなかったが、元老院の圧政と比べればずっと良い環境なことに間違いはない。

意思が一つに纏まったのを確認して、エイラは立ち上がった。

「詳しい話は次回にいたします。それまでに各々で、改めてどうすべきか考えておいてください」

そう締めくくり、評議は幕を閉じた。

ぞろぞろと皆が部屋を後にするが、オルフェアとシエレ、そしてエイラだけはその場に留まり、ひとかたまりになって話を続けていた。

「私ね、最近夢を見るの」

そうエイラが切り出した。

「どのような夢ですか？」

「戦いの夢よ。すごく大きな怪物に向かって、魔物と人間が一緒に戦うの。とっても強いけど、力を合わせて一生懸命に立ち向かうのよ」

それが星眼に見せられた未来なのか、エイラには判断がつかない。

今までトラウマばかりを眠りの中でリフレインされていたせいで、その基準があやふやだった。

「それとね、カロン様が泣いているの」

オルフェアとシエレの目が、心配そうなものから真剣なものへと変わった。

「どうしてなのかは分からないけど、暗い道の真ん中に立って、とても泣いているの。なんだか置いていかれた子供みたいな、そんな泣き方。ねえ、これって啓示なの？」

「……シエレは、どう思う？」

「どうかしら。今までエイラは予知をしたことがなかったから」

「今回のことでアーゼライ様のお力が戻ったとかは」

「ないとはいえないけど……。ねえエイラ、もしこれからも同じ夢を見るようだったら、また教えてもらえる？」

「うん。分かったわ」

なんの疑いもなく頷いたエイラに、シエレは困ったような顔を作った。

「エイラ。貴女は私に何も思わないの？」

急な話の変化に、エイラは首を傾げる。

「私は……何も悪くない貴女を復讐のために殺そうとしたのよ？　仲間を騙して、裏切っていた女よ？　それなのに、どうして信じられるの？」

いくら根が純朴といえども、シエレのした行いがどれほど最低だったか理解しているはずだ。

それなのに、昔と変わらない信頼を傾けられることがシエレには苦しかった。

胸を押さえて弱々しく呟かれたその問いに、エイラは考えることはせずにすぐさま答えた。

「みんな、こうして新しい日を迎えられた。それでいいと思うの」

「……え？」

「長くて苦しくて、いつまでも終わりの見えない悪夢は終わった。だから、それでいいのよ」

自分が殺されそうになったことも、シエレが殺そうとしたことも、全てあの日に終わった。

力強いエイラの笑顔を見て、シエレはぽかんと口を開けたまま驚くことしかできなかった。

「それじゃあね」と走り去る背中を見送っても、まだ驚きの波が引かず、隣でくつくつと喉を鳴らすオルフェアに気付いてようやく我を取り戻す。

「お前の負けだよ」

「……勝ち負けじゃないでしょ」

「ああ、そうだな」

「何がおかしいの？」

「ふふ。いやなに、エイラ様は強いなと思っているだけだ」

「……そうね。リーレもだけど、私たちなんかよりずっと希望に溢れているわ。長く、あいつらに好き勝手されたからかしら。未来への展望なんて考えつかなくなってしまったもの」

「それは、これからを生きる彼女たちに託そう。我々もまた、悪しき時代の咎人《とがびと》だ。彼女たちの輝きを奪ってしまったことは、あの老人たちと変わらない」

いつか、この神都がなくなる日が来るかもしれない。

しかし、その時に生きる者たちがあの大国に認められていれば。

そのために我々は努力しようと、オルフェアはシエレの肩を叩いた。

彼女の意思を汲み取って、シエレは薄く儚げに微笑む。

胸元にしまっている物を握り締めて、眩しそうに。


車椅子を転がしながら、シエレは一人で宮殿の中を進んでいた。

今は使われなくなった通路には僅かな明かりしか灯されておらず、人もいない。

カラカラと車輪が石の上を転がる音だけが響き、俯く彼女の表情は髪に隠れて見えなかった。

やってきたのは、地下へと下りる階段の前だ。

そこには二人のエルフが剣を持って待機している。

二人はシエレに気付くと、脇に剣を置いて近寄り、車椅子ごと持ち上げた。

言葉を交わさず、エルフは一段一段階段を下りていく。

この先にあるのは例の部屋だ。

エルフたちが男に嬲られてきた忌まわしい部屋だ。

過去とともに封印すると皆で決めたはずの部屋だった。

だが、半開きになった扉からは僅かに光が漏れており、近づけば徐々に賑やかな声が聞こえてくる。

「ありがとう」

下りた先でシエレは感謝を口にするが、返事はない。

この場所で行儀は必要ないからだ。

捨て去ると決めた仲間を裏切り、捨てられなかった者たちが集う哀れな場所であるがゆえに。

(オルフェア、私は貴女を尊敬しているわ。若い子たちのために一族を今も背負い、これからも族長として生きていくと決められた。そんな強さを、私は持っていないから)

ゆっくりと開いた扉の先にあるのは、復讐の宴だった。

「あはははは！　ほら、頑張らないと手がもげちゃうわよ？　もっと力入れなさいよ！」

「がんばれ！　がんばれ！」

「ちょっとー、巻くの早すぎじゃない？」

「大丈夫。加減は見ているから」

中央に置かれているのは十字架だ。

ただ、手足と頭を縛り付ける部分には紐がついていて、その先は大きなリールに繋がっている。

ゆっくり巻いていけば、結ばれた部位が胴体から引き離されていく仕組みになっており、ただ罪人を晒すためのものではなかった。

まるで観戦でもするようにエルフたちが囃《はや》し立《た》てているのは、じわじわと巻き取られる縄に体を引き伸ばされていく――元老院の議長の姿だった。

「やめろお！　いだい、いだいぃぃ！　ああっ、いぎゃあああぁぁ!!」

「なんか生まれたての赤ん坊みたいな声だね」

「ちょっと笑わせないでよ。こんな汚い声の赤ちゃんなんて抱きたくないわよ！」

「どうですか。まだ死にませんか」

「千切れてから薬を使いましょう。でもショックで死なれても困るからちゃんと見極めて」

「はい」

それは、神聖騎士たちがしてきた行いを再現しているようだった。

今まで虐げられていたエルフたちが、今度は虐げる側に回っている。

シエレが視線を横へと向ければ、そこでは別の老人をナイフで削ぐエルフたちがいた。

反対側では、焼けた鉄の杭がどこまで入るのか遊んでいる者もいた。

彼女たちは、忘れられなかった復讐者だ。

明るい未来へと走る仲間たちに背を向けて、消えぬ積怨の炎に身を焦がし続ける哀れな存在に成り下がった者たちだ。

そうしなければ生きることもできない。そうしなければ自我を保っていられない。

彼女たちが生きるためには捌《は》け口《ぐち》が必要で、アルバートはそんな彼女たちにとっておきの仕事と称し、この老人たちを下げ渡したのである。

「あ、シエレ」

「どうかしら。進んでいる？」

リールを巻くエルフの側で指示を出していた一人が、シエレに気付いて駆け寄った。

頬の爛《ただ》れた彼女はシエレの問いに答えるために、脇に抱えていた紙をめくって成果を確認する。

「はい。解毒剤や鎮痛剤も効果がありました。回復薬も上級まで騎士の男で試したのですが……」

彼女はちらりと一番奥の壁を見る。シエレもそれに倣《なら》って目を向ける。

そこには奇妙な形をした物体が紐で縛られていた。

一部分を上下させているので、呼吸をしているのはなんとなく理解できたが、それが生き物だと分かるのに時間がかかるほど変形した物体だ。

「あまりにも強すぎたせいで、人間の形を壊してまで治癒の効力を消費しようとしたみたいです。最下級のものは誰にも使えそうですが、この結果を見ると、好き放題使うのはちょっと……特に子供とかに使うのは避けた方がいいですね」

「そう、分かったわ。アルバート様にはもう報告したの？」

「はい、通信魔術で連絡しています。アレの処遇もあちらで決めると仰っておりました」

「ご苦労様。ああ、皆に入り浸らないように言っておいてね。この部屋が知られたら」

「ええ、その辺は抜かりなく。こんな目に遭うのはもう嫌ですから」

邪智暴虐の限りが尽くされる部屋に似つかわしくない晴れやかな笑顔に、シエレも同じ感情の籠もった微笑みで応えた。

彼女が元の位置に戻ったのを見て、シエレも催し物を鑑賞することにした。

これはただの拷問ではない。

エステルドバロニアで流通している薬品が、人間にも使用できるかをテストするれっきとした仕事なのだ。

エステルドバロニアの領地を低俗な人間の血で汚すのは憚《はばか》られると、アルバートは彼女たちに任せたのである。

あの大穴も国の外にわざわざ作ったもので、あの残忍な悪魔がどれだけ王を思いやっているのかが分かる気遣いだ。

そして、その崇敬《すうけい》の感情を、壊れた彼女たちにも懇々《こんこん》と説いて教え込んでいた。

リーレと交わした「皆を救う」約束を果たすために、その復讐までも受け入れてしまうほどに寛大な方だと信じ込むくらいに。

だから、この場にいるエルフはエステルドバロニアを畏怖《いふ》しながら、それ以上の崇拝でカロンに全てを捧げる覚悟をもっていた。

いざとなれば同胞を裏切って破滅に導くことも厭《いと》わぬほど、王の度量に感動していた。

「ああ、こんなに醜い私たちも受け止めてくださるなんて。カロン様、偉大なる王、貴方様に行った愚かな罪を償えるのならばどのようなこともいたしますわ」

特に、シエレは戻ってこられぬところにまで堕ちていた。

恋人の死から始まり、全てを喜劇に仕立てあげられていた事実はどう足掻《あが》いても消えなかった。

何も信用できず、何もかもが憎かったシエレを救ったのが、まさかのカロンなのだ。

失った支えとして、善悪さえも飲み込む大いなる慈悲は、あまりにも魅力的だった。

(エイラ、私は貴女のようにはなれない。いいえ、なる気もないの。悪夢から覚めたって悪夢は悪夢のまま。輝かしい今を生きているだけで、またあの夢を見るんじゃないかって不安になるわ)

だから、悪夢を倒せるくらいの現実を求めた。

(可愛いエイラ。貴女は、こんな獣にも劣る生き方をしちゃダメよ。陽の光をたくさん浴びられる、輝かしい道を……でもね、もしカロン様にご迷惑をかけるようなら)

頬を紅潮させて、シエレはその時が来ればいいのにと、心のどこかで思い描きながら艶やかに笑った。

(その時こそ私がちゃんと殺してあげるから、安心してね)

復讐の宴は、誰に知られることもなく続けられる。

神都は多くの犠牲を払って平和を取り戻した。

だが、全てを払い終えたわけではないことを知る者は少ない。

全てが終わり、全てが始まった。

この部屋も、新たな始まりを迎えただけのことなのかもしれない、というだけの話であった。

◈ 終章 ◈

カロン

エステルドバロニアの国内が賑わっているのは、今改めて言うことではないかもしれない。

元々活気のある街だ。特にこの世界に来てからは毎日のようにワイワイしている。

国の復興に尽力しているのは当然軍だけではなく、民も賑わいという形で同胞たちへアピールしてきた。

しかし、今日は違う。

空元気を振り絞るような、励まし合うような、肩を寄せ合うようなものではない。

心の底から漲《みなぎ》るような、称賛し合うような、肩を抱き合うような、そんな明るさに溢れていた。

「戦勝記念割引だよ！　大盤振る舞いだ！　じゃんじゃん飲んでいきな！」

「こっちも高い酒出したるぞ！　とくに軍人さんにゃもっとサービスするぜ！」

「おい邪魔すんな！　すっ込んでろエテ公！」

「んだとメスガッパがぁ！」

「はい確保ー」

ライバル店同士の衝突があったり、

「カロン様ばんざーい！　カロン様ばんざーい！」

「カロン様ー！　愛してまーす！」

「いつか兵衛様と一緒に可愛がってくださーい！」

「うるっせえぞ鬼どもコラァ！　第七軍とか関係なしに次騒いだら【マンティコア】の餌にしたる

ぞボケェ！」

「だったら降りてきて言ったらどうだゴリラァ！」

「お前らの輪になんか入れるかぁ！　尻の穴いくつあっても足りんわ！」

近所同士の諍いがあったり、

「ぁ……ぁ……」

「やめとけよ。もう無理だって……」

「けど、よ……俺には、こんな新しい挑戦しか、できねえからよ……」

「でも無謀だって！　商業娼館通《しょうかんどお》りのナンバーワン嬢全店制覇なんて！　テクニックの化け物揃いだぞ！　お前死んじまうよ！　つかオーク専門店の『パイルバンカー』も行く気か!?」

「俺ぁ、こんなことでしか新しい時代に名を残せねえんだよ！」

特別に昼夜問わず営業している娼館通りに入り浸ったり。

少し行き過ぎている者も多いが、それもまた愉快であると、ひたすらに笑顔が溢れていた。

その笑顔を守るために、エステルドバロニア軍は昼夜問わず国の警備を続けている。

神都攻略を終えた今、周辺国に動きがないことは既に確認しているが、それでも常に兵士たちは国内外を徘徊し、このめでたい日でも営々と働いていた。

そんな賑やかな様子が溢れる国とは隔絶した王城の一室。

使い慣れた執務室に詰めるカロンは、大きな机の上に置かれた大量の書物の一つ一つに目を通していた。

それはこの国で作られていたものではなく、この世界に存在していたものである。

神都ディルアーゼルの支配権を手に入れたエルフたちが寄贈してくれたものだが、ペラペラと紙を捲っていく度にカロンの表情は曇った。

「読めん」

そう、読めない。

アルバートやリュミエールといった識者を集めてみたが、誰も読むことができなかった。

カロンの知識にある英語やドイツ語、ロシア語やヒンディー語とも違う。

仮に外国の言葉だったとしても読めないのだが、とにかく言語体系が全く別物なのだと今日になって初めて理解したのである。

「会話ができてるってことは、多分発音自体は日本語ってことだよな。翻訳《ほんやく》機能が俺に搭載されてるわけじゃないだろうし……」

この国の魔物たちは皆、基本的に日本語をベースとした言語を使用している。

固有名詞には造語や他国語が多く含まれているので、その点は実にゲームっぽさを感じさせた。

それはまだ理解できる。

ベースが日本産のゲームだったことに起因しているか、もしくはプレイヤーだった自分に最適化されているのか。

都合の良い形になっているのだろうと思えるのだが、この見知らぬ世界はそうじゃないはずだ。

「もしかして俺、実は日本語じゃない言葉を喋ってたり？」

そんなことまで不安になるほど、ディルアーゼルから寄贈された書物の威力は絶大だった。

高級な椅子に背中を預けて、みっともなく机の上にブーツを載せたカロンは、ゆらゆらと前後に椅子を揺らしながら腕を組んで考える。

「言葉の起こりは意思疎通する手段の発展によるもので、それは地域ごとや部族ごとのローカルルみたいな部分がある。人間と関わらないようにしていたエルフなら独自の、エルフの言葉で話してもおかしくないと思うんだが……魔物と人間が同じ言葉を扱うのは、どうも釈然としないんだよなぁ」

カロンの知る話にバベルの塔というものがある。

かって世界は共通の言語を使っていて、全ての人間が容易に意思の疎通ができていた。

彼らは一つの民となって様々な事を成し、挙げ句神へと挑む巨大な塔を築いたという。

当然神はその所業に怒り、彼らの言葉をかき乱した。

結果、意思の疎通を図れなくなった人間たちはバベルの塔の建造を断念したという話だ。

その真偽は置いておくとして、カロンの知るこの逸話に例えるならば、この世界に言葉を与えた神、もしくは類する何者かがいたことになる。

「つっても全部の大陸の言葉を調べたわけじゃないから、あれだけど。でも……」

あの夜に見た光景が脳裏に浮かび上がる。

死に瀕した騎士たちが突然異形に姿を変えて、その口々に崇める神への祈りを唱える様子はトラウマものだった。

だが、あの力が神によって授けられたとするならば、創造神アーゼライは寸分違わずカロンと同じ言葉を世界に授けた可能性が考えられる。

「それが分かったら、帰れるのかな」

揺らすのを止めて、ぽつりと零す。

半ば諦めているが、心のどこかに残された郷愁に胸が疼く。

自分の生きていた世界に帰れる可能性。

果たして、それは知るべきなのだろうか。

触れるべきではないものだったらどうする。

神に力が及ばなかったら。

「……そんなこと考える暇、今はないけどね」

足を下ろした勢いで座り直し、カロンはカーテンの開いた窓の外を眺める。

白く巨大な城壁の彼方に広がる世界と生きていかなければならないのだ。

そのために、この世界を紐解く材料として本を読んでいたのだから。

ただ、全く読めないとなると色々話が変わってきてしまう。

「雇ったのは正解だったかな」

ぐりぐりと肩を回していたところにノックの音が鳴った。

「し、失礼しますっ！」

強ばって裏返った幼い声に、カロンは居住まいを正してから小さく咳払いをする。

「んんっ。入れ」

恐る恐るドアノブが回されて、ゆっくり入ってきたのはエルフだった。

全身に呪いの刺青《いれずみ》が刻まれていながらも、鮮やかな希望に満ちた眼差しの少女。

見窄《みすぼ》らしさはなくなり、本来の姿である金色の美少女へと変身を遂げた彼女は、慣れない様子で体を震わせながら深く頭を下げた。

「か、カロン様におかれましては、ご機嫌麗しゅう……ええっと……」

この世界との橋渡し役として認めた心の強い少女に、カロンはそっと言葉を投げる。

「こんにちは、リーレ」

「っ……はい！」

汚れても汚れを知らぬような笑顔を浮かべるリーレにつられて、カロンも柔らかく微笑む。

いつかこの華やぐ笑顔が、自分の進む道の先に溢れていてほしい。

少し。

ほんの少しだけ。
自分は何かを救えたという実感を、リーレの笑顔はカロンに齎《もたら》した。
たとえ、自分への慰撫だとしても。

◈ 書き下ろし短編 ◈

嗚呼、懐かしき味よ

建国当初から営業する、ランク1のゴブリンが経営する定食屋がある。

百年以上前から営業し続けてきたとあって、エステルドバロニアでも五本の指に入る有名店だ。

昼夜問わずに様々な種族が行列を作り、とにかく賑やかなこの定食屋〝フルブルゾン〟だが、今日は声が奪われたのかと思うほどの静寂に包まれていた。

薄暗く古ぼけた木造の店内に響くのは、奥の厨房から聞こえてくる調理の音だけ。

ウエイトレスも地味な恰好に似つかわしくない、妙に優雅な動作で静かに歩いていた。

食事に手を付けず、客たちが盗み見ているのは窓際に陣取る集団。

そこにいるのは、エレミヤと五郎兵衛にルシュカ。そしてもう一人。

軍団長たちに囲まれるようにして壁際に座る、黒い布を被った存在が、店中の注目の的だった。

「随分と静かだな」

「……普段であればもっと騒がしいのですが、今日は民度のいい客が集まっているようです」

すっぽり布に隠れた男に向かって柔らかな声でルシュカは答えたが、当然そんなことはない。

宵越しの金は持たぬと言わんばかりに散財し、昼間から馬鹿騒ぎできるのが普通の魔物だ。

そんな上品な者だけが集まる奇跡が起きているわけはないのだが、絶対とは言い切れないのでルシュカはそういうことにした。

「へぇ……」

そうとは知らず、黒尽くめは被っていた布から僅かに顔を出して周囲をキョロキョロと見回す。

隠されていた顔が僅かに覗き、それを見た客たちは突然声を押し殺してブルブルと震えだした。

(カロン様。愛しき御方……)

(我らの王が同じ空間にいらっしゃる……！)

(生きててよかった！)

嗚咽で店内が満ちていくのを感じて、軽く恐怖を感じたカロンはフードの中で狼狽えた。

「な、なんだ？　どうしたんだ？」

「お気になさらずとも大丈夫です。あまりの美味しさに感動しているだけかと思いますので」

「……それはそれで気になるんだが」

「ふっ、ご安心めされよ。何があろうとこの五郎兵衛、必ず主をお守りいたしますぞ！」

「もしそんなことが起きたら、いの一番にアタシたちが吊るし上げられると思うんだけど？」

「然もありなん！」

「よし、殺そう！」

「なにゆえ!?」

堰を切ったように話し始めるエレミヤと五郎兵衛に、ルシュカは眉間を押さえた。

こっそりと机の下で、亜空間から取り出した銃の引き金を引こうか引くまいか迷うくらいには、この二人と同行したことを後悔している。

そんな様子を、カロンはぼんやりと眺めていた。

（仲、いいんだなぁ）

二人の言い合いも気心が知れているからと思うと微笑ましい。

「ほら、あまり騒ぐな。他の客に迷惑がかかるだろう」

穏やかなカロンの声に、エレミヤと五郎兵衛はピタリと口を閉じて姿勢を正した。

「申し訳ありません。バロニアの十七柱とあろうものが、ご主人様に面倒をおかけするなど」

「面倒だなどと思っていない。これもまた……そう、一つの楽しみだ」

「ふふ、まるで手のかかる子供を見ているようでいらっしゃいますね」

「そういうルシュカは、昔も今も手がかからないな」

「勿論でございます。ご主人様の補佐官として、相応しい振る舞いを身につけていますから」

「そうか。頼もしいな」

乙女の顔で笑うルシュカを、エレミヤと五郎兵衛は気味悪気な目を向けていたが、カロンには聞こえないくらい小さな撃鉄の動く音を聞き取ってすぐに視線を逸らした。

そんなやり取りなど露知らず、カロンは興味深げに薄暗い店内を見回して呟く。

「しかし、いい店だな。趣きがある」

「建国当初の店のまま、あの頃を思い起こす場所でありたいと、以前店主が口にしていました」

「建国当初から……それほど古くから構えているのか。ならば、味には期待できそうだな」

「そうなんですー。無性に食べたくなっちゃうくらい美味しいんですよー。ほら！」

エレミヤがカロンの前に突き出したのはメニュー表だった。

カロンは、王城で食べるような、馴染みがあるようなないような料理が書いてあるのかと思いつつ視線を這わせたが、そこには見覚えのある名前がいくつも書かれていた。

勢いよく身を乗り出したカロンの様子にルシュカたちは不思議そうな顔をした。

（カツ丼……？　牛丼に塩ラーメン、焼き鮭定食、寿司、オムライス……だと……？）

城で出される料理はどれも高級なものばかりだ。

専属のシェフが最上の食材を最上の技術で最上の料理にしてくれているのを知っている。

そこに不満は一つもないが、とても美味しすぎるがゆえに何か満たされない気持ちがあった。

このメニューを見てその答えを得たのである。

これこそが自分の求めているものだと。俺はこれに飢えていたのだと。

「な、なあ。注文はどうすればいいんだ⁉」

顔を上げたカロンの目は、この世界に来てから見ることのなかった輝きに満ちていた。

故郷と呼ぶのが正しいかは不明だが、慣れ親しんだ味を口にできると思うと期待が止まない。

初めて見るカロンの様子に驚いた三体は顔を見合わせ、視線で合図を送り合う。

代表して口を開いたのは五郎兵衛だった。

「ご安心くだされ。ここへ向かう道中、すでに通信魔術で頼んでおきました」

「え？」

「お、どうやら来たようですな」

看板娘の【バンシー】が、不慣れなりに気品のある仕草でカロンの前にそっと料理を置いた。

「……え?」

それは、城で食べている高級料理によく似ていた。

お辞儀をしながらバンシーの娘が紹介した名前は、メニューに書かれていなかったはずである。

「【ランベイジラム】のリブと【マントルマッシュルーマー】のフリカッセでございます」

「こ、これは……その、なんというか……普段提供しているもの、なのかな?」

問いへの返答は早く簡潔だった。

「カロン様にお喜びただきたく、オーナーが特別に腕を振るわせていただきました」

いくら定食屋といっても、国王を迎えるのに普段の安い料理を出せるわけがない。

五郎兵衛が王をもてなす為に、先んじて段取りを整えるのも当然ではある。

だが、食事一つで崖から突き落とされたような絶望感だった。

「そうか……振るっちゃったのかぁ……」

カロンの目が次第にハイライトのない空虚なものへと変わっていく。

バターとミルクの香りがフードの中を満たし、それだけで間違いなく美味だと分かる。

それなのに、どうしてこんなに喜びづらいのだろうか。

並べられていく料理の数々は、あっという間に古びた定食屋の一角を高級店に変えていく。

それに混じって運ばれてくる、ルシュカたちの料理。

彼らにも同じものが出されるのかと思いきや、なぜか丼ものだけが置かれた。

古びた定食屋の一角の、更にその一角だけが高級店である。

「え、っと……お前たちは、それなの、か？」

「主と同格のものを食すなど、左様な無礼はできませぬ。どうぞ気にせずお召し上がりくだされ」

王の優しさに涙まで浮かべながら、五郎兵衛は丼を抱えた。

初めて自分の配下に対して殺意を覚えた瞬間だった。

しかし、だからといって目の前に用意された料理を下げてカツ丼をくれなど言えるはずもない。

丹精込めて作られたのが分かってしまうせいで、日本人特有の謙虚さがワガママを封じた。

「わーい、カツ丼！　カツ丼！」

今、自分がどんな顔をしているのかが全く分からないカロンは、フードにすっぽりと隠れた。

小さく鼻を啜った音はエレミヤと五郎兵衛の大きな声に飲み込まれるのであった。

設定資料集

評価	人間の該当ランク	魔物の該当ランク
G·F	一般人	ランク1～3
E·D	兵士、騎士等の平均	ランク4～5
C·B	探索者、勇者候補の平均	ランク6～7
A·S	勇者、英雄の平均	ランク7～9
SS·SSS	伝説の勇者、英雄	ランク8～10
EX	最高位　特殊枠	

「この器が溢れた時、全ては赤と黒に染まる」

ハルドロギア

種族：異形種
ランク7“キメラ”

HP	A	MP	D
ATK	D~B	DEF	C~S
M.ATK	D~B	M.DEF	C~S
SPD	D~B	SKILL	SSS

種族依存スキル《貪食因子》
融合させたアイテムでステータスが増減する。

種族依存スキル《箱庭の守り人》
屋内戦での被ダメージ50%軽減。

個体保有スキル《エリミネーター》
占領エリア内に限り敵ユニットの装備を低確率、ユニット本体を極低確率で捕食する。

個体保有スキル《侵食牙城》
一定時間待機することで自身のいる小範囲エリアを一時的に占領する。

******スキル《*****への干渉》**
****

あらゆるものを取り込んで肥大し続ける牙と肉の醜い獣。
古の科学者が死んだ赤子に貪食因子を埋め込んだことから生まれた人工の合成獣で、“キマイラ”とは別の魔物である。擬態を得意としており、迷宮に姿を変えて勇者を喰らっていたキメラも存在した。その特性から屋内での戦闘に特化しているため、開けた場所で十全に力を発揮するのは難しい。

「我は影を踏む一切を、拳にて貪る厄災の悪也」

守善

種族：異形種
ランク10“饕餮”

HP	S	MP	C
ATK	SS	DEF	SS
M.ATK	B	M.DEF	A
SPD	G	SKILL	SS

個体保有スキル《万象飢餓》
前方広範囲全ユニットのステータスを一段階下げる。

個体保有スキル《問答無用の轢殺》
敵ユニットのランク補正値を一段階下げる。

個体保有スキル《竜生八子を喰らいし者》
神適正保有ユニットに対し防御無視の効果を得る。

個体保有スキル《死して紡がれる詩》
勇者、英雄ユニットに決して勝利できない。

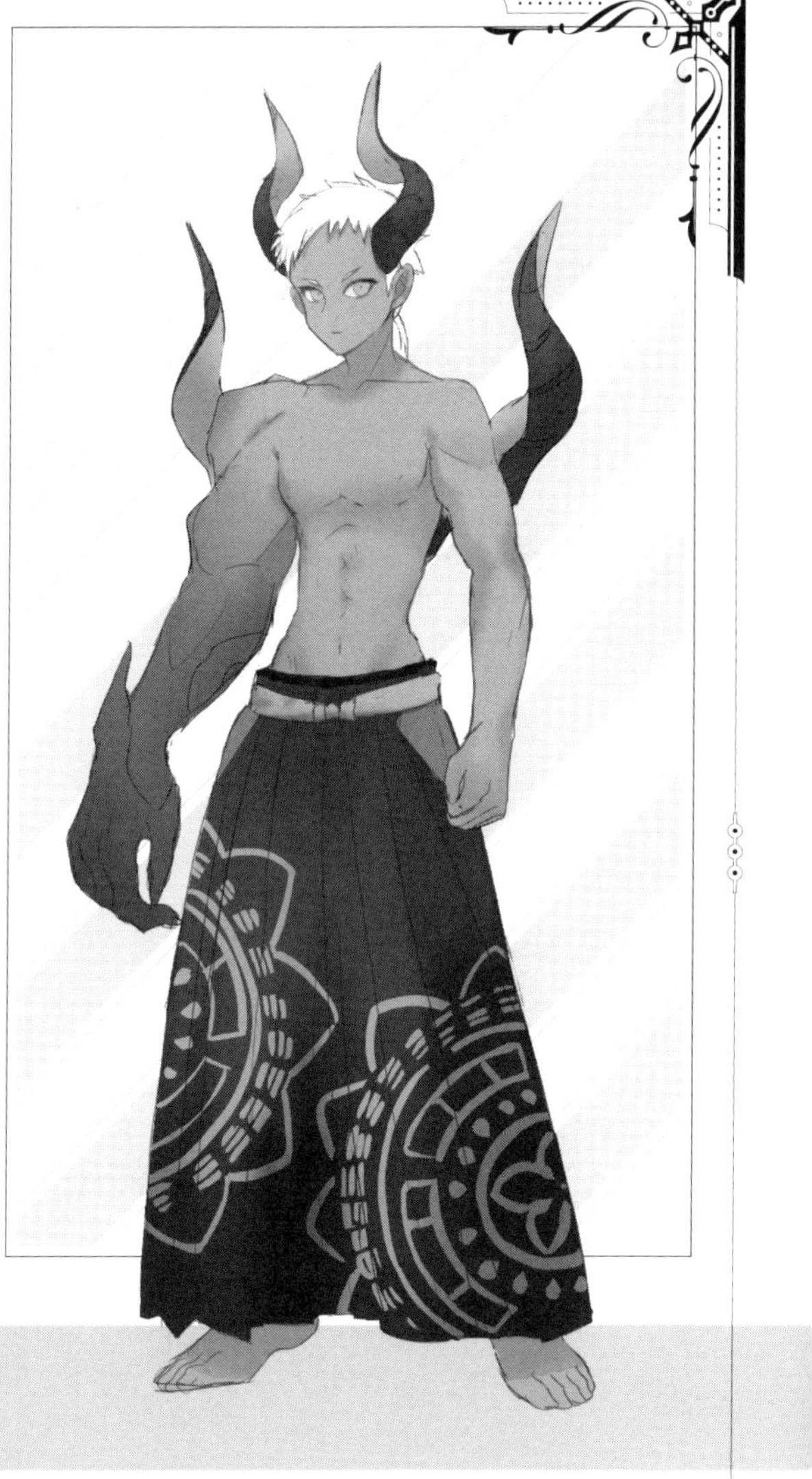

古代中国で四凶と呼ばれる厄災の一柱に数えられる人面牛胴の悪神。
財を貪り食を貪るその名に違わぬ悪食であり、地上最大の巨躯から繰り出される一撃は地形すら変える。共に生まれた竜の子を喰い殺した経緯から同格の相手に対して絶大な力を行使できるが、悪しき神ゆえに救世の存在には決して勝利を得られぬという特異な能力を有しているため、運用には注意が必要である。

「刃は光を絶つ。
四つの天は
地に落つる」

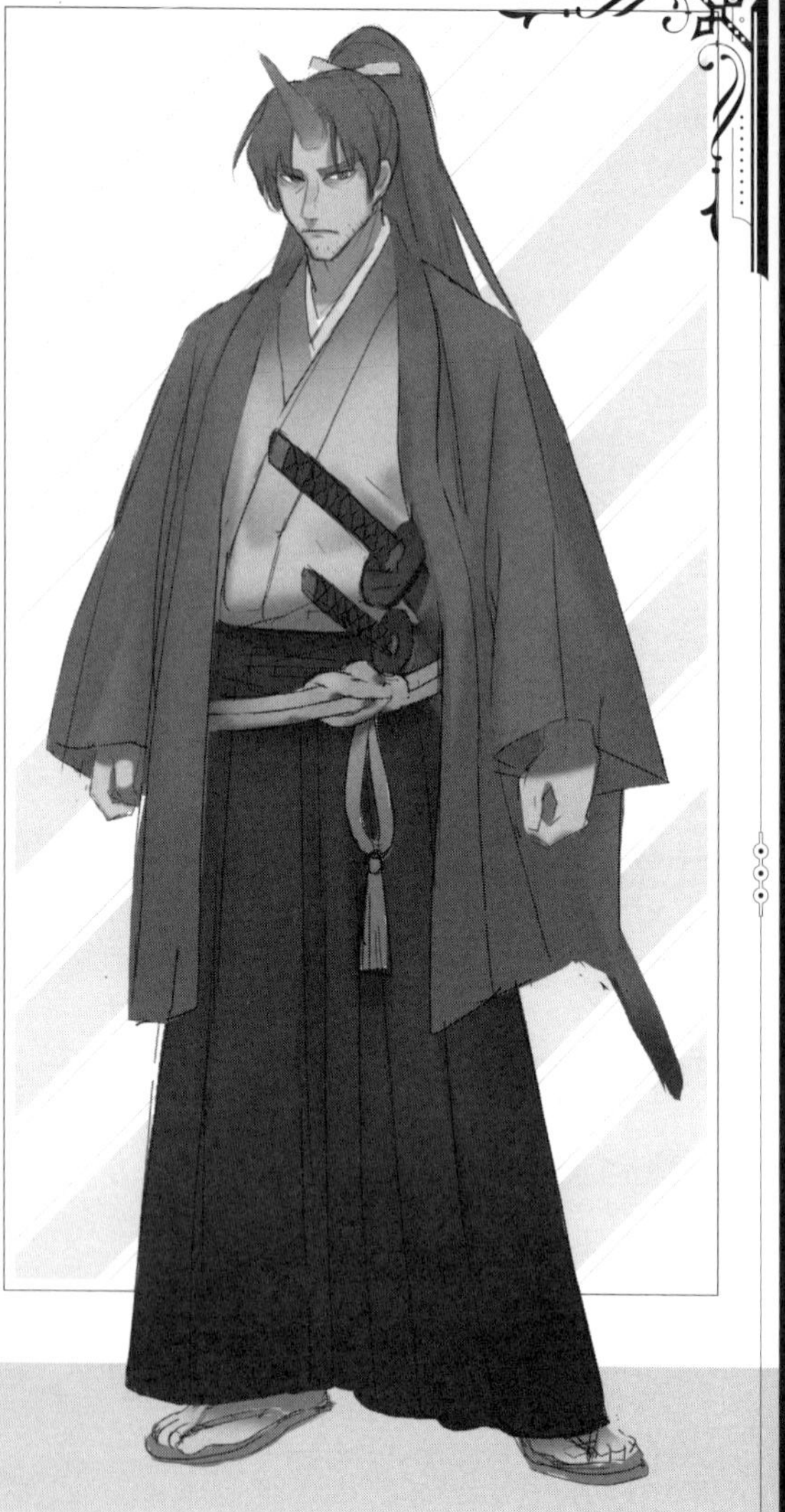

五郎兵衛

種族：亜人種
ランク10"覇王鬼"

HP	SS	MP	D
ATK	SS	DEF	S
M.ATK	F	M.DEF	C
SPD	SS	SKILL	A

種族依存スキル《人類の敵》

人間、亜人、獣人に対してクリティカル率10%上昇。

個体保有スキル《根源童子》

ユニットの属性有利、ランク補正を消去する。

個体保有スキル《鬼哭引導の構え》

前方ユニットの敵対心を全て集める代わりに確率で裂傷を付与する。

亜人種の頂点に君臨する最強の鬼。

戦闘種族とも称される鬼を全て下した特異個体。屈強な肉体は剛強無双であり、卓越した戦の技術は天下無類。特別強力な能力は有していないが、武芸百般に通じており、何を手にしても十全に力を発揮できる。一対一では決して敗れることはないが、魔術の耐性は異様に低いため過信は禁物。魔術刻印の施された砲撃も防げないので注意しなければならない。

「虚空より来たり、
虚空へと至る」

アルバート

種族：異形種
ランク10“真祖”

HP	A	MP	SS
ATK	B	DEF	C
M.ATK	SS	M.DEF	SSS
SPD	C	SKILL	SSS

個体保有スキル《黒の帳》

特定範囲を一定時間、強制的に夜に変える。

個体保有スキル《真なる死の愚弄》

死亡した敵ユニットをステータスが一段階下がった状態で使役できる。

個体保有スキル《墜ちたズヴェズダ》

物理攻撃を無効化するが、星の魔術が防御無視となる。

異星より墜ちた旧き侵略者であり、始まりの一を生み出した吸血鬼の祖。
世界の理の外から襲来し、その生命を異界の下法にて弄ぶ上位存在であり、死骸を傀儡とする。異界の神であるために現世の力では一切触れることができず、唯一の干渉手段である魔術の耐性も高いため、特定の条件を整えなければ討伐できない。状況次第では戦線に加えない判断も必要となる。

あとがき

この度はエステルドバロニア２をお買い求めくださって、ありがとうございました！

初めて異世界と遭遇しましたね。

そして仲良く笑顔で手と手を取り合い笑顔で互いを認め合う……なんて好都合なことはなく、とても異世界らしさのある面倒事の対処にカロンが頭を悩ませた今巻でした。

今回の話の主軸にあるのは〝決断する〟ことです。

王様なんて似合わない平凡な人間は、多くの命が犠牲になるような決断をするために一体何が必要となるのか。

その葛藤を描写しない選択はあったし、主人公らしくひたすらに格好良く振る舞わせることも可能でしたが、私はカロンにだけは誰よりも思慮深く、沢山思い悩むことを望みました。

普通の人間だからこそできる何かを、これからも示すために。

ある意味、作者による主人公いじめかもしれませんが、そうやって王様になってほしい。

ただ、確実にカロンの胃痛と寝不足は解消されないんですけどね。その辺りはカロンを案じてくれる優しい仲間たちが担ってくれたらと薄く期待しておきましょう。

百黒《ももくろ》　雅《みやび》

2巻刊行
おめでとうございます
エレミヤがカロン様に甘えて
ゴロゴロしてるところが
最高にかわいい…！
でも エステルドバロニアの
ヒロインはみんなのアイドル
カロン様だと思ってます笑

エステルドバロニア２

2020年7月29日　初版発行

著　者　百黒《ももくろ》 雅《みやび》
イラスト　sime
発行者　三坂泰二
発　行　株式会社KADOKAWA
〒102-8177 東京都千代田区富士見2-13-3
電話 0570-002-301（ナビダイヤル）

編集企画　ファミ通文庫編集部

デザイン　横山券露央、小野寺菜緒（ビーワークス）
写植・製版　株式会社オノ・エーワン
印刷・製本　凸版印刷株式会社

・お問い合わせ
https://www.kadokawa.co.jp/（「お問い合わせ」へお進みください）
※内容によっては、お答えできない場合があります。
※サポートは日本国内のみとさせていただきます。
※Japanese text only

 ISBN978-4-04-736163-8 C0093　定価はカバーに表示してあります。